AF299870

Le Siècle.

EMMANUEL GONZALÈS

LES

TROIS FIANCÉES

PARIS

BUREAUX DU SIÈCLE

RUE CHAUCHAT, 14.

A. VIALON. DEL.   J. GUILLAUME. SC.

Emmanuel Gonzalès

LES TROIS FIANCÉES

LE SAUF-CONDUIT DE LUCIA

ÉPISODE DU SIÉGE DE GÊNES (1800).

I

LA COLOMBE.

Depuis le jour où Soult avait été fait prisonnier en voulant débusquer les Autrichiens qui s'étaient fortifiés sur le mont Delle-Fascie, des hauteurs duquel ils pouvaient ruiner les défenses voisines de la place, Masséna n'était plus sorti de Gênes, où les impériaux le tenaient bloqué.

Retranché derrière une double muraille flanquée de bastions et de courtines, il pouvait résister longtemps encore aux attaques combinées de l'Angleterre et de l'Allemagne, mais un adversaire plus redoutable avait lentement pénétré dans la ville.

Cet adversaire c'était la faim.

Les convois de vivres qui cherchaient à s'introduire par terre dans la ville assiégée étaient enlevés chaque jour par le général Ott, qui commandait sous le vieux Mélas ; l'escadre anglaise, aux ordres de l'amiral Keith, grâce à la vigilance de ses chaloupes canonnières, s'opposait aux arrivages de Corse et de Marseille.

Le 24 mai 1800, Gênes manquait de vivres depuis cinq jours. La famine avait même précédé la disette, car les maigres provisions de la ville avaient été dilapidées. La viande était devenue rare et puis s'était corrompue. On avait mangé les chevaux et les chiens. C'était une fête pour les familles riches enfermées dans leurs vieux palais de marbre, quand elles pouvaient se procurer des fèves, du lin, du millet et quelques grains de cacao. Les dames, les plus nobles comme les plébéiennes, allaient en foule se disputer les racines et les herbages des fertiles jardins de Bisagno et des vertes collines d'Albaro. Et, contraste bizarre, des jeunes filles promenaient incessamment, au milieu de cette population hâve et décharnée, des corbeilles élégamment ornées de fleurs et de feuillages, qui contenaient des sucreries de toutes couleurs et de toutes sortes. En même temps, des misérables profitaient du désastre pour substituer dans les aliments du plâtre à la farine, et empoisonnaient ainsi nombre de leurs compatriotes.

Cependant Masséna et les autres généraux républicains ne voulurent pas être mieux traités que les habitants ; cet exemple romain encourageait les Génois à supporter héroïquement tant de calamités.

Le canon des batteries était muet depuis la veille ; un silence de mort planait sur la ville ; on n'entendait que le bruit des cloches, glas funèbre qui, depuis l'*Angelus*, sonnait pour les trépassés.

Il était environ sept heures du matin lorsque d'une petite maison attenant aux vieux murs de la ville sortit précipitamment une jeune fille qui se dirigea vers l'église de l'Annunziata.

Elle paraissait avoir quatorze ans à peine ; ses grands yeux noirs, cernés d'une teinte bleuâtre, brillaient d'un éclat fiévreux ; son teint d'un blanc mat et ses lèvres décolorées exprimaient la souffrance.

Ses cheveux étaient simplement tordus en couronne et retenus en arrière par deux longues aiguilles d'acier ; un petit corset de laine bleue serrait sa taille frêle ; une jupe de même couleur et un fichu de soie jeté sur ses épaules complétaient son costume.

Les pointes de ce fichu, soigneusement ramenées en avant, couvraient ses mains qu'elle tenait croisées sur sa poitrine ; ce n'était pas, comme on aurait pu le croire, pour se garantir du *libeccio*, qui en ce moment soufflait de la mer par rafales, mais pour dérober à l'œil inquisiteur du passant une petite colombe blanche qui, pleine de quiétude, dormait douillettement dans le nid que lui

1869

faisaient les deux mains de sa jeune maîtresse, la tête enfouie sous l'aile.

Arrivée devant l'Annunziata, elle allait y rentrer pour s'y agenouiller un instant et prier, lorsqu'elle aperçut sous le porche un groupe d'hommes, de femmes et d'enfants blêmes et amaigris qui se tenaient accroupis sur la dalle où les avaient couchés la faim. Découragés d'avoir imploré vainement la pitié des passants, ces malheureux attendaient la mort dans une morne atonie.

La jeune fille détourna douloureusement la tête et passa sans s'arrêter. Elle pensait à sa mère, qui, elle non plus, n'avait pas mangé depuis la veille, et deux grosses larmes descendirent le long de ses joues pâles.

Les petites rues dans lesquelles l'enfant venait de s'engager au hasard la conduisirent à l'Albergo. Là un spectacle plus horrible l'attendait.

Une foule compacte était échelonnée sur les degrés de marbre du grand escalier.

Tous ceux qui avaient épuisé leurs dernières ressources et que l'instinct vital n'avait pas encore abandonnés s'étaient rués vers cet asile du pauvre, espérant y trouver un refuge contre la faim.

Mais depuis cinq jours l'Albergo regorgeait de malades.

Du haut de ces degrés, qu'ils avaient conquis un à un, les forts par la violence, les faibles par la patience, ces affamés, l'œil étincelant et les joues enflammées de taches pourpres, comptaient avec une joie cruelle le nombre des morts que le tombereau de service emportait d'heure en heure.

Chaque cadavre qu'il enlevait ne laissait-il pas vide une place que devaient bientôt se disputer ceux qui conservaient encore quelque souffle de vie?

Au moment où la jeune fille débouchait sur la place, l'Albergo venait d'entr'ouvrir sa porte pour recueillir quelques-uns de ces malheureux.

Alors elle vit toutes ces têtes s'agiter comme les vagues d'une mer furieuse, et du sein de la foule elle entendit s'élever des voix lamentables, des cris de douleur et de désespoir entremêlés d'éclats de rire insensés. Saisie d'épouvante, elle s'enfuit comme si ces clameurs l'eussent menacée, et ne s'arrêta qu'à bout de force sur a place Balbi.

Là du moins le calme était profond. De rares passants traversaient la place d'un pied alerte ; c'étaient ceux qui avaient pu se procurer quelques vivres à prix d'or et s'enfuyaient vers leurs logis comme des avares emportant leur trésor sans oser regarder en arrière, dans la crainte de voir le spectre affamé d'un ami s'attacher à leurs pas. Chacun était si troublé de son propre malheur qu'il était sans pitié pour le malheur d'autrui.

La jeune fille alla s'asseoir sur les marches de l'ancien collége des jésuites, et quand, après avoir exploré la place d'un coup d'œil rapide, elle se fut bien convaincue que personne ne pouvait la voir, soulevant doucement les pointes de son fichu, elle tendit un doigt à la colombe.

L'oiseau secoua ses ailes engourdies par le sommeil, et se hissa sur ce joli perchoir, qui ressemblait comme couleur à ses petites pattes roses, tant le vent qui venait de la mer à cette heure matinale était humide et glacé.

La colombe renversa coquettement sa tête en arrière, et, voilant son œil rouge de sa paupière transparente, elle plongea son petit bec entre les lèvres de sa maîtresse, espérant y trouver quelques grains.

A ce contact la jeune fille sentit son cœur se serrer.

— Tu as faim, toi, aussi, — murmura-t-elle ; — mais patience, va, ma pauvre Blanchette, si nous ne nous revoyons plus, du moins tu ne manqueras jamais de rien chez tes nouveaux maîtres.

Puis elle baisa la colombe, et pendant quelques instants lissa du doigt ses plumes délicates tout en soupirant.

Enfin elle se leva brusquement, essuya ses yeux humides du revers de sa main, et se dirigea vers la rue Neuve.

La jeune fille n'avait pas encore fait vingt pas qu'elle aperçut venant à sa rencontre un petit homme vêtu de noir comme un magistrat.

Ce seigneur, dont le ventre rebondi et la face rubiconde semblaient jeter à la famine le plus insolent des défis, était le maître d'hôtel du palais Marcello Durazzo, et il s'en allait aux provisions avec un optimisme superbe.

En pourvoyeur habile, il avait flairé de loin le gibier dont les ailes frémissaient sous le fichu entr'ouvert de l'enfant.

— Eh bien ! Zita, — dit-il en l'abordant, — comment va ta vieille mère ?

— Bien mal, signor Franzone ; la fièvre ne l'a pas quittée depuis huit jours.

— Tant mieux, par saint Carignan ! tant mieux ! — Zita le regardait avec ses grands yeux étonnés. — Je dis tant mieux, mon enfant, parce qu'en temps de blocus il est plus aisé de recourir au médecin qu'au boulanger, et que la fièvre nourrit, à ce que disent les directeurs d'hôpitaux.

— Ah ! c'est une affreuse maladie que la faim, signor Franzone !

— Hélas ! à qui le dis-tu, Zita ? — soupira le maître d'hôtel.

Un sourire d'une expression indéfinissable passa sur les lèvres décolorées de Zita.

— Adieu, signor Franzone, — dit-elle ; — je vous quitte, car ma pauvre mère est seule et elle attend mon retour avec impatience.

Le maître d'hôtel posa sa petite main potelée sur le bras amaigri de l'enfant, et, dardant sur elle son œil gris et perçant :

— Que tiens-tu donc là sous ton fichu, ma mignonne? — demanda-t-il.

— Une colombe, signor.

— Une colombe ! — répéta Franzone de sa voix la plus mélodieuse. — Intéressant animal, en vérité !

— Et je la portais au palais Doria lorsque je vous ai rencontré.

— Et pourquoi plutôt chez les Doria qu'au palais Marcello Durazzo, mon enfant ?

— Parce qu'une de nos voisines m'a appris que la signorina Orelia aimait beaucoup les oiseaux, et qu'elle me donnerait un bon prix de ma colombe. Pauvre Blanchette ! — continua-t-elle d'une voix pleine de larmes, — pourquoi faut-il que tu sois notre dernière ressource ?

Pendant ce temps, maître Franzone, sous prétexte de caresser l'intéressante colombe à son tour, avait allongé la main et palpait sournoisement, entre l'index et le pouce, l'innocent oiseau sous les ailes.

— Eh ! eh ! — fit-il, — elle est encore assez rondelette, quoique pourtant un peu pâti ! Cède-la moi, mignonne, et tu n'auras pas sujet de t'en repentir.

— Que je vous la cède, à vous, signor Franzone ! Vous aimez donc aussi les colombes ?

— Si je les aime ! — reprit le maître d'hôtel avec un sourire qui démasqua la double rangée de ses dents aiguës, — je les trouve gentilles à croquer. Tiens, — continua-t-il en tirant de sa large bourse deux petites pièces d'or qu'il fit danser un instant dans sa main, — prends ces deux sequins tout neufs et va les porter de ma part à ta mère.

Zita, le cœur bien gros, fit une dernière caresse à sa chère colombe, puis elle la remit aux mains de l'acheteur, en lui disant avec une naïveté qui fit sourire le bonhomme :

— Signor Franzone, je vous porterai dans la journée la cage de Blanchette.

— Ne te dérange pas, ma mignonne, il y en a une qui

l'attend aux cuisines du palais, et, tout frileux qu'il soit, ton oiseau s'y trouvera assez chaudement, je t'assure.

Zita ne comprit pas l'odieuse allusion de Franzone, et pourtant elle ne put retenir ses sanglots en voyant la colombe se débattre entre les mains du perfide maître d'hôtel et essayer de voler vers elle.

— N'aie pas peur, Blanchette, — lui dit-elle ; — pardonnez-lui, signor Franzone ; la pauvre bête était si habituée à moi ! c'était pour moi comme une compagne, une amie... Seule je lui donnais à manger... et je ne sais même si elle ne se laissera pas mourir de faim quand elle ne me verra plus...

— Oh ! ne t'inquiète pas de cela, Zita ; elle n'en aura pas le temps, — s'écria le gros homme en partant d'un éclat de rire qui glaça le sang de la jeune fille.

Alors seulement elle comprit les féroces intentions du maître d'hôtel.

— Vous voulez la tuer ? — s'écria-t-elle avec un accent déchirant et les mains étendues vers lui. — Oh ! rendez-la moi, signor, rendez-la moi bien vite et reprenez vos sequins.

Franzone leva ses bras au-dessus de sa tête pour mettre la colombe à l'abri de toute atteinte ; mais dans sa précipitation il fit une fausse manœuvre, ses mains se déjoignirent, et l'oiseau partit à tire d'ailes.

Zita et le maître d'hôtel poussèrent en même temps, l'une un cri de joie, l'autre un cri de détresse.

Après avoir plané quelques instants et décrit un long circuit, Blanchette alla s'abattre sur la terrasse d'une maison voisine.

— Puisqu'il en est ainsi, — dit Franzone avec humeur, — garde ta colombe, je reprends mon argent.

Et il continua sa route.

Quand Zita fut seule, elle appela le gentil oiseau, qui roucoulait en battant des ailes ; mais au moment où il allait prendre sa volée pour s'abattre sur l'épaule de sa jeune maîtresse, ravie de la voir hors de danger, la Génoise entendit bourdonner des voix confuses et vit déboucher un détachement de gardes nationaux, suivi d'une foule de portefaix bergamasques attachés au port franc.

Au centre de cette troupe marchait un homme revêtu de l'uniforme autrichien ; il paraissait avoir trente-cinq ans ; sa haute taille, sa large poitrine, ses membres secs et nerveux annonçaient une force peu commune, et son épaisse moustache rousse cachait à demi sa lèvre insolente et railleuse.

Quoiqu'il ne fût qu'en petite tenue, aux riches passements se tordant en doubles trèfles sur son uniforme, aux glands d'or de ses bottines à cœur, on devinait aisément que ce prisonnier occupait un grade élevé dans l'armée ennemie.

Derrière lui venaient, tête basse, deux grands molosses haletants, que sur leur air rébarbatif on avait cru prudent d'accoupler le plus étroitement possible.

— Lieutenant Lorenzetto, veuillez vous arrêter un instant, — cria le sergent de l'escorte ; — voilà ces maudits chiens qui ont encore rompu leur laisse.

L'officier commanda halte aussitôt ; mais pendant qu'on se mettait en quête d'une corde, la populace, qui suivait le prisonnier depuis la porte San-Bartolomeo, se recrutait à vue d'œil et devenait de plus en plus menaçante.

Cependant, malgré son attitude hostile, la foule n'osait se livrer à aucun acte de violence, car le lieutenant Lorenzetto exerçait sur le bas peuple de Gênes une influence presque magique.

N'allez pas vous figurer d'après cela un hercule de carrefour à l'aspect formidable et sinistre ; c'était au contraire un jeune et charmant garçon de vingt ans à peine, au regard brillant et loyal, aux cheveux blonds, aux joues fraîches et rosées comme celles d'une fille, et ses lèvres gardaient presque toujours un sourire plein de bienveillance et de franchise.

Certes, toutes les qualités morales et physiques de

Lorenzetto auraient pu laisser les Génois fort indifférents, mais il était syndic des portefaix bergamasques, corporation redoutable qui inspirait à la multitude un respect basé sur la force et l'agilité surprenantes qu'ils déployaient dans leurs pénibles fonctions.

Or, dans la foule, nous l'avons dit, rôdaient bon nombre de portefaix disposés, au premier signal, à prêter main-forte au jeune lieutenant et à la petite troupe qu'il commandait.

Lorenzetto s'était approché de l'Autrichien, et, le prenant à part :

— Monsieur, — lui dit-il, — nous avons l'habitude de traiter les prisonniers suivant leur rang ; dans votre intérêt, veuillez me dire quel grade vous occupez chez les impériaux.

— Monsieur, — répondit l'étranger en s'inclinant légèrement, — je suis le baron Rüdiger, major au régiment de Kray, servant sous les ordres du général Rousseau.

— Eh bien ! franchement, major, je regrette de tout mon cœur que votre mauvaise étoile vous ait fait tomber entre nos mains ; car on fait bien maigre chère à Gênes depuis quelque temps.

— Parbleu ! monsieur, je le regrette bien autant que vous, je vous assure.

— Pourquoi diable aussi commettre l'imprudence de vous avancer jusqu'aux portes de la ville ?

— Ce n'est pas dans l'intention de venir me constituer prisonnier que je suis descendu ce matin du fort des Deux-Frères, croyez-le bien ; mais je montais un cheval neuf que j'essayais pour la première fois. Effrayé du bruit de vos cloches, l'animal s'est emporté, et, après dix minutes d'une course folle, il est venu s'abattre à la tête du pont de Bisagno, à cent pas de la porte San-Bartolomeo, que vous gardiez.

— Et, plus heureux que son maître, après s'être relevé, votre cheval a remonté la côte au galop sans que nos balles aient pu l'atteindre.

— Ce qui ne fait pas, entre nous, l'éloge de l'adresse de vos hommes à la cible, — repartit le major avec un sourire ironique.

— Il a encore une singulière façon de nous témoigner sa reconnaissance, le Tudesque, — dit à ses compagnons le sergent, blessé de l'observation du major.

— Du reste, j'en suis enchanté, — continua le prisonnier, — car si mon brave *Croate* était tombé par malheur sous la dent des affamés qui hurlent autour de nous, il n'en resterait à cette heure que les quatre fers.

Un long murmure circula dans la foule :

— Ne prononcez pas de si imprudentes paroles, major, — lui dit vivement Lorenzetto ; — n'irritez pas des malheureux que la douleur et la misère ont exaspérés.

Le baron Rüdiger haussa les épaules.

— Dois-je donc, parce que je suis prisonnier, baisser la voix et les yeux devant cette multitude ? Croyez-vous me faire peur, et ne vous sentez-vous pas la force de me protéger ?

Lorenzetto rougit légèrement.

— Croyez-moi, major, cet orgueil n'est pas de saison ; l'orage couve et il s'agit de vous mettre à l'abri avant qu'il éclate ; laissons vos chiens aller en liberté et continuons notre route.

— Marchons, lieutenant, — reprit le major d'un air insouciant, — d'autant mieux que mes chiens tirent la langue, et j'aperçois au coin de la place une boutique encore assez approvisionnée pour que je puisse régaler mes fidèles gardes du corps.

Et de la main il désignait une boucherie plus riche de pancartes que de viandes ; sur ces pancartes, la livre de veau était taxée à quatre francs, la livre de cheval à trente-deux sous, la livre de riz à sept francs et la livre de farine à douze : comme vous voyez les bouchers cumulaient.

— Ah çà ! monsieur, — dit Lorenzetto en se croisant

les bras, — vous voulez donc absolument vous faire écharper?

— Je ne comprends pas, cher lieutenant, pourquoi vous me supposez cette singulière fantaisie.

— Comment, — poursuivit le jeune officier en baissant la voix, — vous êtes entouré de pauvres diables que la faim réduit à l'état de squelettes, malheureux qui ont vu mourir leurs mères, leurs femmes, leurs enfants faute d'une once de pain, faute d'une poignée de riz !...

— Ce sont là des sentiments louables et chevaleresques, monsieur le lieutenant, — répliqua froidement le baron Rudiger, — mais vous me permettrez d'avoir plus de souci de mes chiens que de ces ennemis déguenillés qui auraient, je crois, grande joie à me voir pendre.

— Ce sont des chrétiens, monsieur, comme vous, ce sont des hommes ! — insista Lorenzetto d'une voix altérée.

— N'allez-vous pas me comparer à ces spectres mendiants, — dit le major en éclatant de rire ; — en vérité, lieutenant, vous êtes un grand philosophe, mais sachez que je n'aime pas les leçons.

— Prenez garde, baron Rudiger ; je ne puis répondre de la patience de mes soldats.

— Si vous avez peur, mon officier, laissez-moi seul au milieu de cette bande, — reprit l'Autrichien avec un sourire de dédain ; — mes chiens m'en débarrasseront.

— Et il voulut s'avancer vers la boucherie en ajoutant :
— Certes, j'ai bien le droit d'acheter ce qui est à vendre.

Lorenzetto lui saisit le bras.

— Ne bougez pas, major ; vous êtes mon prisonnier et je réponds de vous ; mais je ne vous permettrai pas de donner en pleine rue ce scandaleux spectacle, et d'insulter à ce point à la misère publique. Le souffrir serait de ma part plus qu'une lâcheté, ce serait un crime, monsieur!

Les yeux du major autrichien étincelèrent, sa lèvre blêmit sous sa moustache rousse, et il fit un pas vers Lorenzetto avec un geste de menace.

Mais un incident imprévu vint faire diversion à cette scène. La colombe descendit de sa terrasse, planant au-dessus de la foule que parfois elle effleurait de son aile.

Des cris avaient éclaté de toutes parts ; cent bras s'étaient tendus vers elle, cherchant à la saisir au vol, mais Blanchette se tenait prudemment à distance.

Enfin elle aperçut, isolée de la foule, Zita, qui n'osait l'appeler ; alors elle battit joyeusement des ailes et alla se poser sur sa tête.

La pauvre petite fut aussitôt entourée de mains avides qui voulaient s'emparer de l'oiseau ; Zita eut peur, et, se jetant tout effarée dans les rangs des soldats :

— Signor Lorenzetto, — s'écria-t-elle, — défendez-nous !

— Comment, c'est toi, Zita ? — dit le lieutenant étonné. — Que viens-tu faire dans ce tumulte avec ta colombe ?

— Ne pouvant plus la nourrir, je la portais au palais Doria ; chemin faisant, le maître d'hôtel du prince Durazzo a voulu me l'acheter deux sequins. Heureusement Blanchette a eu peur et s'est envolée !

— Pourquoi dis-tu heureusement, ma petite ? — demanda le major.

— Parce que ce méchant homme voulait la tuer pour le dîner de ses maîtres.

— Pauvre colombe ! — reprit l'Autrichien ; — en effet, des Génois rebelles étaient indignes d'un tel régal. Ton cuisinier était un drôle de ne t'offrir que deux sequins d'un oiseau si intelligent, ma petite ; moi je t'en donne le double, et je ne la laisserai pas tomber, je te le jure, dans les mains crochues de toutes ces braillards qui voudraient te la voler. — Zita poussa un profond soupir.

— Voyons, — continua le prisonnier, — est-ce marché conclu ?

— Il le faut bien, — dit enfin Zita, — puisque je ne puis la garder.

Le major prit la colombe, et, quand il la sentit palpiter

entre ses doigts, ses épais sourcils se froncèrent, tous les muscles de son visage tressaillirent, et un sourire cruel crispa ses lèvres.

Puis, devant la jeune fille, le lieutenant et ses hommes, sous les yeux de cette foule à la fureur de laquelle il ne venait d'échapper que grâce à la protection de Lorenzetto, il tira de sa poche un couteau dont la lame fine et aiguë tranchait comme un scalpel ; avec l'habileté d'un praticien consommé, il fit presque d'un seul coup deux parts de la colombe, qu'il jeta toutes frémissantes à ses chiens.

La pauvre Blanchette n'avait poussé qu'un petit cri plaintif, et Zita, terrifiée, s'était enfuie en pleurant à chaudes larmes, se croyant poursuivie par le couteau étincelant de l'Autrichien ; mais ce cri et l'épouvante désespérée de l'enfant avaient surexcité la fureur de la multitude, qui se voyait insolemment bravée.

Les plus audacieux se jetèrent pêle-mêle au milieu de l'escorte, dont ils rompirent les rangs ; les plus affamés se jetèrent sur les chiens pour leur arracher leur proie.

Quoique Lorenzetto ressentît l'indignation générale, il résolut cependant de sauver le prisonnier : il battit donc en retraite avec sa poignée d'hommes, protégés par les portefaix bergamasques, et tous gagnèrent en assez bon ordre la muraille d'une maison voisine, à laquelle ils s'adossèrent afin de ne pas être cernés.

— Mort à l'Autrichien ! — cria la foule.

Le major pâlit en voyant briller tous ces yeux menaçants et en entendant ces voix irritées tonner à deux pas de lui : son arrogance tomba, et il dit précipitamment à Lorenzetto :

— Une épée, de grâce, lieutenant, que je puisse vous aider à chasser tous ces gueux !

— Vous oubliez que je suis un officier génois, monsieur, — répondit le lieutenant.

Il y eut alors un instant de lutte et d'effroyable mêlée, et, du groupe au centre duquel se débattaient les deux chiens, le baron Rudiger entendit des cris de douleur et des hurlements humains se mêler à leurs rauques abolements. Puis tout à coup la bande déguenillée s'éparpilla en emportant des lambeaux de chair sanglante. Les chiens avaient été tués et dépecés sur place.

Cependant la troupe de Lorenzetto, qui se défenda mollement, commençait à faiblir, et, malgré les efforts du jeune lieutenant, le major allait tomber aux mains de quelques furieux, lorsque la petite porte à laquelle il était adossé s'ouvrit brusquement.

Le prisonnier surpris se laissa glisser de l'autre côté de cette porte, qui se referma aussitôt sur lui comme par enchantement.

La maison dans laquelle le baron Rudiger venait de trouver ce refuge inespéré était celle d'Agostino Salvator, membre de conseil de la ville et excellent patriote.

II

L'ASILE.

La petite porte refermée, le major se trouva au milieu de la plus profonde obscurité. Ne sachant de quel côté se diriger, il marchait au hasard, les bras étendus en avant, lorsqu'il entendit le frôlement d'une robe et sentit une petite main moite, tremblante, saisir la sienne et l'entraîner.

Son sang, glacé par l'attente d'une mort ignominieuse, se réchauffa soudainement.

Il se laissa guider sans proférer une parole, écoutant encore les clameurs confuses qui s'éteignaient dans la rue.

Le silence du corridor étroit et sombre qu'il suivait formait un contraste saisissant et mystérieux avec le tumulte de la bagarre.

A l'extrémité du couloir était entre-bâillée une porte que sa conductrice ouvrit doucement, et elle l'introduisit dans une salle à peine éclairée par un faible rayon de soleil glissant entre des rideaux mal joints.

— Enfin ! — dit avec un soupir de satisfaction une fraîche voix de jeune fille, — grâce à Dieu, vous voilà sauve !

— Dites grâce à vous, signorina, — répliqua Rudiger en portant à ses lèvres, sous prétexte de reconnaissance, la petite main satinée qu'il tenait encore dans la sienne.

Au timbre de cette voix inconnue, la jeune fille dégagea sa main par un geste brusque :

— Mais ce n'est pas lui ! — s'écria-t-elle.

Puis, reculant effrayée, elle écarta rapidement les rideaux, et un flot de lumière inonda la salle. Alors elle resta un moment immobile et muette de stupeur en se trouvant en présence d'un homme qu'elle ne connaissait pas.

Quand au major, il restait émerveillé de la splendide beauté de cette jeune fille de seize ans, grande et svelte, qui rappelait à son souvenir les plus ravissantes têtes immortalisées par le pinceau des vieux maîtres italiens. Elle ne ressemblait guère à ces fraîches et douces Allemandes dont les cheveux blonds sont vaporeux comme les brouillards de leur patrie. Son visage mat était encadré par d'épaisses nattes lustrées comme l'aile d'un corbeau, et offrait des lignes pures moins froides que la marmoréenne régularité du type grec. Son nez, franc d'arête, ne se distinguait point par cette inflexible courbure aristocratique qui impose trop souvent à de charmantes figures une expression sévère ou virile ; ses yeux noirs, aux cils d'un noir bleu, brillaient de cette sérénité étoilée si remarquable chez les Orientaux, et, quant aux contours de sa petite bouche purpurine, ils dessinaient ce sourire attrayant mêlé de dédain et de défi que les Italiens rendent par le mot intraduisible de *smorfia*.

. . . .

Pendant le silence embarrassé qui suivit l'exclamation de la Génoise, mille pensées tumultueuses se heurtèrent dans le cerveau du baron Rudiger ; il n'admettait pas, dans son orgueil brutal, que cette inconnue l'eût sauvé comme le premier venu, par une sorte de générosité involontaire ; habitué à rencontrer dans ses aventures de guerre des conquêtes faciles, il crut avoir ébloui la jeune fille par son attitude héroïque ; il supposa qu'une force sympathique avait poussé l'Italienne vers lui comme un ange libérateur, et, s'arrêtant à cette étrange pensée, il lui sembla que dès cet instant elle lui appartenait par un lien mystérieux. Chez les plus rudes capitaines de l'armée impériale se retrouvaient aussi souvent les traces des chimères romanesques que caresse l'étudiant allemand entre sa pipe et son pot de bière. Dans sa jeunesse, Karl Rudiger avait été un des plus bruyants *Don Juans* de l'université de Heidelberg, partageant ses études entre les duels et les sérénades suivies d'enlèvements ; il ne pensait pas avoir vieilli en gagnant ses grades à la guerre, et croyait de bonne foi sa tournure martiale très-propre à captiver les cœurs des Italiennes, qu'il jugeait plus inflammables encore que ses blondes compatriotes.

Revenue de sa première surprise, la Génoise s'élança vers la porte :

— Mon Dieu ! — s'écria-t-elle, — mais Lorenzetto n'est pas hors de danger, lui !

— Rassurez-vous, signorina, — reprit le major en l'arrêtant du geste, — le lieutenant n'a rien à redouter de ces misérables.

— En êtes-vous bien sûr, monsieur ? — demanda-t-elle d'une voix tremblante.

— Ils n'aboyaient qu'après moi, signorina.

— Après vous !... et pourquoi ?

— Mon crime est de porter cet uniforme, — dit en souriant le major, — et de m'être laissé prendre.

— Ah ! ils outrageaient un prisonnier, — répliqua la Génoise en baissant les yeux ; — c'est mal, c'est bien mal, mais les impériaux les ont réduits à un tel état de détresse et de désespoir qu'il faut leur pardonner ces honteuses violences.

— Leur pardonner ! — interrompit l'Autrichien dont la voix se timbra d'une émotion soudaine ; — qu'ils soient bénis ceux qui m'ont procuré le bonheur d'être sauvé par vous ! Vous êtes aussi généreuse et aussi noble de cœur que belle, puisque vous avez eu pitié d'un soldat inconnu et ennemi. Je vous prouverai, signorina, que vous n'avez pas servi un ingrat. Vous pouvez compter sur le dévouement absolu du baron Rudiger.

La Génoise regarda le major avec étonnement ; elle comprit aussitôt le ridicule du rôle que le hasard lui faisait jouer ; d'un mot elle pouvait désabuser cet homme, que sa vanité rendait dupe d'une méprise ; mais, soit caprice, soit embarras, elle eut l'imprudence de lui laisser son illusion ; peut-être trouvait-elle un certain plaisir à ne pas refroidir sur l'heure la galante exaltation du prisonnier. D'ailleurs au même instant elle entendit la porte de la rue retentir de quelques coups précipités, s'ouvrir et se refermer rapidement.

Elle fit signe au major de garder le silence, et écouta avec une expression d'anxiété ; mais elle reconnut les pas qui résonnaient dans le corridor, et un joyeux sourire épanouit ses traits.

Lorenzetto entra dans la salle, le visage inquiet ; mais, dès qu'il eut aperçu son prisonnier sain et sauf, il redevint calme, et, essuyant la sueur qui perlait encore à son front :

— Entre nous, major, — lui dit-il, — vous pouvez vous vanter d'avoir vu la mort de près, et, sans la petite cousine, vous passiez un vilain quart d'heure. Si elle n'eût pas ouvert cette bienheureuse porte, j'avoue que mes camarades et moi nous eussions été impuissants à vous sauver.

— Parce que vous n'osiez pas vous servir de vos armes contre vos honorables compatriotes, — reprit dédaigneusement le prisonnier. — Pour un soldat la mort n'est rien quand elle est glorieuse, mais il est triste d'être égorgé par une poignée de mendiants affamés, sans avoir une épée pour se défendre. Encore une fois, signorina, — continua-t-il, — merci à vous qui m'avez épargné cette honte.

La jeune fille baissa les yeux, et un sourire malicieux effleura ses lèvres.

— Vous aurez tout le temps de témoigner votre reconnaissance à ma vaillante cousine, major, — reprit Lorenzetto, — car vous ne devez pas sortir de la maison de son père, le magnifique seigneur Agostino Salvator. La demeure d'un membre du conseil est inviolable, et vous chercheriez en vain un plus sûr asile.

— Mon cousin, — dit la Génoise, qui se sentait un peu embarrassée en présence du prisonnier, — vous faites bien de disposer ainsi de la maison de mon père en son absence ; je me charge de veiller à ce que monsieur le major soit convenablement traité et ne se plaigne pas trop de sa malheureuse destinée.

Le baron lança à la jeune Italienne un regard passionné dont elle ne parut pas s'apercevoir, et le lieutenant déclara qu'il allait installer provisoirement son prisonnier dans le petit kiosque de la terrasse, d'où il jouirait d'une vue admirable sur le port et sur la mer. Puis, passant son bras avec une sorte d'amicale familiarité sous celui de Rudiger, qui restait immobile comme une statue en admiration devant la jeune Génoise, il l'entraîna doucement vers la porte.

Le major, paraissant alors sortir d'un rêve, s'inclina respectueusement, et, sans s'émouvoir du salut glacial de sa libératrice, il sortit comme à regret avec Lorenzetto.

Un quart d'heure après, ce dernier rejoignait sa cousine ;

mais celle-ci, au lieu de l'accueillir avec sa grâce ordinaire, lui dit d'un air fort sérieux :

— Savez-vous bien, Renzo, que me voilà, grâce à vous, dans une singulière situation ?

— Que voulez-vous dire, ma chère Lucia ? — demanda le lieutenant étonné.

— N'avez-vous donc rien compris, rien deviné ? Ô le moins clairvoyant des amoureux !

— Vous parlez par énigmes, ma cousine.

— Et vous n'êtes pas un sphinx, il paraît, — répliqua la Génoise avec une petite moue qui ne parvint pas à l'enlaidir. — Eh bien ! Renzo, voici ce qui est arrivé. Tout à l'heure, épouvantée du danger que vous couriez, et croyant que vous comptiez sur moi lorsque vous avez fait adosser vos hommes au mur de notre maison, je vous ai entr'ouvert la porte de la rue ; vous avez dédaigné cette voie de salut, parce que vous êtes trop brave pour fuir devant le danger et abandonner vos compagnons, mais, pendant que j'attendais éperdue que vous profitiez de cet asile, votre prisonnier, effrayé malgré toute son arrogance des menaces de la foule, s'est glissé dans notre maison.

— Tant mieux mille fois ! — s'écria Lorenzetto. — En lui sauvant la vie, vous avez sauvé mon honneur, Lucia et nous devons remercier Dieu de votre heureuse inspiration.

— Aveugle ! aveugle, en vérité ! — s'écria l'Italienne en frappant ses deux mains mignonnes l'une contre l'autre avec une sorte de colère. — Voilà bien les hommes, jaloux sans raison ou confiants jusqu'à la folie !

— Mais, en vérité, ma cousine, — reprit le lieutenant, — je me sens de moins en moins devenu sphinx.

— Manière fort polie de me faire comprendre que je n'ai pas le talent de m'expliquer clairement, — dit-elle avec une sorte d'impatience. — Eh bien ! je vais tâcher de ne plus m'exposer à un pareil reproche. Cet Autrichien, que je ne connais pas, que je voudrais n'avoir jamais connu, et que vous êtes si fier d'avoir conservé à l'armée des impériaux, ce galant major...

— Vous aurait-il insulté ? — interrompit vivement Lorenzetto.

— Pas du tout, — dit gravement Lucia, — il m'a courtoisement remerciée. — Le lieutenant respira. — Il a pressé avec transport cette main que, pleine de confiance, je lui avais abandonnée. — Le lieutenant fronça les sourcils. La cruelle jeune fille poursuivit : — Enfin ce héros m'accable d'une reconnaissance à laquelle je n'ai aucun droit, Dieu merci !... Pourquoi vous mordez-vous les lèvres, Renzo ?

Le lieutenant rougit :

— Enfin, Lucia, je vous ai promptement débarrassée de cet importun.

— Importun ! le mot est charmant, mon cousin. Importun ! qu'en savez-vous ? Ah ! vous m'en avez débarrassée ! le moyen est heureux : vous en avez fait notre hôte, vous nous avez imposé sa gracieuse présence.

— Sot que je suis ! — murmura le lieutenant en se frappant le front.

Lucia le regarda d'un air de commisération.

— On ne se dit pas de si grosses vérités à soi-même, mon cousin. Il est bien sûr que le major doit bien rire de vous en ce moment. Quant à moi je ne puis vous pardonner, car j'aimerais mieux savoir votre grand Autrichien à cent pieds sous terre que sur notre jolie terrasse. Elle nous est désormais interdite, et vous savez cependant, Renzo, si j'étais heureuse d'y aller respirer le soir en liberté avec ma sœur.

Le lieutenant restait consterné sous cette averse de reproches.

— Suis-je assez malheureux, — soupira-t-il enfin, — de vous avoir causé tant d'ennuis, moi qui donnerais ma vie pour vous épargner un chagrin.

— Phrases de roman ! — s'écria l'inflexible Lucia en éclatant de rire. — Vous êtes bien de cette race de galants qui iraient chercher une rose pour leur maîtresse dans la gueule d'un lion, mais qui oublieront de ramasser leur éventail tombé dans le ruisseau ! Sachez, mon très-cher cousin, que les femmes ne détestent rien tant que les maladroits, et qu'elles prisent plus un cousin mis à propos sous leurs pieds qu'un grand coup d'épée reçu en leur honneur. — Le malheureux lieutenant ne savait plus que répondre à ces amères railleries, et faisait une assez triste mine, lorsque Lucia, levant gentiment les épaules : — Allons, intrépide guerrier, — reprit-elle plus doucement ; — êtes-vous déjà prêt à battre en retraite devant une amazone de seize ans ? Vraiment, je ne me croyais pas si redoutable.

Renzo un peu rassuré releva la tête et se rapprocha de sa folle cousine.

— Est-ce que je puis avoir le courage de vous garder rancune ? — lui dit-elle. — Cependant je mets une condition à mon pardon.

— Je l'accepte d'avance, — répondit le lieutenant.

— En ce cas, signor Lorenzetto, syndic de l'honorable corporation des portefaix bergamasques, — reprit la Génoise avec le sourire ravissant qui se nichait d'habitude dans ses deux petites fossettes de ses joues veloutées, — vous allez, aujourd'hui même, demander ma main à mon père. Le major autrichien sera bien forcé de respecter la fiancée de son protecteur.

Le lieutenant parut un peu troublé, ce qui ne l'empêcha pas de répliquer avec chaleur :

— Mais, Lucia, cette condition que vous m'imposez c'est l'accomplissement de mon rêve et de mon vœu le plus ardent.

— Eh bien ! franchement, mon cousin, on ne s'en serait jamais douté. — Et elle continua, en devenant sérieuse : — Tous les deux nous avions une bague, héritage de nos mères. Un soir, en présence de Bianca, ma sœur, nous avons fait de ces pieuses reliques deux anneaux de fiançailles. Depuis cet échange, trois mois se sont écoulés, mon cousin, et cependant vous n'êtes pas encore mon mari.

— Cruelle Lucia ! j'ai vingt fois supplié votre père de consentir à notre union, et toujours il m'a répondu qu'il fallait attendre la fin du siége. Qu'exigez-vous ? Voulez-vous que je déserte et que je vous enlève ? Dites un mot, et ce que vous ordonnerez je le ferai.

— Vous perdez la tête, mon cousin, — dit tranquillement la Génoise, — et ce n'est pas le moyen d'accommoder nos affaires. Si mon père était inflexible, le capitaine Judicelli, l'un des aides de camp du général piémontais Rossignolli, n'épouserait pas ma sœur Bianca dans huit jours.

— Judicelli épouse votre sœur ! — s'écria Lorenzetto au comble de la surprise ; — mais ce n'est pas possible. Comment a-t-il pu triompher de l'opiniâtreté du seigneur Agostino ?

— Les officiers de l'armée sont sans doute moins timides que ceux de la garde bourgeoise, Renzo.

— Quel charme a-t-il employé ? Il faut qu'il ait des intelligences avec le diable ! Votre père, Lucia, ne se fait-il pas une vertu et une gloire de ne jamais changer d'avis ?

— Le secret du capitaine est bien simple, et, si vous y tenez beaucoup, mon cousin, je puis vous le révéler.

— Si j'y tiens, Lucia ! Oh ! parlez ! parlez vite !

— De ma chambre, où j'étais aux aguets, j'ai pu, sans être vue, tout voir et tout entendre à merveille, Renzo, — répondit la jeune fille. — Judicelli se trouvait à la place même où vous êtes ; il était revêtu de cet élégant uniforme qui s'harmonise si bien avec son visage pâle et mélancolique, avec ses petites moustaches brunes et ses grands yeux bleus si brillants. Devant lui se tenait debout mon père, dont le visage était plus triste et plus soucieux que d'ordinaire. En voyant ainsi ce jeune homme et ce grand vieillard au front sévère qui allaient décider entre eux du sort de ma sœur bien-aimée, cette belle Bianca qu'on appelle la perle de Gênes, mon cœur se prit à battre si fort que j'eus peur un instant de ne pouvoir entendre ce qu'ils allaient se dire. Judicelli parla d'abord de son amour, que partageait Bianca ; de son rang dans le monde, de sa grande fortune, qui lui permettaient d'assurer à ma sœur le sort le plus envié. Mon père, après l'avoir écouté d'un air impassible, se redressa de toute sa taille et lui répondit : « Je serai franc, capitaine. J'aurais préféré pour ma fille un autre époux, un Génois ; vous venez arracher mon enfant d'entre mes bras ; elle vous aime, soit ! elle oubliera son père, c'est sa destinée ! » Judicelli voulut se récrier. « Pas un mot de plus, » reprit le vieillard ; « accepter votre alliance. c'est me résigner d'avance à une séparation qui sera peut-être éternelle, car, une fois la paix conclue, vous irez vivre avec votre femme en Piémont, et moi je pourrai continuer à aimer ma fille... de loin. N'importe, capitaine, Bianca vous a choisi, vous l'épouserez ; je ne la condamnerai pas à languir dans la maison paternelle en rêvant d'une image absente et en m'accusant ; mais soyez patient, attendez la fin du siége, et, quand la guerre désastreuse qui mine ma patrie aura cessé, alors vous aurez le droit d'être heureux. » A la place de Judicelli, vous n'auriez pas osé insister, mais lui répondit d'un ton calme et ferme à mon père : « — Ce siége terrible que vous invoquez pour retarder mon mariage, signor Agostino, est un motif pour moi de le hâter ; je ne sais quelle voix secrète me crie de me presser d'être heureux. Vous me parlez d'attendre, comme si l'avenir appartenait au soldat. Les balles ennemies frappent à l'aventure. Peut-être m'atteindront-elles demain, et vous voulez que je me résigne à mourir ainsi au moment où j'espère dans un avenir si prochain et si doux ! » Il prononça ces mots d'un accent si triste, avec tant de supplications dans le regard, que moi, en l'écoutant, je sentis mon cœur se serrer et mes yeux se remplir de larmes. Mon père voulut répliquer, Judicelli poursuivit : « Il me semble qu'on doit affronter plus résolûment la mort en sachant qu'on laisse après soi quelqu'un qui vous regrette et vous pleure. » Puis, se rapprochant, il ajouta, d'un air presque égaré : « Je ne sais pas si vous m'avez compris, car j'ai honte de vous avouer ce qui se passe dans mon âme ; je suis un soldat et je ne devrais pas ressentir de telles angoisses ; mais vous ne rirez pas de moi, vous le père de Bianca ; vous ne direz mon secret à personne. Eh bien ! je crains de devenir lâche, entendez-vous ! » Je voyais ses mains trembler, une sueur abondante couvrir son visage pâle. « Je crains, » continua-t-il très-bas, « d'être commandé pour une sortie. Je crains d'être tué, comprenez-vous, avant d'avoir épousé Bianca. Je voudrais, moi un soldat, me réserver pour le jour où nos mains s'uniront sous la bénédiction du prêtre. Mon père, » dit-il enfin d'une voix sourde, « êtes-vous encore décidé à attendre la fin du siége ? Mais Bianca acceptera-t-elle alors pour mari un soldat déshonoré ? » Le malheureux pleurait. Mon père ne put résister à cet aveu et à cette douleur ; vivement ému, il serra la main du jeune capitaine et lui dit : « — Bianca vous aime, Judicelli ; je consulterai moins ma volonté que son cœur. Dans huit jours elle sera votre femme. » Voilà, mon cousin, — dit Lucia en lui faisant une révérence un peu moqueuse, — comment le Piémontais a triomphé de l'opiniâtreté d'Agostino Salvator. Heureuses les femmes qui sont aimées comme Bianca !

— Bah ! Judicelli est un beau ténébreux, beaucoup trop romanesque, ma cousine ; je suis bien sûr que vous préférez un joyeux compagnon du pays à cet élégiaque Piémontais qui fera mourir Bianca de langueur avec ses pressentiments.

Lucia s'arma d'un air profondément indigné :

— Judicelli sait aimer ! — répondit-elle, — mais sans doute vous me regardez comme une tête éventée qui doit se contenter de quelques sornettes.

— Ne vous fâchez pas, ma cousine, — s'écria le pauvre lieutenant ; — je ne vous promets point de tenir à votre père le même langage que ce beau capitaine, car je suis un Génois et je n'ai nulle envie de reculer devant les impériaux parce que je vous aime. En pensant à vous, Lucia, je sens plutôt redoubler mon courage ; en défendant Gênes, il me semble que je vous défends vous-même. Mais je profiterai de la nouvelle que vous m'apprenez. Votre père est un strict observateur du droit et de la justice. Quand je lui prouverai qu'il serait souverainement injuste de me refuser ce qu'il accorde aux humeurs noires du beau Piémontais, il ne pourra nous tenir rigueur plus longtemps.

— Allez donc, Renzo, — répliqua la jeune fille en le congédiant avec un air de reine tempéré par son malicieux sourire, — et ne paraissez devant moi qu'après avoir remporté la victoire !

Le lieutenant baisa la main de sa cousine, et sortit pour se mettre à la recherche de son futur beau-père.

III

LE CHARME.

Six jours se sont écoulés. L'aspect de la ville est encore plus sombre et plus désolé qu'au début de notre récit. En effet, comme si ce n'était pas assez de la famine qui la décime, Gênes vient d'apprendre à son réveil que la peste s'est déclarée dans le grand hôpital de l'Albergo, ainsi que dans plusieurs ambulances établies à la hâte à l'arsenal et au port franc.

La consternation est générale ; les rues sont encombrées de civières et de cercueils ; chacun vit dans l'attente de la mort.

Cependant, au centre même de Gênes, il était une maison où la vie s'écoulait douce et calme, comme dans une de ces oasis perdues au milieu des sables brûlants de la Lybie, et on eût été tenté de croire que les sinistres nouvelles qui circulaient incessamment par la ville n'en avaient pas encore franchi le seuil, si cette maison n'eût été celle d'Agostino Salvator.

Dans une vaste salle d'été, aux murs de marbre, qui s'ouvrait sur un jardin d'orangers et de citronniers énormes où s'épanouissaient les fleurs éclatantes de l'aloès, où les sabres épineux des cactus trouaient les haies de grands rosiers et les bordures de myrtes, allaient et venaient plusieurs jeunes filles qui semblaient fort affairées ; elles mêlaient leur gracieux babil au gazouillement d'une peuplade d'oiseaux, gais prisonniers qui, se souciant peu de leur liberté perdue, chantaient dans une grande volière d'ébène et de cuivre doré.

Les meubles et les fauteuils étaient encombrés d'un fouillis de rubans, de riches dentelles et de soieries.

Debout, au milieu de cette salle, devant une glace de Venise, se tenait une grande jeune fille, un peu pâle peut-être, mais belle comme la Béatrice du Dante ; sa taille était souple ; c'est à elle surtout qu'on eût pu dire qu'elle semblait marcher sur les nues, comme la déesse, tant sa démarche était légère ; rien de plus chaste que son sourire, rien de plus charmant que son regard noyé de langueur ; on ne pouvait la voir sans l'admirer, on ne pouvait l'admirer sans l'aimer ; tout en elle était blanc et virginal comme son costume et son nom.

Cette divine créature était Bianca, la fiancée du capitaine Judicelli, l'honneur, la joie et l'amour de ce rigide patriote Agostino Salvator.

Le groupe des jeunes filles l'avait entourée, les unes agenouillées devant elle, les autres au contraire hissées sur la pointe de leurs pieds mignons, mais toutes luttant entre elles de goût et de coquetterie pour ajuster à ses blanches épaules, à sa taille svelte, sa robe de mariée.

La haute position qu'occupait son père exigeait que,

par respect pour le deuil public, le mariage de Bianca se célébrât le plus discrètement possible, sans repas de noces ni violons.

Lucia et ses jeunes compagnes avaient accepté sans se plaindre ce douloureux sacrifice, mais elles avaient juré, la main solennellement étendue, à l'instar des Horaces, de ne faire aucune concession à l'endroit des toilettes. Elles furent fidèles à leur serment. Rien n'était plus élégamment chiffonné que ces capricieuses parures écloses en moins de six jours sous leurs petits doigts de fées.

Une jeune ouvrière que Lucia avait fait venir, le matin du sixième jour seulement, pour achever quelque ouvrage de peu d'importance, travaillait à la table commune, et regardait à la dérobée les oiseaux qui voltigeaient bruyamment dans leur cage.

C'était Zita.

Elle pensait à sa colombe, dont elle venait de raconter la triste fin aux jeunes filles, que son naïf récit avait vivement impressionnées.

La voyant fixer ses yeux sur la volière et laisser son aiguille inactive :

— Tu rêves à ta pauvre Blanchette, n'est-ce pas, petite ? — lui dit doucement Bianca. L'enfant secoua tristement la tête en signe d'affirmation. — Et tu es sûre que c'est un soldat qui a commis cette révoltante cruauté ? — demanda Lucia.

— Oh ! oui, — répliqua la jeune ouvrière ; — il me semble le voir encore là... devant moi... tenant ma colombe d'une main et son couteau de l'autre.

— Oh ! le méchant homme ! — s'écria d'une seule voix le groupe entier des jolies Génoises.

— Allons, essuie tes yeux, mignonne, — dit Lucia, — et, puisque ta tâche est terminée, va à l'office ; j'ai ordonné à notre cuisinier Pietro de te faire dîner comme nous, à la mode turque, avec une poignée de riz.

— Et puis, — ajouta Bianca, — avant de partir, tu viendras nous dire adieu ; je veux te remettre une bagatelle pour ta mère.

Zita leur adressa à chacune un sourire de remercîment et sortit.

— Pauvre petite ! elle m'a tout attristée ! — dit l'une des jeunes filles.

— Nous avions si follement commencé la journée ! — reprit une autre avec un soupir de regret.

— Si du moins votre major autrichien venait nous tenir compagnie comme hier ! — murmura une troisième.

— Et nous raconter quelques-unes de ces histoires merveilleuses de géants, de vampires ou d'ondines qui nous faisaient si bien frissonner.

— Sais-tu, Lucia, que, pour un Tudesque et pour un infortuné prisonnier surtout, ton baron Rudiger ne manque ni d'esprit ni de gaieté ?

— Libre à vous, mes amies, — dit vivement Lucia, — de faire, chacune à votre point de vue, l'éloge des hautes qualités de notre hôte ; pour moi, franche Génoise, je ne veux voir en lui qu'un affreux Croate indigne de contempler le ciel bleu de l'Italie, et je lui souhaite cordialement de retourner le plus tôt possible dans les boues et les brouillards de sa marécageuse patrie.

— Ingrate ! — reprit l'une de ses compagnes en souriant. — Peux-tu lancer de si terribles imprécations contre un homme qui t'entoure de soins et de prévenances ?

— Justement, ma belle, ce sont ses prévenances et ses soins qui m'obsèdent. Parle-t-il, c'est à moi qu'il s'adresse, et pourquoi ? je vous le demande. Chante-t-il quelqu'une de ces ballades hongroises qui m'écorchent les oreilles, et qui ne sont que de l'hébreu pour moi, Dieu merci ! son œil étincelant sous ses sourcils touffus ne me quitte pas d'une seconde et semble vouloir pénétrer jusqu'au fond de ma pensée. Si je travaille penchée sur mon ouvrage, je sens instinctivement son regard peser lourdement sur moi, et je n'ose relever la tête, tant d'avance je suis convaincue que mes yeux vont rencontrer les siens, qui

semblent me défier. Avec la balafre qui raye son front blême et ses épaisses moustaches rousses, il pourrait poser devant un peintre pour un de ces effroyables vampires qui peuplent ses charmants récits. Quand donc, mon Dieu — ajouta-t-elle, — viendra le jour où la paix nous débarrassera de cet hôte fâcheux ?

— Certes ! — dit une de ses compagnes, — si jamais le lieutenant s'avise d'être jaloux, ce ne sera pas, j'imagine, du baron Rudiger.

— De grâce, ma chère, ne me parlez plus de cet homme, — reprit Lucia, — si vous ne voulez pas me rendre aussi triste que l'est ma sœur depuis ce matin.

Tous les regards se tournèrent aussitôt curieusement vers Bianca. La belle fiancée voulut s'efforcer de sourire, mais ses yeux étaient brillants de larmes.

— Que manque-t-il donc à ton bonheur ? — lui demanda Lucia, qui saisit avec empressement l'occasion de donner un autre tour à la conversation. — Certes, de toutes les filles de Gênes la plus heureuse aujourd'hui c'est toi. Grâce à notre activité, robes et parures de noces, tout est prêt. Demain tu te maries avec l'homme que tu as choisi toi-même, et te voilà plus défaite et plus pâle que si l'on venait de te lire ta sentence de mort. Ah ! mes chères compagnes, Dieu nous garde à jamais du mariage, s'il faut l'acheter au prix de notre heureuse et insouciante gaieté !

— Tu ne rirais pas, ma sœur, — répondit Bianca avec une douceur empreinte de mélancolie, — si tu savais le rêve horrible qui a troublé cette nuit mon sommeil.

— Un rêve ! — répétèrent en chœur les jeunes filles tout en se rapprochant de leur belle compagne.

— Comment ! c'est un rêve qui t'attriste à ce point, — s'écria Lucia en éclatant de rire. — Que ne me le disais-tu pas plus tôt ? Je t'en aurais donné la clef, moi qui sais comme Joseph interpréter les songes.

— Je rêvais, — reprit Bianca d'une voix lente et la main appuyée sur son front comme pour y concentrer sa pensée, — je rêvais que j'étais parée pour la cérémonie. Vous m'entouriez comme maintenant, et nous allions nous rendre à l'église. J'étais inquiète néanmoins ; il me semblait que ma parure de fiancée était incomplète. Je jetai sur la glace un dernier coup d'œil ; on avait oublié de poser sur mon front ma couronne nuptiale. — Les jeunes filles tressaillirent. Bianca poursuivit : — Cette couronne, Judicelli la tenait entre ses deux mains ; il était debout devant moi, et, tout en souriant, il me faisait signe d'approcher. Je fis un pas vers lui et je m'inclinai en lui tendant mon front. Mais, toute penchée que j'étais mes regards rencontrèrent les siens. Je vis alors son œil bleu briller d'un éclat étrange, puis se voiler, puis s'éteindre. J'eus peur. Les teintes blondes et dorées dont le hâle des camps a coloré son front s'effacèrent aussi peu à peu ; son visage pâlit et se marbra de taches livides, et pourtant sa bouche me souriait encore. Je tendis vers lui les bras, mais à chaque pas que je faisais en avant il reculait comme entraîné par une main invisible. Je l'appelai avec un cri d'angoisse. Je le vis se débattre et chercher à répondre à ce cri, mais de sa bouche entr'ouverte aucun son ne s'échappa. Une écume sanglante teignit ses lèvres, puis tout à coup son corps se fondit en une blanche vapeur que je vis s'éloigner lentement en emportant ma couronne. Alors je me suis réveillée en sursaut, et j'étais levée depuis une heure que je me demandais encore, dans ma terreur, si j'étais bien sous l'impression d'un songe.

Toutes les jeunes filles avaient pâli et s'étaient involontairement éloignées de Bianca, comme saisies d'une superstitieuse frayeur.

Lucia seule haussa les épaules et se mit à rire au milieu du silence :

— Comment, folles que vous êtes, — dit-elle, — vous allez vous alarmer de ce rêve avec ma sœur, au lieu d'en plaisanter avec moi ? Quand vous étiez petites vous aviez peur de votre ombre, aujourd'hui vous avez peur d'un rêve, plus tard vous aurez peur des revenants et des lutins. Il sied bien à des Italiennes qui entendent chaque jour tonner le canon sans trembler de faire ainsi les petites filles poltronnes et crédules devant une chimère. Souviens-toi, Bianca,—continua-t-elle en l'embrassant,—que les songes heureux viennent de Dieu et les mauvais du diable. Souviens-toi aussi de ce sage proverbe qui dit : Tout songe est mensonge. A ce compte, et c'est l'avis des personnes sensées, rêver de mort c'est le présage d'une union prochaine.

— Elle a raison ! — dirent les jeunes filles en se rapprochant, honteuses de leur frayeur puérile.

— D'ailleurs, — ajouta gaiement Lucia, — les singuliers bruits qui courent sur le compte de son beau capitaine ne donnent-ils pas un démenti formel à ces superstitieuses terreurs ? Judicelli, d'après l'opinion de tous les officiers et tous les soldats du corps piémontais, ne passe-t-il pas pour posséder un charme qui le met à l'abri des balles des impériaux ? Depuis le commencement du blocus, n'a-t-il pas affronté cent fois le feu de l'ennemi avec une témérité folle, et a-t-il jamais reçu la plus légère blessure ?

La belle Génoise commençait à se rassurer et à sourire.

— Pour ma part, — dit gravement une autre, — je puis affirmer, Bianca, que mon cousin Tibaldo, sergent dans la compagnie de Lorenzetto, est du même avis. Il m'a souvent raconté que Judicelli, grâce à je ne sais quel talisman, n'a rien à craindre des armes à feu, à moins qu'on n'ait malicieusement glissé dans l'arme soit une balle d'argent, soit une balle d'ivoire.

—Et tu ne vas pas t'imaginer, j'espère, ma grande sœur, — interrompit Lucia d'un ton de douce raillerie, — que le vieux général Mélas fasse tout exprès fabriquer des balles d'argent ou d'ivoire pour occire ton gentil capitaine ?

— Sans doute, — répondit tristement Bianca ; — mais, charme, pacte ou talisman, c'est toujours une œuvre du démon, et, bien loin de me consoler, ce que vous me dites là m'épouvante.

— Que Dieu garde nos fiancées et nos frères des piéges du démon et des balles ennemies ! — murmurèrent les jeunes filles en se signant ; et Lucia elle-même se laissa entraîner par l'exemple.

Tout à coup elles poussèrent un cri d'effroi en se serrant les unes contre les autres.

La porte s'était ouverte sans bruit, et le baron Rudiger, que l'on n'attendait plus, se trouvait au milieu d'elles.

— Sœurs et fiancées, — dit le major en s'inclinant avec une courtoisie prétentieuse, tandis qu'un sourire ironique faisait grimacer ses lèvres, — puisse le ciel exaucer votre prière, à laquelle je m'associe de tout mon cœur !

— Mais c'est très mal à vous, monsieur notre hôte,—repartit Lucia avec l'imposante gravité d'une maîtresse outragée, — d'entrer sans vous faire annoncer et de venir surprendre ainsi nos secrets de jeunes filles.

Soit honte, soit colère, le front du major se colora d'une rougeur subite qui rendit plus sensible la blancheur mate de sa balafre.

— N'importe, — interrompit Teresa, la plus jeune des compagnes de Bianca, — je pardonne à monsieur le baron Rudiger son crime d'espionnage, s'il peut nous mettre d'accord sur l'importante question dont nous sommes occupées.

— De quoi s'agit-il, mesdemoiselles ? — demanda le major en s'inclinant de nouveau pour cacher l'impression désagréable qu'avait produite sur lui le mot d'espionnage.

— De choses folles, extravagantes, impossibles sans doute pour un esprit fort comme vous, monsieur le baron, — répondit Bianca d'une voix faible et altérée. — Mes amies parlaient beaucoup de balles enchantées, de charmes, de talismans... et un peu du diable, nécessairement. Croyez-vous à toutes ces magies, vous, un soldat ?

— Si j'y crois ? — s'écria le prisonnier en attachant sur Lucia ses regards luisants comme des étoiles ; — j'y crois à ce point que, si je désespérais d'être aimé de celle que j'aime, je vendrais tout à l'heure mon âme au démon.

— Vous voulez vous amuser à nos dépens, monsieur le major, — dit Bianca dont la pâleur devenait extrême ; — mais ce que je vous demande ce n'est pas une affirmation en l'air, c'est une preuve sur laquelle soit fondée votre foi dans ces choses surnaturelles.

— Une preuve ? — répéta le baron en hésitant.

— En un mot, — dit vivement Lucia, — avez-vous connu dans vos guerres une personne douée d'un charme ?

Rudiger la regarda avec une persistance qui la força à baisser les yeux, et répliqua avec force, mais d'une voix saccadée :

— Oui, j'ai connu un homme armé de cette égide terrible... j'ai vu...

— Oh ! monsieur le major, racontez-nous cette histoire, — dit Teresa pendant que les autres femmes se taisaient ; — cela nous fera passer le temps avec une rapidité.... effrayante.

— Vous le voulez, signorina ? — reprit l'Autrichien en s'asseyant près de Lucia, qui s'empressa de reculer son fauteuil avec une intention marquée.—Voici donc ce que j'ai vu et ce que pourraient vous attester nombre de mes camarades parmi les assiégeants de Gênes.

Le silence devint profond. On n'entendait que les battements d'ailes des oiseaux et la respiration oppressée de Bianca. Le major commença :

« C'était en 1789. Nous avions mis le siège devant Belgrade, que nous voulions prendre à l'assaut avant la mauvaise saison, et nous étions en octobre depuis huit jours. Le général Ott, avec toute sa division, se trouvait séparé du gros de l'armée. Il était cependant indispensable de lui faire savoir le jour et l'heure de l'attaque, afin qu'il pût nous seconder en marchant de son côté ; mais le difficile était d'arriver jusqu'à lui.

» Pour y parvenir, il fallait absolument passer devant le front des premières lignes ennemies. Cinq hommes de bonne volonté, pris parmi les grenadiers de Saint-Julien, furent successivement envoyés en ordonnance, mais tous les cinq tombèrent criblés de balles sous mes yeux sans avoir pu franchir la ligne.

» La mission était plus que dangereuse ; elle était impossible. Aussi le général fit-il vainement un nouvel appel aux hommes de bonne volonté, personne ne sortit des rangs.

» Il y avait au bataillon de Reiscki, où je servais alors, un sous-lieutenant nommé Hans Hainold.

» C'était un jeune homme qui menait grand train et jouait gros jeu, sans qu'on sût comment il se procurait les sommes énormes qu'il gaspillait avec la facilité d'un grand seigneur.

» Voyant l'hésitation des soldats, Hans prit tranquillement son chapeau, boucla son ceinturon, secoua la poussière de ses bottes, et, s'approchant de Mélas,

» — Général, — lui dit-il en souriant,— confiez-moi vos dépêches, et je jure par tous les diables de l'enfer que tout à l'heure elles seront remises à leur adresse.

» Mélas fronça le sourcil en entendant le singulier juron de Hans, qui était un joli garçon, mince, rose et délicat comme une demoiselle ; mais il écrivit un sixième ordre, qu'il lui remit en disant avec une intention marquée :

» — Allez, monsieur ; bonne chance, et que Dieu vous protége !

» Le jeune officier s'inclina pour dissimuler un dédaigneux sourire qui faisait grimacer ses traits efféminés, et s'éloigna aussitôt d'un pas ferme.

» Chacun de nous le suivit des yeux en faisant des vœux pour lui ; l'audace entraîne toujours le cœur du soldat.

» Arrivé devant la ligne, il fut salué par une fusillade si bien nourrie que nous le crûmes perdu ; mais lui, sans paraître s'émouvoir de toutes ces balles qui sifflaient et tombaient autour de lui aussi dru que de la grêle, il franchit résolûment la ligne et arriva sain et sauf jusqu'aux retranchements du général Ott.

» Ce sont de ces prodiges assez fréquents à la guerre ; mais la renommée équivoque du sous-lieutenant ajoutai beaucoup à l'effet que produisit sur nous ce miracle ; plusieurs de nos camarades offrirent de parier que Hans Hainold reviendrait au camp sans une égratignure ; ils ne trouvèrent pas d'opposants.

» Après avoir joyeusement dîné avec les aides de camp du général Ott et leur avoir gagné une centaine de ducats aux dés, le sous-lieutenant prit congé d'eux.

» Nous l'aperçûmes de loin, revenant comme il était parti, en bon bourgeois qui fait sa promenade quotidienne, et le cœur nous battait plus fort qu'à lui, je vous assure ; car, à chaque coup de feu, il saluait poliment de la main les tirailleurs ennemis et continuait sa route. Aussi à son retour fut-il accueilli par des cris de joie et des battements de mains.

» C'était à qui lui ferait fête.

» Pour moi, je l'accompagnai jusqu'à la baraque où nous logions ensemble.

» — Mon cher Hainold, — lui dis-je dès que nous fûmes seuls, — expliquez-moi par quel phénomène, lorsque vous devriez avoir le corps percé à jour comme un crible, vous revenez au camp sans avoir été seulement effleuré par une balle ?

» Hans sourit, et, rougissant comme une jeune fille,

» — Voulez-vous savoir, mon camarade, combien j'en ai pourtant reçues ? Comptez-les, — me dit-il en ôtant son chapeau, dans lequel il puisa par poignées une quarantaine de balles de calibre aussi brillantes que si on venait de les fondre. Puis il les jeta dans un coin avec une insouciance qui me fit frissonner malgré moi. Quand je fus revenu de ma surprise, je le priai de m'expliquer ce prodige. Alors, après s'être assuré que personne n'était aux écoutes, et m'avoir recommandé le secret, il m'avoua franchement qu'il était *charmé*. Il soupira ensuite, en ajoutant : — Ne me demandez aucun détails, Rudiger, et croyez que je paye bien cher le privilège d'être invulnérable. Si je passe les nuits à jouer et à boire, c'est que je ne puis dormir, et il faut que je m'étourdisse, que j'oublie...

» Il n'acheva pas, me regarda d'un œil hagard et colère, comme s'il eût eu regret de m'en avoir trop dit, et quitta brusquement notre baraque. »

Les jeunes Génoises se serrèrent la main, en échangeant des coups d'œil d'inquiétude et d'étonnement.

Le major continua.

« Le lendemain, en récompense de la mission dont il s'était si heureusement acquitté, Hans Hainold passa lieutenant au régiment Alviuzi, et, pendant près de trois mois, je n'entendis plus parler de lui.

» Cependant, en allant en remonte, j'eus l'occasion de le rencontrer un jour dans une petite ville où il tenait garnison sur les frontières de la Bohême.

» Dès qu'il m'aperçut il vint à moi et me tendit la main. Ses brillantes couleurs avaient disparu. Je fus effrayé de sa pâleur ; une mèche blanche tranchait sur sa chevelure noire.

» — Qu'avez-vous ? — lui demandai-je.

» — Je suis le plus infortuné des hommes, — me répondit-il ; — j'aimais éperdument une jeune fille de cette ville, et par malheur elle a trois qualités qui me désespèrent : elle est belle, riche et sage. De sorte que, ne pouvant ni la séduire ni l'enlever, il faut absolument que je l'épouse.

» — Et les parents ne veulent pas consentir à la donner à un simple lieutenant d'Alvinzi ?

» — Les parents m'aiment comme leur propre fils, — dit-il en se tordant les mains de rage. — Je suis riche, mon bon ami... je suis riche... car j'ai tant joué... et toujours avec bonheur... Et mon bonheur ne se lassera pas !... Et ses parents imbéciles me pressent de hâter le mariage ; comprenez-vous ?

» Je ne pus m'empêcher de rire.

» — Si vous n'avez pas d'autre motif de vous plaindre,

Hans, j'avoue que je changerais volontiers mon sort contre le vôtre.

» Il me regarda d'un œil fixe et perçant.

» — Parlez-vous sérieusement, Rudiger ? Voudriez-vous échanger nos destinées ? Ah ! vous pouvez rire, vous ; moi, je ne ris plus. Plaignez-moi, Karl, — continua-t-il avec un profond soupir, — et ne me regardez pas comme un fou. Avez-vous oublié ma promenade au camp du général Ott ? Non. Eh bien ! vous connaissez le pacte mystérieux qui me lie à cet autre... vous savez, qui recevait pour moi les balles ennemies. — Je ne pus m'empêcher de lever les épaules, convaincu qu'il avait l'esprit dérangé ; il s'en aperçut, mais il reprit d'un air triste et calme, sans s'offenser de mon incrédulité : — Vous verrez, Rudiger, vous verrez. J'ai promis à cet autre de lui donner la femme que je choisirais pour porter mon nom de réprouvé. Pouvais-je prévoir, hélas ! que l'amour trouverait place dans ce cœur sceptique et glacé, et le raviverait un jour de sa flamme.

» — Bah ! mariez-vous, Hans, — interrompis-je, — et tous ces rêves creux s'évanouiront.

» Il devenait de plus en plus pâle.

» — L'autre réclame sa part, — murmura-t-il ; — si je consens, la jeune fille mourra... si je refuse...

» — Mon ami, — lui dis-je en parvenant à garder mon sérieux, — réconciliez-vous avec Dieu ; peut-être la bénédiction d'un prêtre rompra-t-elle ce pacte qui vous fait mourir à petit feu.

» Hans me quitta ; suivant mon conseil, il fit sa paix avec l'église et conduisit hardiment sa fiancée à l'autel.

» Mais le lendemain, au point du jour, après une nuit d'angoisses et de terreur, au moment où il traversait la place d'armes pour aller faire sa ronde, un des faisceaux gardés par une sentinelle se rompit par hasard, et de cet amas de fusils qui tombèrent pêle-mêle avec un effroyable fracas une balle partit en sifflant et vint frapper Hans Hainold droit au cœur.

» Quant à la sentinelle, on eut beau la chercher on ne la retrouva pas.

» Peut-être mon ancien camarade avait-il été victime de la vengeance d'un amant éconduit ? »

Au moment où le major Rudiger achevait son étrange récit, Zita rentrait dans la salle. Elle n'avait pas fait trois pas que, apercevant tout à coup le prisonnier, elle poussa un cri aigu et gagna la porte à reculons.

Les jeunes filles effrayées se levèrent en tumulte et coururent vers l'enfant, qui fut aussitôt entourée et pressée de cent questions à la fois.

— Qu'est-il arrivé ? D'où vient ta frayeur ? Pourquoi crier ainsi ?

— C'est lui ! — répondit Zita d'une voix étouffée. — Oh ! je le reconnais bien.

— Qui, lui ? Es-tu folle ? de qui parles-tu ?

— De l'homme au couteau, de celui qui a tué ma colombe ! — murmura-t-elle en désignant du doigt Rudiger, qui se promenait en long et large sans paraître se préoccuper de ce qui se passait à l'autre bout de la salle.

Les regards de toutes les jeunes Génoises, qui d'abord s'étaient involontairement dirigés vers le major, s'en détournèrent aussitôt avec une épouvante mêlée de mépris.

Le raide et élégant officier autrichien qui leur avait semblé si intéressant, et dont tout à l'heure encore elles faisaient l'éloge, avait perdu tout son prestige. D'un seul mot Zita l'avait dépoétisé ; ce n'était plus à leurs yeux qu'un boucher.

Aussi s'éloignèrent-elles toutes avec Bianca, sans daigner adresser un seul mot au baron, laissant à Lucia, qu'elles regardaient comme la plus résolue d'entre elles, le soin de le congédier.

Mais le prisonnier avait lancé du côté de la porte un coup d'œil oblique ; il avait vu les jeunes filles disparaître une à une, après avoir échangé avec Lucia quelques paroles à voix basse ; sa grossière fatuité ne lui permit pas de douter un instant que la sœur de Bianca n'eût éloigné ses compagnes pour se ménager un entretien particulier avec lui, et, voulant conserver tout l'avantage de sa position, il résolut prudemment de lui laisser faire le premier pas. Il continua donc sa promenade avec le calme insouciant de l'homme qui se repose dans sa force.

Pendant ce temps, Lucia étendait les robes sur le canapé, recueillait les rubans éparpillés sur la table, allait, venait, touchait à tout, et rangeait moins qu'elle ne dérangeait. « Le major, » pensait-elle, « finira bien par s'apercevoir que je n'attends que son départ pour rejoindre ma sœur et nos amies. » Malheureusement Rudiger persistait à ne pas vouloir comprendre ce petit manége, pantomime fort expressive pourtant.

On entendit alors sonner la retraite, car la nuit était venue. Lucia résolut d'en finir. Elle ferma les fenêtres donnant sur le jardin que l'ombre envahissait, ouvrit la porte, et, s'effaçant en faisant au major la plus cérémonieuse des révérences, elle lui indiqua la sortie d'un air qui pouvait se traduire par ces mots :

— Passez donc, monsieur, je vous en prie.

Rudiger fut d'abord interdit de ce dénouement inattendu ; mais, retrouvant aussitôt son audace, il prit la main de la jeune fille et, l'attirant vers lui, il ferma la porte, à laquelle il s'adossa.

— Est-ce que je puis me décider à vous quitter ainsi ? — dit-il d'une voix que l'émotion faisait trembler. — Depuis que je suis votre hôte, j'attends que le hasard me permette de me trouver seul avec vous.

— Qu'avez-vous donc de si mystérieux à me révéler, monsieur le major ? — repartit ironiquement Lucia.

— Un secret qui brûle mon cœur et mon sang, signorina. Depuis le jour où vous m'avez sauvé la vie en m'ouvrant la maison de votre père, depuis le jour où, m'arrachant à la frénésie sanguinaire de cette populace, vous m'êtes apparue, comme une déesse, resplendissante de beauté et de lumière, je vous aime, Lucia, d'un amour qui fera le malheur de ma vie si vous n'avez pas pitié de moi !

— Assez, monsieur ! — interrompit la Génoise en dégageant brusquement sa main, que Rudiger tenait toujours entre les siennes.

— De grâce, — continua le major avec feu, — écoutez-moi ! ne me réduisez pas au désespoir ! Il ne s'agit pas ici d'une passion éphémère qui doit s'éteindre aussi rapidement qu'elle a enflammé mon cœur. Désormais une seule image vivra dans ma pensée. Je ne suis ni un de ces soldats d'aventure ni un de ces oisifs débauchés qui se font un jeu de l'amour et qui promènent leurs vices élégants et leurs succès nomades de garnison en garnison. L'amour que je ressens pour vous, Lucia, est un culte, et, si j'ose vous en faire l'aveu, c'est que riche et noble, je mets à vos pieds ma fortune et mon nom.

— Eh bien ! monsieur, — répliqua la jeune Italienne d'un ton froid et résolu, — je vous ai écouté et j'ai réfléchi. Je n'accepte ni l'une ni l'autre.

Le major était si loin de s'attendre à cette réponse que la parole expira sur ses lèvres ; ses traits se contractèrent et son masque de douceur tomba ; le soldat brutal que tout obstacle irritait et qui ne connaissait que la raison du sabre reparut tout entier. La jeune fille put comprendre la terreur de Zita, mais elle se souvint que l'Autrichien était prisonnier dans la maison de son père, et elle sourit de cette vaine colère.

Rudiger essaya pourtant de se contenir, et, baissant ses yeux, dont l'éclat menaçant pouvait trahir sa fureur, il murmura d'une voix altérée :

— Pourquoi m'avoir sauvé, signorina ? Il valait mieux me laisser mourir !

— Eh ! monsieur, — répondit Lucia avec un mouvement d'impatience, — vous me faites expier cruellement une imprudence... ou plutôt une simple méprise.

— Une méprise ?

— Lorsque j'ai ouvert la petite porte de la rue par laquelle vous vous êtes si lestement glissé, ce n'était certes pas à vous que je comptais offrir asile.

Cette révélation foudroya le major ; il devint blême.

— Qui vouliez-vous donc sauver ? — s'écria-t-il.

— Mon fiancé, que je croyais en danger, monsieur.

— Ne cherchez pas à me tromper, Lucia ! — reprit l'Autrichien avec une extrême agitation. — Le nom de cet homme ?

Lucia essaya de rire.

— Ceci est par trop plaisant, en vérité ! Et de quel droit me faites-vous des questions, de quel droit me donnez-vous des ordres, monsieur notre hôte ?

Rudiger se croisa les bras, et, la regardant d'un air de défi et de haine :

— Quel qu'il soit, malheur à lui !

— J'ai eu tort, je le reconnais, de ne pas vous avoir désabusé plus tôt, monsieur, mais je ne vous ai jamais autorisé par ma conduite envers vous à concevoir la moindre espérance.

— Vous vous trompez, Lucia ; vous vous trompez, car vous ne connaissez pas toute la puissance qu'exercent la beauté et la générosité d'une femme sur le cœur de l'homme. Pourquoi m'avoir laissé croire à votre pitié ? pourquoi m'avoir laissé admirer votre beauté ? Il fallait vous cacher à ma vue derrière de triples voiles, comme les femmes d'Orient ; il ne fallait pas m'admettre dans la familiarité de votre vie. J'ai trop entendu votre douce voix, j'ai trop regardé votre charmant sourire. Je ne puis plus vous oublier. Non, il est impossible que vous ne vous laissiez pas toucher par mon amour.

— Monsieur le major, — interrompit la Génoise, — j'épouse dans quelques jours un homme que j'aime et que j'estime ; je ne puis sans crime vous écouter davantage. Laissez-moi rejoindre ma sœur.

Rudiger ne put comprimer plus longtemps la violence de son orgueil blessé :

— Ah ! vous l'aimez ! ah ! vous l'estimez, cet heureux mortel ! Et moi sans doute vous me détestez et vous me méprisez ! N'est-ce pas, ce lot est assez bon pour moi ? Votre coquetterie a attisé le feu dans mon cœur, et vous croyez l'éteindre par vos insolents dédains. Vous me chassez comme un de ces damoiseaux qui sont trop heureux d'emporter dans leur âme une éternelle blessure. Je vais concentrer ma douleur, m'incliner devant votre caprice, et tout sera dit. Voilà ce que vous avez cru, signorina ? mais vous vous êtes trompée.

— Des menaces ! — dit Lucia. — A une femme !

— Et je n'ai pas l'habitude de menacer en vain, signorina, — poursuivit le prisonnier avec une rage froide. — Bientôt, demain peut-être, votre superbe Gênes sera prise d'assaut et livrée au pillage. Vous ne savez pas ce qu'est le sac d'une ville, ma belle Génoise ? Vous n'avez jamais vu les maisons s'effondrer, les meubles voler par les fenêtres sur le pavé, ou brûler en pleine rue pour chauffer les mains du soldat ; les enfants et les femmes crier sous les pieds des chevaux, les coffres-forts s'éventrer et laisser ruisseler les pièces d'or, les diamants et les bijoux ? Eh bien ! vous connaîtrez les droits du vainqueur. Ah ! vous ne voulez pas être la femme du baron Rudiger, signorina Lucia ? Vous serez trop heureuse encore de chercher un refuge dans ses bras quand vous vous verrez au pouvoir des soldats ivres, qui riront de vos prières et feront bon marché de votre pudeur et de vos larmes.

— En même temps il lui serra le poignet avec emportement, et fixa sur elle des yeux étincelants. Cette fois l'Italienne fut épouvantée et voulut fuir, mais Rudiger l'enlaça dans ses bras nerveux. — Et alors dis-moi qui te sauvera ? — s'écria-t-il.

Une fenêtre du jardin s'ouvrit brusquement.

— Moi ! — répondit un homme qui d'un seul bond sauta dans la salle et se trouva face à face avec Rudiger.

Les bras du major se détendirent, et Lucia, s'arrachant

de cet élan vivant, s'élança vers le nouveau venu en disant :

— Judicelli, protégez-moi !

Le jeune capitaine piémontais, la tête haute, le front pâle et sévère, étendit la main dans la direction de la porte, et, donnant à son geste une autorité menaçante,

— Sortez ! — dit-il d'une voix brève.

— Monsieur !... — balbutia le major qui cherchait vainement à cacher son trouble.

Judicelli fit un pas en avant :

— Sortez ! — répéta-t-il avec un regard si impérieux que Rudiger, courbant cette fois la tête, quitta la salle et prit le chemin de la terrasse sans proférer une parole.

IV

LE SERMENT.

Lucia, tout émue encore, disparut comme un oiseau qui s'envole pour aller annoncer à sa sœur l'arrivée de son fiancé.

Judicelli, resté seul, s'engagea dans une sombre allée du jardin où avaient neigé les fleurs d'orangers aux pénétrantes senteurs, et s'y promena lentement, le front pensif, le cœur agité de pressentiments sinistres. Il ne songeait déjà plus à l'incident qui venait d'avoir lieu, il maudissait son uniforme et il avait peur.

Masséna, qui secondait avec une infatigable énergie les projets du premier consul, avait résolu de faire un dernier effort pour sauver Gênes de l'affreuse détresse à laquelle la réduisait le blocus.

Grâce aux mesures qu'il avait prises, plusieurs convois de vivres devaient arriver pendant la nuit par le faubourg San-Pier-d'Arena, et tenter de pénétrer dans la ville à la faveur de l'obscurité.

Pour faciliter cette opération, qui avait échoué tant de fois déjà, il s'agissait de détourner par un coup hardi l'attention de l'ennemi et de l'attirer sur un point opposé. En conséquence on avait décidé que, vers une heure du matin, une partie des troupes exécuteraient une sortie, se porteraient sur le fort Diamant et simuleraient l'attaque.

Le petit corps d'armée destiné à cette expédition se composait de trois compagnies de la 17e légère, qui devaient marcher en tête pour laver la tache imprimée à son drapeau ; de deux compagnies des 25e et 63e de ligne ; enfin de quatre cents Italiens, dont le général Rossignolli, comme insigne faveur, avait confié le commandement au capitaine Judicelli, son protégé.

En toute autre circonstance, le jeune officier eût été fier de la préférence dont il avait été l'objet ; mais cette fois il n'en était que médiocrement flatté, car elle contrariait singulièrement ses projets. En effet, son mariage devait se célébrer le lendemain, vers sept heures du matin ; tout était prêt pour la cérémonie, et il appréhendait de ne pas être de retour assez à temps pour conduire sa fiancée à l'autel. Ce doute le jetait dans une préoccupation inquiète et chagrine qu'il ne pouvait surmonter. Cependant il avait résolu de cacher à son beau-père et à Bianca la part active qu'il devait prendre dans l'expédition qui se préparait. Il voulait épargner à la pauvre enfant surtout une nuit d'insomnie et d'angoisses, et la laisser tout entière à ses projets d'avenir, à ses rêves de bonheur.

Il s'était assis sur un petit banc de mousse où chaque soir il venait avec Bianca passer quelques heures qui s'écoulaient en douces causeries, et peu à peu il était tombé dans une méditation profonde. Le bruit du feuillage mollement agité au-dessus de sa tête le tira de sa rêverie ; en même temps deux mignonnes mains satinées s'étaient posées sur ses yeux, et une voix au timbre d'argent lui murmurait à l'oreille :

— Devinez qui ?

— Ce n'est pas avec les yeux, ma Bianca, c'est avec le cœur qu'on reconnaît la femme aimée, — répondit le capitaine en souriant.

— Puisque vous avez si bien deviné, monsieur le rêveur, — reprit Bianca en renversant doucement en arrière la tête de son fiancé, — voici votre récompense.

— Et, avec cette câline tendresse si naturelle chez les Italiennes, elle effleura le front de Judicelli d'un baiser.

— Quoiqu'il soit bien tard, — continua-t-elle, — merci, mon ami, d'être venu. Je ne vous attendais plus.

— Un service extraordinaire, — répliqua le capitaine, — m'a retenu jusqu'à cette heure auprès du général. Enfin me voilà libre... pour quelques heures, — ajouta-t-il avec un soupir.

— N'importe ! — dit Bianca, — je suis heureuse de vous voir là, près de moi, de sentir votre main dans la mienne, car j'ai fait cette nuit un rêve qui m'a gâté ma journée... et, vous savez, Judicelli, je suis un peu superstitieuse ; vous m'avez souvent grondée à ce sujet.... à quoi bon vous raconter cette folie. Vous voilà, tous mes chagrins sont oubliés. — Mais elle se mentait à elle-même : le récit bizarre du major avait augmenté le trouble de son esprit crédule, le sourire de ses lèvres ne venait pas de son cœur. Quoiqu'elle racontât avec un abandon charmant au jeune Piémontais tous ses projets de jeune mariée, toutes les joies à deux qu'elle s'était promises, et qui allaient enfin se réaliser, Judicelli entendait bien que cette voix joyeuse tremblait et retenait des sanglots. Il voyait bien que cette gaieté factice et nerveuse cachait une douleur secrète. Bianca cherchait à le tromper comme elle cherchait à se tromper elle-même ; et il l'écoutait en silence. — Que vous êtes triste ce soir, mon ami ! — dit la belle Génoise en s'interrompant tout à coup et en attachant sur Judicelli ses grands yeux plus bleus que la mer de son pays. — Je vous parle, vous m'écoutez, et pourtant on dirait que vous ne m'entendez pas. Votre pensée n'est pas avec moi.

— Pourquoi m'adresser un reproche auquel vous ne croyez pas, Bianca ? Quand nous sommes ensemble, j'oublie le monde entier.

— Approchez vous... et regardez-moi... plus près... plus près encore ! — dit-elle toujours inquiète. — Je veux, dans votre regard sincère et loyal, lire jusqu'au fond de votre cœur. — Judicelli, cédant à ce caprice, se pencha vers sa fiancée et fixa sur elle ses yeux souriants.

— Le séjour de Gênes vous déplaît et vous attriste, n'est-ce pas ? — dit-elle après l'avoir contemplé quelques instants à la molle clarté des étoiles. L'air vous manque dans nos rues de marbre si étroites. Le tableau de nos misères vous oppresse, et vous rêvez à vos chères vallées, où la vie s'écoulerait pour nous calme et cachée comme le bonheur.

— Oui, vous avez dit vrai, — s'empressa de répondre le jeune Piémontais, enchanté que Bianca n'eût rien pénétré des vagues pressentiments dont il était agité. — Oui, je rêve à ma patrie, et j'aspire au moment où nous irons ensemble y oublier les désastres dont nous sommes chaque jour témoins.

— Je suis une fille de Gênes la Superbe, Judicelli, et pourtant j'ai hâte comme vous de partir et d'aller habiter loin de cette pauvre cité désolée.

— Encore quelques jours, Bianca, et Gênes, malgré son héroïque résistance, sera forcée de se rendre. Alors chacun de ses défenseurs étrangers retournera dans ses foyers.

— Et vous, mon ami, fidèle à votre promesse, vous renoncerez pour toujours à cette vie aventureuse du soldat dont les dangers et les hasards sont si mal payés par une gloire précaire et douteuse. Que de fois, dans le métier de la guerre, la conscience d'un honnête homme doit se révolter ! Que de fois il doit regarder avec angoisse sa main teinte de sang, en se demandant si ce sang ne criera pas contre lui et s'il avait bien le droit de le verser ! Je ne suis qu'une femme peureuse, mon ami, mais il me semble qu'il n'est beau et légitime de se battre que pour défendre sa famille et sa patrie. Quand vous aurez déposé votre épée, je serai vraiment heureuse, Judicelli ; séparés du reste du monde nous vivrons l'un pour l'autre dans votre beau domaine de la vallée d'Aoste.

— C'est que s'est écoulée mon enfance, — dit le capitaine d'une voix profondément émue ; — c'est là que je voudrais mourir ! — Puis, après un instant de silence : — Bianca, — continua-t-il, — j'ai tort sans doute de ne pas chasser les images lugubres qui me poursuivent, et vous allez me trouver faible comme un enfant ; mais je sens peser sur mon cœur un poids dont vous pouvez me délivrer. J'exige de vous un serment, ma belle fiancée.

— Dictez-le et je le prononcerai, mon ami, — répondit Bianca inquiète.

— Eh bien ! promettez-moi que, si la mort du soldat me frappe... loin de ma chère vallée, vous ferez transporter mon corps dans la chapelle où dorment mes pères.

La Génoise tressaillit.

— Que vous êtes cruel, Judicelli, d'évoquer entre nous ces idées sinistres ! Ne disiez-vous pas que Gênes serait bientôt forcée de se rendre ?...

Le capitaine se leva :

— Est-ce qu'un soldat peut dire : Nous nous reverrons demain ? Bianca, ma bien-aimée, faites-moi ce serment... J'y tiens comme au salut de mon âme, — ajouta-t-il d'une voix sombre, — et à nul autre qu'à vous je n'oserais adresser cette prière ; mes meilleurs camarades riraient de moi. Si vous m'aimez, Bianca, faites-moi ce serment.

La jeune fille pâlissait et rougissait tour à tour ; elle tremblait de tout son corps, et ses yeux se remplissaient de larmes ; il lui semblait que, en cédant au désir du capitaine, elle prononçait leur arrêt de mort à tous deux, et que ses lèvres ne pourraient laisser échapper ces paroles impies. Elle fit enfin un violent effort sur elle-même, et parvint à murmurer en sanglotant :

— Votre vœu sera exaucé, mon ami, j'en fais le serment. Si Dieu nous abandonnait, si Dieu nous frappait ainsi, il me donnera du moins la force de vous survivre assez pour vous obéir dans la mort comme j'eusse aimé à vous obéir dans la vie.

Judicelli ne répondit pas, mais son visage redevint calme.

. . . .

Au même instant ils entendirent sonner minuit à l'église Saint-Laurent, et une lueur rougeâtre illumina les branches vertes des orangers d'un éclat métallique.

Bianca releva subitement la tête, et vit passer devant la grille des soldats munis de torches ; derrière eux défilaient des détachements de toutes armes, rapides et silencieux comme des ombres. Tous se dirigeaient du côté de la place.

Le capitaine s'était élancé vers la grille.

— Sainte Vierge ! — s'écria la jeune Italienne en joignant les mains, — que signifie cette lueur sinistre ? Pourquoi ce défilé nocturne ? Craint-on l'assaut ?

Judicelli, tout en cherchant à la rassurer par des paroles vagues, s'avançait vers la petite porte par laquelle il était entré, lorsqu'un cavalier, conduisant un cheval tout sellé et bridé, s'arrêta devant la grille.

— Capitaine, — dit-il à demi-voix, mais pas assez bas pour que Bianca qui prêtait l'oreille avec anxiété ne l'entendît pas, — la compagnie est en marche, et j'ai pris les devants pour vous en avertir.

Judicelli fit un geste d'impatience, car il avait vainement fait signe au cavalier de se taire ; puis, embrassant sa fiancée muette de stupeur :

— Adieu, ma Bianca, — lui dit-il. — Un hasard fatal vient de vous révéler ce que je voulais vous cacher. Nous faisons une sortie cette nuit ; mais, courage ! nous nous reverrons demain.

— Vous savez bien, hélas ! qu'un soldat ne peut pas dire : Nous nous reverrons demain ! — répéta la belle Génoise, qui, s'armant des propres paroles du capitaine, justifiait ainsi ses terreurs. Puis, s'emparant du bras de son fiancé, elle s'efforçait de le retenir. Judicelli, s'arrachant à cette douce étreinte, ouvrit la porte et s'élança dans la rue, oubliant déjà ses pressentiments, ne songeant plus qu'au devoir. Il était à cheval et tenait le milieu du pavé lorsqu'il fut rejoint par sa compagnie, qui défila lentement devant la grille, aux barreaux de laquelle Bianca, qui se sentait mourir, s'était cramponnée des deux mains. Elle vit Judicelli à l'angle de la rue se détourner vers elle et lui faire du geste un dernier adieu. Éclairé par le feu vacillant des torches, le visage du capitaine lui parut pâle comme celui d'un spectre, et il lui sembla que les officiers et les soldats de sa compagnie cherchaient en ricanant à l'entraîner loin d'elle ; puis tout à coup le vent secoua la flamme, dont les spirales fantastiques dégagèrent une épaisse fumée blanche, et derrière ce voile tourbillonnant tout disparut à ses yeux. — Mon rêve ! — s'écria-t-elle d'une voix sourde.

Et, s'affaissant sur elle-même, elle tomba évanouie au pied même de la grille.

. . . .

Quand Bianca rouvrit les yeux, elle était dans sa chambre, étendue sur son lit ; son père et sa sœur veillaient à ses côtés ; elle se souleva lentement et promena autour d'elle des regards étonnés. Alors tout ce qui avait précédé son évanouissement se retraça nettement à sa pensée. Mais depuis que s'était-il passé ?

Elle regardait alternativement son père et Lucia, sans se sentir le courage de les interroger, préférant à la réalité le doute, qui lui laissait au moins une lueur d'espérance comme consolation.

Fatiguée et oppressée enfin de ce cruel silence :

— Quelle heure est-il, mon père ? — demanda-t-elle timidement.

— Trois heures viennent de sonner, mon enfant, — répondit Agostino Salvator.

— Seulement trois heures ! — soupira Bianca ; — mon Dieu ! cette nuit sera donc éternelle ! — Elle se tourna vers sa sœur : — Lucia, il me semble que l'air manque ici et qu'on y respire mal. — Lucia s'empressa d'ouvrir la fenêtre d'un vaste balcon qui donnait sur la rue. — Que le silence est profond et que le ciel est sombre ! — murmura la pauvre fiancée. — Pas une étoile pour éclairer cette triste nuit. Pauvres gens ! — Tout à coup elle entendit pétiller au loin des coups de feu. Son cœur se serra : — Ah ! tout à l'heure je me plaignais du silence ! — dit-elle amèrement.

Ne sachant comment abréger le temps, elle allait de son lit au balcon, ou bien elle s'agenouillait et priait.

Une heure se passa ainsi, et le jour commençait à paraître lorsqu'elle écouta tout à coup avec une anxiété un bruit confus qui ne parvenait pas encore aux oreilles de son père et de Lucia. Cependant ce bruit finit par devenir distinct. C'était le pas cadencé des soldats et les pieds ferrés des chevaux qui résonnaient sur le pavé.

Dès qu'elle aperçut les Piémontais qui tournaient la rue, son sang reflua vers son cœur et un nuage pourpre passa devant ses yeux. Ce n'était plus Judicelli qui commandait ce détachement comme au départ.

Muette et immobile, semblable à une statue de pierre, Bianca regardait un à un tous ces jeunes officiers qui, la voyant à son balcon, passaient en détournant la tête avec une expression de morne tristesse.

Quand la route fut déserte, la jeune fille presque folle porta ses deux mains à son front, comme si elle eût senti chanceler sa raison sous un coup terrible : ses lèvres blanches tremblaient convulsivement et ne pouvaient proférer une parole, les larmes gonflaient ses paupières, et ses yeux restaient secs, fixes, rigides ; enfin elle tomba dans les bras que lui tendait sa sœur, et y resta inerte comme une enfant saisie des spasmes de l'agonie.

Salvator était sorti en toute hâte pour se rendre chez le général Rossignolli, lorsque sur le seuil de sa maison il rencontra Lorenzetto.

A la pâleur du lieutenant, Agostino comprit que les pressentiments de Bianca ne l'avaient pas trompée. L'événement avait justifié toutes ces terreurs vagues qui avaient désolé le cœur de Bianca et que la raison refusait d'admettre.

Surprises par l'avant-garde des républicains, les sentinelles ennemies, qui formaient un cordon à cent pas environ des avant-postes, avaient fait feu et s'étaient reployées au pas de course sur leurs retranchements ; mais comme si quelque main invisible eût fatalement dirigé la première de ces balles tirées au hasard et au milieu de l'obscurité la plus profonde, elle alla frapper en pleine poitrine le capitaine Judicelli, qui tomba mort à la tête des siens.

Sa chute avait jeté le désordre parmi les Italiens ; les républicains tentèrent vainement de les rallier. Après avoir tenu pied pendant une heure, sous un feu meurtrier, ils avaient été entraînés dans la déroute de leurs alliés et contraints d'abandonner sur le champ de bataille leurs blessés et leurs morts.

. . . .

Il fut impossible de cacher un seul instant à Bianca la mort de son fiancé. Elle exigea même, avec une apparence navrante de froideur et de calme, qu'on lui racontât les moindres détails de cette funeste sortie, et elle en écouta le récit sans se départir de cette impassibilité terrible qui consternait Salvator et Lucia : le père eût voulu la voir éclater en sanglots et en lamentations ; mais ce désespoir concentré qui se cachait sous une apparence de résignation lui faisait craindre que la blessure de son enfant ne fût mortelle.

Lucia, muette devant cette grande douleur, ne se sentit pas le courage de consoler sa sœur : elle ne put que pleurer.

Bianca était tourmentée par une incessante pensée, tenace comme un remords. Depuis que son fiancé avait péri, elle se demandait comment elle pourrait religieusement accomplir le serment qu'elle avait fait à Judicelli vivant.

— Mon écrin, mes pierreries ! — s'écriait-elle dans le délire de la fièvre, — à celui qui, osant fouiller parmi les morts, me rapportera le corps sanglant de mon bien-aimé !

Salvator recueillit avec piété cette suprême prière ; assisté de quelques-uns de ses collègues, il se rendit au conseil, raconta le malheur qui venait de le frapper dans sa famille, et demanda qu'un parlementaire fût envoyé au général Mélas pour réclamer les morts.

Mais le commandant en chef, Masséna, avare du sang de ses soldats, rejeta nettement leur requête, s'appuyant sur les menaces et les violences que l'ennemi avait tout récemment exercées contre deux parlementaires. Tout en déclarant aux Génois qu'il était bien décidé à ne pas exposer désormais le dernier même de ses tambours à subir un pareil traitement, il leur laissa la faculté de recruter pour cette négociation des hommes de bonne volonté dans les rangs de la garde bourgeoise.

Aucun de ceux qui étaient présents ne parut se soucier d'aller affronter de gaieté de cœur les dangers de l'entreprise.

Salvator rentra chez lui désespéré ; et son premier soin fut de cacher à Bianca le mauvais succès de sa démarche ; il n'en instruisit que Lucia.

La vaillante fille, convaincue que sa sœur ne retrouve-

rait un peu de calme qu'après avoir accompli son serment, se révolta contre tous les obstacles suscités par le général Masséna ; n'écoutant que son cœur, elle résolut sur-le-champ de tout tenter pour arracher leur cher mort d'entre les mains des impériaux.

Son imagination ingénieuse et ardente avait en moins d'une heure enfanté et rejeté tour à tour vingt projets extravagants, et elle se dirigeait vers le cabinet de son père pour lui soumettre une dernière combinaison, lorsqu'elle se rencontra face à face avec le baron Rudiger, qu'elle n'avait pas revu depuis son insolent aveu.

Le major paraissait contraint et embarrassé :

— Signorina, — dit-il en s'inclinant devant elle, — ne me refusez pas mon pardon, car j'ai été bien coupable envers vous. Je confesse loyalement ma faute. La pitié doit toujours veiller au fond du cœur d'une femme. Ne soyez pas inflexible !

— De grâce, monsieur le major, — interrompit l'altière Génoise, — ne revenons pas sur une scène qui a été pénible pour tous deux et qui ne saurait admettre d'explication.

— Souffrez cependant, signorina, — reprit le baron d'une voix suppliante, — non pas que je me justifie, chose impossible, mais que je vous exprime tout mon repentir. Pendant mes longues heures de captivité et de solitude, j'ai osé rêver un bonheur que je croyais réalisable : est-ce là un si grand crime ? Puis j'ai osé vous demander si vous vouliez devenir l'ange de ce paradis que je m'avais créé dans mon rêve. Votre dédaigneux refus, en brisant toutes mes espérances, a troublé un instant ma raison ; dans mon égarement je vous ai offensée, comme les barbares offensent leurs idoles lorsqu'elles n'exaucent pas leurs prières. Vous ne pouvez m'empêcher de désavouer cette offense et de vous dire : Pardonnez-moi, car je ne puis me pardonner et je souffre !

En même temps il s'inclina de nouveau comme s'il allait s'agenouiller devant Lucia.

— Il suffit, monsieur, — répliqua-t-elle froidement, je ne veux pas me souvenir de ce qui s'est passé.

— Merci de votre générosité, signorina, — reprit le major ; — peut-être ne nous rencontrerons-nous plus comme à cette heure ; j'ai compris que je dois m'éloigner de vous, car je ne trouverai l'oubli que dans l'absence. Il faut à mon repos un autre toit que celui qui vous abrite, à ma poitrine un autre air que celui que vous respirez, à mes yeux un cadre où ne vienne pas flotter sans cesse votre gracieuse image. Je ne veux plus entendre le frôlement de votre robe qui me fait tressaillir malgré moi, ni le son de votre voix qui remue douloureusement toutes les émotions de mon cœur. — Lucia fit un geste d'impatience. — Cependant je ne partirai pas, — continua le baron avec vivacité, — avant d'avoir effacé de votre esprit la mauvaise opinion que vous avez pu concevoir de votre hôte, avant de m'être réhabilité à vos yeux. En échange du pardon que vous m'avez accordé par pitié, par dédain peut-être, je veux que, grâce à moi, votre sœur puisse tenir son serment et contempler les traits inanimés de celui qu'elle pleure ; je veux que dès ce soir le corps du capitaine Judicelli soit transporté dans la maison de sa fiancée.

— Oh ! faites cela, monsieur le major, — s'écria la jeune Génoise, — Bianca et moi nous vous bénirons.

Un éclair de joie illumina les yeux fauves du baron Rudiger.

— Je sais, — poursuivit-il plus lentement, — que le général Masséna a rejeté la requête présentée par votre père. Tous les projets que vous auriez pu former sont inexécutables, croyez-en mon expérience. Voici donc le plan que j'ai conçu. Agostino Salvator va choisir un soldat parmi les prisonniers entassés sur les barques du port. Cet homme ira porter de ma part un message au général Hohenzollern, mon frère d'armes, à qui je demanderai de me faire parvenir sur-le-champ un sauf-conduit pour un parlementaire et son escorte. Muni de cette pièce, que le parlementaire soit autorisé à m'emmener avec lui sous bonne garde, qu'il propose au général Mélas de m'échanger contre le corps du capitaine Judicelli, et je vous affirme que, le général aidant, l'affaire sera conclue sans difficulté et sans retard. Pendant qu'il expliquait son projet, Lucia n'avait cessé d'attacher sur lui ses grands yeux, où se peignaient naïvement le doute et la défiance. Le major, qui s'en aperçut, ajouta avec une sorte de rude franchise : — Ne croyez pas, signorina, que ma proposition soit un prétexte captieux pour reconquérir ma liberté. Vous me méprisez donc, puisque vous me soupçonnez encore de quelque vile trahison après m'avoir vu implorer votre pardon? Mais Gênes ne peut plus tenir. Avant trois jours, je vous l'ai dit, elle sera prise d'assaut ou bien elle capitulera. Ma captivité n'est donc qu'une question de temps, puisque dans ce siècle-ci on ne tue pas les prisonniers et on ne les réduit pas esclavage, si ce n'est en Afrique, — dit-il en riant. — Qui sait d'ailleurs si, libre aujourd'hui, je ne regretterai pas demain cette chaîne si légère.

— Et vous êtes certain, monsieur le major, -- demanda la jeune fille un peu rassurée et lasse de ces madrigaux, — bien certain d'obtenir ce sauf-conduit aujourd'hui même?

— Non-seulement j'en suis sûr, mais que votre sœur présente elle-même sa requête à notre vieux Mélas, — dit le baron avec une intention marquée, — et d'avance je réponds du succès.

— Bianca! — murmura la jeune Italienne. — Hélas! ma pauvre sœur est tellement abattue qu'elle n'a plus ni force ni courage. D'ailleurs sa pieuse douleur exciterait les railleries de vos soldats ; à la première question que lui adresserait votre général, elle se troublerait et ne saurait que répondre. Non, envoyer Bianca au camp des impériaux serait un acte cruel et insensé.

— Le choix du parlementaire est pourtant de la plus grande importance ; il faut qu'une voix éloquente plaide la cause de votre sœur et touche l'âme bronzée du général.

Rudiger ne lançait pas de paroles au hasard ; il voulait faire tomber Lucia dans un piége habilement tendu, sans que sa finesse féminine le lui fît soupçonner. Mais la Génoise, poursuivant son idée, répondit résolûment :

— Écrivez à votre frère d'armes, monsieur, car j'enverrai au général Mélas un parlementaire et une escorte qui n'auront pas peur de ses sourcils froncés ni des baïonnettes des impériaux!

Elle pensait au lieutenant Lorenzetto et à ses braves portefaix bergamasques. Le baron se mordit les lèvres. Lucia entra au salon en lui faisant signe de la suivre, et sonna. Un valet accourut, et, sur son ordre, apporta encre, papier et plumes. Pendant que Rudiger écrivait sa lettre au général Hohenzollern, la jeune fille crayonnait rapidement un billet adressé au lieutenant, et le lui faisait passer aussitôt.

Avant de signer sa lettre, le major releva la tête, et, suivant des yeux le serviteur qui s'éloignait :

— J'ai peur que vous m'ayez mal compris, signorina, et je serais désespéré que vous fussiez victime d'une méprise. Je ne sais quel parlementaire vous comptez envoyer au vieux Mélas, mais il est de mon devoir de vous donner un bon conseil. Lucia, si c'est une de vos compagnes qui accepte cette mission, choisissez-la jeune et jolie : c'est une chance de succès de plus, je vous en préviens.

La Génoise le regarda avec un air de profond étonnement.

— Envoyer comme parlementaire l'une de mes amies à votre général, monsieur, mais je n'ai jamais eu cette étrange pensée!

— Prenez-y garde ! — repartit vivement l'Autrichien, qui devint fort sérieux, — tout autre qu'une femme serait fort mal accueilli dans notre camp. Irrité de leur folle résistance, Mélas a voué aux défenseurs de Gênes une haine implacable. Malheur au téméraire qu'on dépu-

terait vers lui. Le pauvre diable, quel qu'il soit, serait impitoyablement traité comme un espion...

— C'est-à-dire emprisonné... — interrompit Lucia.

— C'est-à-dire, — continua le major avec une flegme imperturbable,—fusillé ou pendu. — La jeune fille tressaillit en songeant au péril auquel elle aurait exposé Lorenzetto sans s'en douter. Cette préoccupation l'empêcha de réfléchir à l'exagération évidente des craintes du baron, qu'en toute autre circonstance son esprit juste et résolu n'eût pas admises. — Du reste, — ajouta Rudiger, — si vous acceptez mon projet, hâtez-vous de le mettre à exécution, car cette nuit les morts seront enterrés pêle-mêle, et demain vous demanderiez en vain le corps du capitaine.

Cette dernière considération fixa sur-le-champ toutes les irrésolutions de Lucia.

— C'est bien, monsieur, — dit-elle ; — signez la demande du sauf-conduit, et dans trois heures nous partirons ensemble.

Puis, saluant le major, elle quitta le salon et entra chez son père.

Quand Rudiger fut seul, son masque de froide courtoisie tomba, ses yeux étincelèrent d'une joie méchante, et il murmura en riant de ce rire que les poëtes prêtent aux esprits du mal :

— Je la tiens donc enfin, cette beauté rebelle !

V

LA VIVANDIÈRE

Lucia, tout en exposant à son père le plan conçu par le baron Rudiger, s'était bien gardée de lui laisser soupçonner le rôle qu'elle se résignait à y jouer. Aussi Salvator s'était-il aussitôt mis en campagne. Grâce à son influence, l'échange du major avait été consenti, Rossignolli avait expédié vers le camp ennemi le prisonnier chargé de rapporter le sauf-conduit.

Cependant Lorenzetto avait reçu le billet de Lucia. Sans songer un instant aux dangers de la mission que voulait lui confier sa cousine, il endossa à la hâte son plus brillant uniforme, choisit pour lui servir d'escorte huit de ses plus robustes portefaix, et se dirigea rapidement vers la maison de Salvator.

En arrivant, il rencontra un soldat allemand qui cherchait le logis du major ; c'était le prisonnier qui revenait du camp avec un sauf-conduit en bonne forme. Le lieutenant le fit conduire chez le baron Rudiger, et il se disposait à entrer dans le cabinet de son cousin lorsqu'il s'arrêta en entendant s'élever la voix grave et sévère du vieillard ; la colère semblait dicter à ce dernier de dures paroles, auxquelles Lucia répondait par des larmes et des supplications.

Lorenzetto se décida enfin à frapper. Il se fit aussitôt un profond silence, et la porte s'ouvrit.

Lucia était agenouillée comme une coupable devant son père :

— Ah! c'est vous, mon ami, — dit-elle en voyant le jeune syndic sur le seuil, — soyez le bienvenu, car vous me viendrez en aide pour fléchir sa colère.

Lorenzetto, qui ignorait la cause de cette scène singulière, regardait alternativement le père et la fille, n'osant les interroger.

Salvator s'avança vers lui d'un pas chancelant, comme un homme brisé par la douleur, et, lui tendant la main.

— Mon ami, — lui dit-il d'une voix amère, — tu as reçu le billet de Lucia, et te voilà prêt à partir pour le camp des impériaux, n'est-ce pas?

— Je venais prendre vos derniers ordres, mon cousin.

— Et tu sais, — reprit le vieillard, — que cette mission est des plus dangereuses, qu'un mot imprudent, qu'un doute ou qu'un caprice de Mélas peuvent te coûter la vie, que tu risques même ton honneur, car les impériaux pourraient exiger de toi...

— N'achevez pas, mon cousin, — interrompit Lorenzetto en pâlissant. — Lucia m'a dit d'aller chercher le corps de Judicelli pour rendre le repos à l'esprit malade et au cœur blessé de Bianca, et j'y vais. Ma vie, je la risque tous les jours, comme les autres citoyens de Gênes; mon honneur, il n'est donné à personne au monde d'y toucher, et ma volonté seule pourrait le flétrir.

— Bien, mon ami, ce sont là de nobles sentiments, —reprit Salvator d'un ton de raillerie;—mais tu te trompes, ette mission n'offre aucun danger. Pour la mener à bonne fin, il est inutile d'être brave et dévoué, inutile de porter l'épaulette et de parler en soldat à des soldats. Un enfant en viendrait à bout aussi bien que toi. Et, toutes réflexions faites, ce n'est pas toi que Lucia chargera de ce facile message. Elle a changé d'avis. — La voix de Salvator tremblait et des larmes gonflaient ses paupières. Lorenzetto stupéfait le regardait en se demandant si le chagrin avait troublé sa raison. — Nous resterons ici tous les deux, mon ami, comme des femmes qui ne savent que gémir et pleurer, — poursuivit le vieillard, — et nous y attendrons tranquillement le retour du parlementaire qui va te remplacer.

Lucia restait prosternée, les yeux baissés, la bouche muette.

— Et qui donc avez-vous choisi, ma cousine? — demanda impétueusement Lorenzetto blessé dans son amour et dans son orgueil.— Qui donc, selon vous, remplira cette mission avec plus de zèle et de dévouement que moi?

— Lucia elle-même! — répondit laconiquement Salvator.

— Lucia! — répéta le lieutenant en attachant sur la jeune fille un regard effaré. — Vous voulez vous amuser à mes dépens, Salvator. — Le vieillard montra du doigt à Lorenzetto sa fiancée toujours prosternée et silencieuse. — Mais vous ne permettrez pas que votre fille commette une telle folie ! — s'écria le lieutenant désespéré. — Elle ne peut désobéir à son père; c'est une enfant pieuse et soumise. Vous avez le droit d'ordonner, elle ne bravera pas vos défenses ; elle ne quittera pas le foyer paternel pour compromettre sa réputation de jeune fille dans un camp. C'est une exaltation passagère que la douleur de Bianca lui a inspirée; mais elle comprendra que nous ne sommes plus au temps de la Bible, où les femmes sortaient de leur rôle chaste et humble pour devenir des héroïnes sanglantes. D'ailleurs il ne s'agit aujourd'hui ni de sauver sa famille ni de délivrer sa patrie. Une jeune fille ne joue pas impunément avec son honneur; ne l'oubliez pas, cousine!

Lucia ne bougeait pas et ne relevait pas la tête; elle semblait prier Dieu de lui conserver son courage et sa volonté contre ces voix si chères qu'elle était habituée à respecter.

— Je me suis opposé comme père à son projet insensé, — reprit Salvator, — je m'y suis opposé comme ami; mais ni l'autorité, ni les prières, ni les conseils n'ont pu vaincre son entêtement. Quant à l'empêcher de force de quitter ma maison, je ne le ferai pas, parce que le désespoir de Bianca est si profond qu'elle ne survivrait pas peut-être à la violation de son funeste serment ; et toutes deux me reprocheraient d'avoir abusé de mon autorité. Agissez donc suivant votre volonté, Lucia, mais e ne vous pardonnerai jamais le mal que vous m'avez fait.

Lucia se releva, avec le visage radieux de son triomphe, et, se soulevant sur la pointe des pieds, elle jeta ses deux bras autour du cou du vieillard, en lui disant:

— Jamais! Oh! ne prononcez pas un si vilain mot contre votre fille, mon père; je reviendrai, soyez-en sûr, et vous me bénirez pour vous avoir conservé Bianca.

Salvator la repoussa doucement et détourna la tête, moins pour échapper à son baiser que pour lui cacher ses larmes. Puis, se penchant à l'oreille de Lorenzetto:

— Tâche d'être plus heureux que moi, — lui dit-il à voix basse, — et de faire entendre raison à cette cruelle enfant.

Et il sortit brusquement, sans même oser regarder sa fille. Lucia, loin de paraître embarrassée en se trouvant seule avec le lieutenant, fixait sur lui des yeux souriants, de sorte que ce dernier ne savait comment renouer l'entretien.

— Je devine la recommandation que mon père vous a faite, mon cousin, — dit-elle, — et, comme je suis bonne, je vous prie, si vous tenez à me plaire, de ne pas broder, de nouvelles variantes sur un thème usé.

Lorenzetto, accablé, lui prit la main:

— Vous parlez bien légèrement d'une chose bien grave ma cousine.

— J'en parle légèrement, mon ami, parce que je sais d'avance tous les arguments que vous essayeriez de m'opposer, et que ma décision est irrévocable. Ne m'interrogez pas. Croyez que j'ai pesé sérieusement tous les obstacles que j'ai à vaincre, mais une impérieuse nécessité me contraint à remplir moi-même ce pieux devoir. Au retour, je vous dirai tout loyalement, et vous serez forcé de me pardonner.

— Pauvre enfant! — murmura Lorenzetto, — cette entreprise est au-dessus de vos forces. Rappelez-vous que déjà plus d'un parlementaire a été victime de sa hardiesse.

Évoquer le souvenir de ces dangers, auxquels un instant elle faillit exposer son fiancé, c'était fortifier Lucia dans sa résolution.

— Les impériaux ne sont pas des lâches, — répondit-elle avec calme; — ils peuvent tuer un homme dont ils suspectent la mission, mais ils respecteront une femme inoffensive.

Le lieutenant tressaillit, et une sueur froide mouilla son front pâle.

— Imprudente enfant! — s'écria-t-il, — vous croyez au respect de ces Croates demi-sauvages pour une femme, lorsqu'ils sont habitués à trafiquer de l'honneur des femmes comme d'un butin à chaque sac de ville, à chaque halte dans un village brûlé par eux pour leur servir de bivac. Quand vous traverserez leur camp, les soldats groupés sur votre chemin vous regarderont avec insolence, et vous baisserez les yeux devant eux ; ils vous insulteront de leur admiration, et vous rougirez de leurs grossiers propos ; ils saisiront votre main, et vous oserez à peine les repousser, de peur de les irriter et de compromettre votre mission.

Lucia pâlit à son tour :

— Vous êtes cruel, mon cousin, de chercher ainsi à effrayer et à lasser ma volonté; mais, je vous le répète, dussé-je mourir à la peine, je ferai mon devoir de sœur.

— Ainsi vous ne tenez nul compte de mon désespoir et de mes craintes, Lucia? Sans doute votre beauté même vous rassure contre l'insulte. Vous pensez que si quelque soldat ivre osait vous outrager, vous trouveriez pour défenseur le premier officier venu ; mais ne comprenez-vous pas ce qu'une semblable protection offre encore de pires dangers. La courtoisie chevaleresque du chef sera plus flétrissante pour votre réputation que la galanterie brutale du soldat.

Lucia sentit son cœur se serrer, et un sourire d'indignation altière crispa ses lèvres :

— Pas un mot de plus, Lorenzetto, si vous ne voulez pas froisser mortellement un cœur qui vous appartenait, et qui se détachera de vous comme la feuille morte qui tombe de l'arbre. Epargnez-moi ! épargnez-moi !

Mais le lieutenant, égaré par la douleur, ne l'écouta pas, et ajouta avec véhémence :

— Lucia, j'aime en vous la jeune fille pure et chaste qui a toujours vécu saintement sous le toit de son père,

mais je n'épouserai jamais l'héroïne de hac: d que me
renverraient les impériaux.

— Ah! vous l'avez prononcé ce mot terrible que je
redoutais, — dit tristement la jeune Génoise; — vous
avez rompu l'alliance de nos âmes; vous m'avez flétrie
vous-même de la pensée et des lèvres; vous m'avez condamnée au lieu de m'encourager et de m'aider. Vous
avez donc cru que, après avoir résisté aux prières de mon
pauvre père, je céderais à vos menaces, mon cousin?
Hélas! vous n'avez pu que me faire beaucoup souffrir.
Vous m'avez mis le marché à la main, je l'accepte. Que
tout soit donc rompu entre nous, car je pars à l'instant.

— Que tout soit rompu! — répéta Lorenzetto, qui ne
pouvait supporter l'idée de voir sa fiancée souillée des
railleries du camp ennemi.

— Adieu, mon cousin, — dit la jeune fille inflexible
dans sa volonté; — nous ne nous reverrons jamais.

— Ah! vous ne m'avez jamais aimé! — murmura le
lieutenant, invoquant un reproche banal qui est la
suprême ressource des amoureux mécontents. Il s'arrêta sur le seuil du cabinet pour échanger un dernier
regard avec Lucia, qui essayait de comprimer ses larmes,
et, voyant son attendrissement involontaire, il conçut
un peu d'espérance; il ôta lentement la bague qu'il
portait au doigt annulaire, et, revenant sur ses pas,
— Voici votre anneau, Lucia, — dit-il d'une voix tremblante.

La jeune fille frissonna de tous ses membres.

— C'est bien, Lorenzetto, vous pensez à tout.

Elle prit l'anneau et lui rendit le sien avec un calme
apparent. Le lieutenant, désespéré de tant d'indifférence,
murmura :

— Que Dieu vous aide et vous protége, Lucia, puisque
vous ne voulez plus d'autre protecteur! Maintenant tout
est fini.

Et, craignant de laisser éclater sa douleur, il sortit précipitamment. Lucia regarda son anneau.

— Pauvre bijou, — soupira-t-elle, — on ne veut plus
de toi! tu es répudié comme celle qui l'avait donné!
J'étais si heureuse de te voir orner cette brave et loyale
main qui était mon bouclier! Ah! j'ai bien souffert
aujourd'hui, mais Lorenzetto est vivant du moins, et
Bianca souffre plus que moi. Elle souffrira toujours, son
fiancé est mort! Advienne que pourra! Je n'aurai pas
envoyé mon cousin à sa perte.

Son organisation nerveuse et robuste prit enfin le
dessus, et, oubliant les lassitudes de cette lutte douloureuse, elle ne pensa plus qu'à l'exécution de son projet.

. . . .

En traversant le vestibule, elle rencontra le baron
Rudiger qui causait avec les portefaix bergamasques
auxquels le lieutenant avait confié le soin d'escorter sa
cousine et de veiller sur elle.

— Avez-vous le sauf-conduit du général Hohenzollern,
monsieur? — demanda-t-elle au major.

— Le voici, signorina, — répondit-il en lui présentant
le papier déployé.

— C'est bien! — répliqua-t-elle en le serrant dans une
des poches de sa robe.

Puis, jetant à la hâte un ample *mezzaro* sur sa brune
chevelure, elle sortit de la maison de son père, en
compagnie du major qui marchait au milieu de l'escorte.

Le chemin à travers les fortifications se fit gravement et en silence jusqu'à la première redoute, où la
voix perçante de la sentinelle ennemie fit entendre le
mot : *Arrière ou halte!* L'écharpe impériale du major
et le drapeau tricolore que le tambour de l'escorte agita
retinrent les armes des Autrichiens en repos. Un officier
sortit du poste, examina et interrogea les arrivants, et
lut avec attention le sauf-conduit que Lucia lui présentait
tout ouvert.

Par cette pièce, datée du 30 juin, le général Mélas
enjoignait au capitaine Tromlitz de conduire l'envoyé
de la ville de Gênes à la tente de l'état-major, et de faire

retirer son escorte, qui attendrait son retour à la distance
d'une portée de fusil de la redoute.

Ce capitaine, qui paraissait connaître à fond l'affaire,
alla serrer la main du baron Rudiger, et lui déclara
qu'il pouvait continuer sa route vers le camp sans plus
attendre, son échange devant être considéré comme
certain.

Les portefaix bergamasques protestèrent énergique-
ment contre cette violation manifeste des conventions
arrêtées, et voulurent conserver leur prisonnier comme
otage.

Mais le capitaine prétendit avoir reçu l'ordre formel
d'en agir ainsi. D'ailleurs, comme le major s'engageait
sur l'honneur de retourner à Gênes si, contre toute
prévision, l'échange projeté n'avait pas lieu, et que
Tromlitz refusait de laisser passer l'envoyée si le baron
ne l'accompagnait pas, les portefaix, après d'inutiles
pourparlers, furent contraints de laisser aller leur prisonnier sur parole.

Quand il fallut se séparer de ces braves gens, qui
étaient ses seuls protecteurs en ce moment, Lucia sentit
son courage défaillir, et jeta involontairement sur Gênes
un regard de regret; mais, s'armant bientôt d'une résolution suprême, elle s'abandonna vaillamment à ses deux
guides.

L'espace qui s'étendait entre la redoute et le camp
était nu, désert, brûlé par le soleil ardent. On eût dit
que l'herbe du sol et les feuilles des arbres avaient
été dévorées par des escadrons de sauterelles. De loin
en loin s'élevaient quelques baraques où se trouvaient
un poste ou une pièce de canon isolée. Des Croates
étaient étendus çà et là, à l'ombre d'une toile tendue
sur leurs lances, ou sous de légers abris de paille;
leurs chevaux, à demi sauvages, étaient attachés auprès
d'eux à des piquets ou au peu d'arbres que la guerre
avait respectés. Le monotone *werda* des sentinelles et les
mots d'ordre que répondaient les compagnons de Lucia
interrompaient seuls ce triste silence.

Mais, quand la petite troupe arriva à l'entrée du camp,
la jeune Génoise fut un instant étourdie du tumulte
et des scènes toutes nouvelles qui frappaient ses yeux.
Ici des recrues s'exerçaient au roulement du tambour;
là le son éclatant des trompettes annonçait le quartier de
la cavalerie. Des hommes, des chevaux, des bêtes de
somme circulaient incessamment entre d'énormes amas
d'armes.

Aussi ne parvinrent-ils que difficilement à la grand'-
garde où flottait l'étendard impérial. Des groupes bruyants
s'agitaient tout autour. Sous les tentes des vivandières,
des Hongrois et des Dalmates dansaient aux aigres sons
de la viole et de la guzla. Des dragons déjà ivres s'atta-
blaient pour boire et jouer aux cartes et aux dés. De
noirs forgerons faisaient retentir l'enclume pour réparer
les armures; plus loin, des maréchaux ferraient les
chevaux, et des colporteurs criaient leur pacotille,
tandis que des marchands, établis dans des baraques de
toile, hélaient des clients de toute la force de leurs pou-
mons.

Des officiers de tout grade, qui venaient d'être prévenus
de l'arrivée du major, s'empressèrent d'accourir pour
le complimenter sur son heureux retour. Tout en
lui adressant leurs félicitations, ils examinèrent curieusement Lucia, en échangeant quelques paroles à voix
basse.

Le baron Rudiger et Tromlitz mirent heureusement fin
au supplice qu'endurait la jeune fille en congédiant leurs
amis, le capitaine pour annoncer au général Mélas
l'arrivée de la suppliante, et le major pour faire enlever le
corps de Judicelli de l'endroit où les morts avaient été
déposés.

Cependant, avant de s'éloigner, il fit venir un soldat
qui lui servait de brosseur, nommé Raupach, et il lui
donna quelques ordres secrets que celui-ci écouta sans
quitter des yeux la belle Génoise et en secouant affirma-

tivement la tête. Puis les deux officiers s'éloignèrent après avoir prié Lucia de les attendre sous la protection de la bannière impériale.

Quoique la fille de Salvator ressentît pour le baron une invincible aversion, elle ne le vit pas s'éloigner sans terreur. Elle comprenait enfin toute sa faiblesse et son isolement ; elle comprenait les alarmes de son père et de son cousin. Il lui semblait que tous les regards étaient tournés vers elle, et que son embarras servait de point de mire aux railleries et aux éclats de rire des buveurs.

Elle ne pouvait lever les yeux sans voir des tableaux révoltants et cruels. Tantôt c'était un soldat novice au maniement des armes qui venait, pour une infraction légère, recevoir la bastonnade devant la tente du capitaine instructeur, et tantôt de malheureux paysans surpris au moment où ils cherchaient à introduire des vivres dans la ville assiégée et auxquels on avait coupé les oreilles. Des troupeaux harassés de fatigue fuyaient devant les maraudeurs qui les avaient enlevés. Des déserteurs, dépouillés jusqu'à la ceinture, étaient entraînés hors du camp par des Croates chargés de leur faire subir le supplice des verges.

Lucia commençait à se repentir sérieusement de n'avoir pas écouté les conseils de son père ; son héroïsme fléchissait devant la réalité grossière et horrible. Elle avait peur de ces soldats qui jouaient et buvaient à deux pas d'elle et contre qui elle ne pouvait se défendre que par des larmes et des prières. Tout à coup elle vit l'un d'eux se lever de table et s'avancer de son côté : c'était Raupach ; mais elle n'avait pas remarqué son entretien avec le major, et pour elle c'était un inconnu.

— N'ayez pas peur, signorina, — dit-il en l'abordant d'un air de bonhomie auquel Lucia se laissa prendre ; — vous attendez sans doute quelqu'un ?

— J'attends le capitaine Tromlitz, qui doit venir me chercher pour me conduire devant le général en chef.

Raupach se gratta le front :

— Le général, dites-vous ? Il est rentré, car on vient de battre aux champs tout à l'heure. Mais, au lieu de vous laisser là toute seule en faction, je puis, si le cœur vous en dit, vous faire mener à sa tente par le premier sergent venu de mes amis. — Lucia était si lasse et si troublée d'attendre le retour du capitaine en si équivoque compagnie qu'elle se cramponna à cette proposition comme le nageur imprudent entraîné par le courant s'accroche à la première branche flottant sur l'eau. Elle remercia le soldat et lui promit une récompense. — Vous avez un sauf-conduit, n'est-ce pas, signorina ? — demanda Raupach du ton le plus naturel du monde.

— Le voici ! — répondit la jeune fille sans défiance.

Raupach le prit avec insouciance, le parcourut fort attentivement des yeux, quoiqu'il ne sût pas lire, et, regardant autour de lui :

— J'aperçois justement mon sergent, l'honnête Stephen, qui va porter les rapports ; il pourra vous servir de guide en même temps et faire d'une pierre deux coups.

Il se mit aussitôt à la poursuite du sergent, qui venait de disparaître entre deux longues rangées de tentes alignées comme les maisons d'une rue.

Il emporta le sauf-conduit, et un quart d'heure se passa sans que Lucia le vît revenir. De plus en plus inquiète et embarrassée, elle essayait en vain de déguiser son impatience aux yeux des buveurs qui la regardaient d'un air narquois en se poussant du coude.

Ils ne paraissaient pas disposés à quitter de sitôt la cantine, car ils dévoraient à grand bruit une vaste portion de gésiers et d'ailerons de corneilles fortement épicés qu'un vivandier génois débitait dans le camp sous le nom d'*antipasto* (entrée de table), et pour étancher leur soif toujours ardente ils buvaient de si fréquentes rasades de ces vins appelés dans le pays *asprino* et *bianco chiorello piccante* qu'ils étaient presque tous ivres.

L'un d'eux finit par se lever en chancelant ; il s'approcha de la jeune fille :

— Eh bien, la belle ! — dit-il en la saluant d'un air ironique, — tu t'ennuies ? Peut-être ton amant se fait-il attendre, pauvre petite ? Si tu veux je te tiendrai compagnie ? — Lucia feignit de ne pas comprendre et s'éloigna un peu. — Eh bien ! soyez donc poli avec ces mijaurées ! — grommela le dragon en revenant piteusement s'asseoir au milieu des huées de ses compagnons.

Un second, jaloux de venger l'honneur du corps, se leva tout trébuchant, un gobelet à la main :

— Charmante étrangère, — lui dit-il d'une voix de basse-taille qu'il essayait inutilement de rendre douce et flûtée, — tu dois être lasse de rester debout depuis si longtemps ? Viens donc t'asseoir à notre table ; tu nous chanteras une chanson d'amour. C'est moi qui régale. — Et il voulut passer son bras sous celui de l'Italienne pour l'entraîner. Lucia recula épouvantée comme si elle eût craint que ce grand dragon oscillant sur ses jambes avinées ne l'écrasât dans sa chute. Le soldat tomba et tous ses camarades éclatèrent de rire. — Tu ne t'en iras pas, mille diables ! — s'écria l'ivrogne en se relevant avec effort. — Tu ne t'en iras pas ! Quand l'officier n'en veut plus c'est au tour du soldat, dit le proverbe. Les officiers sont partis, ma mignonne, je suis un soldat... Donc... comprends le raisonnement... donc tu m'appartiens... à moi... et aux amis ! — Puis, jetant au loin son gobelet et passant à diverses reprises la manche de son habit sur sa moustache rouge de vin : — Tu entends, la belle !... je suis un galant, moi... je ne suis pas un ivrogne comme les camarades... et je veux t'embrasser.

Il saisit Lucia par la taille, malgré sa résistance, et la pauvre enfant, terrifiée, jeta un cri déchirant qui fit rire de plus belle les dragons attablés.

En ce moment une vivandière, grande et robuste femme de trente-cinq ans, encore belle, sortait de sa cantine. Elle était coiffée d'un bonnet de police duquel s'échappaient de longs cheveux noirs tressés en cadenettes. Elle portait sur sa courte jupe de laine rouge une petite veste de houzard, et elle était bottée comme un cavalier.

Depuis une demi-heure elle avait eu occasion de remarquer Lucia, dont le visage et la tournure n'annonçaient pas une de ces aventurières familiarisées avec la vie des camps ; prenant en pitié le cruel embarras de la pauvre Génoise, elle alla droit au dragon, lui posa ses mains vigoureuses sur les épaules, et, lui faisant faire brusquement demi-tour, elle se trouva face à face avec lui.

— Si tu es si galant troubadour, eh bien ! regarde-moi, mon fils, tu trouveras à qui parler ! — dit en riant la vivandière, qui se balança légèrement sur les hanches, les bras croisés sur sa poitrine rebondie et le pied gauche en avant. — Tes officiers prétendent que je n'ai pas encore mérité la retraite ; es-tu de cet avis, Bernhard ?

— Moi, dame Catherine, — répondit le dragon tout interdit de la brusque intervention de la vivandière, — moi je vous connais et je vous respecte.

— Eh bien ! tâche de respecter aussi cette pâquerette, ou sinon... — ajouta-t-elle en faisant passer sa main droite par dessus son épaule gauche comme un ressort prêt à se détendre, — tu me comprends ?

— Suffit, dame Catherine, mais restez en joue, ne faites pas feu..... on vous obéit.

Et au mépris de cette définition géométrique en vertu de laquelle la ligne droite est le plus court chemin pour aller d'un point à l'autre, il emboîta une série de zigzags qui l'envoyèrent enfin tomber entre les bras de ses camarades.

Ceux-ci ne se contentèrent pas de rire de sa déconvenue, ils se levèrent en poussant un hourra en l'honneur de leur brave vivandière, qu'ils aimaient comme une mère, et tout le vin qui restait au fond des gobelets fut solennellement versé sur la tête du malencontreux Bernhard.

— Asseyez-vous maintenant, ma chère petite, — dit

dame Catherine à Lucia, en retournant un tambour pour offrir un siége à sa protégée,— et buvez une bonne rasade d'*asprino bianco ;* ça vous remettra le cœur beaucoup mieux qu'un grand discours.— Lucia, n'osant pas refuser, but quelques gorgées de vin qui la ranimèrent en effet.

— Maintenant, — ajouta la vivandière un peu curieuse, racontez-moi ce qui vous amène au camp, signorina, et, si je puis vous être utile, je n'ai pas besoin de vous dire de compter sur moi. — La figure franche de dame Catherine inspirait trop de confiance à la jeune fille pour qu'elle hésitât à lui expliquer le but de sa mission au camp des impériaux ; mais lorsqu'elle parla des promesses du baron Rudiger, la vivandière fit une grimace et lui dit à voix basse : —Défiez-vous du major, signorina. C'est un homme cruel et sans foi. Les serments ne lui coûtent rien pour satisfaire un caprice. Il n'a jamais craint de verser le sang humain comme l'eau quand il s'agit de se débarrasser d'un rival, de déshonorer une femme ou de remplir ses fourgons. Cependant, puisque vous avez un sauf-conduit de notre vieux général... — Dame Catherine s'arrêta en apercevant le baron Rudiger et le capitaine Tromlitz qui venaient enfin chercher Lucia pour la conduire à la tente du général en chef. — Mes services vous sont inutiles, signorina, et décidément vous n'avez rien à craindre dans notre camp. Je m'étais trompée, — dit-elle rapidement ; — une fois dans sa vie le major aura bien voulu se montrer loyal. C'est étrange. Mais vous êtes sous la sauvegarde du général Mélas, et nul ne serait désormais assez hardi pour vous offenser, signorina.

Lucia remercia dame Catherine de l'intérêt qu'elle lui avait témoigné, serra la main de la brave femme, et, se levant, partit le cœur plus léger, escortée des deux officiers.

VI

LE GÉNÉRAL MÉLAS ET LE DÉSERTEUR.

L'intérieur de la tente où Tromlitz introduisit la suppliante offrait un coup d'œil imposant.

Mélas était assis devant une large table encombrée de cartes géographiques, de plans déployés et de papiers épars. Des trophées d'armes et de drapeaux décoraient les angles de la tente. Autour du général se tenaient debout tous les officiers supérieurs qui formaient ordinairement son conseil ; leurs uniformes étaient chamarrés de broderies et de croix, et presque tous avaient vieilli sur le champ de bataille ; mais le plus vieux c'était Mélas.

Ses cheveux blancs, son front sillonné de rides profondes, ses épais sourcils gris, sous lesquels étincelaient des yeux noirs, imprimaient à sa physionomie une expression sérieuse et un peu triste qui commandait le respect.

Lucia se sentit involontairement troublée en présence du général en chef, mais le demi-sourire qui erra sur les lèvres de ce dernier l'eut bientôt rassurée. Elle se recueillit un instant, et, au milieu d'un profond silence, elle exposa sa requête en termes simples et touchants. Il y avait tant de modestie dans son maintien et de douceur dans sa voix que le front de Mélas se dérida tout à fait et que son regard fixe, pénétrant, s'adoucit au point de rendre à la jeune Génoise l'espoir de réussir complètement dans sa mission.

— Vous vous êtes conduite en bonne sœur et en enfant courageuse, — dit le général en chef ; — je vous accorde ce que vous demandez, signorina, et félicite votre ville rebelle de vous avoir choisie comme envoyée. — Puis, se tournant vers le capitaine Tromlitz, qui se tenait respectueusement à l'entrée de la tente : — Que le corps de cet officier piémontais, — continua-t-il, — soit immédiatement transporté aux avant-postes pour être remis à l'escorte qui a accompagné cette jeune fille ! — Le capitaine fit un signe de la main au dehors, et quatre soldats apportèrent, étendu sur une civière, le corps de Judicelli, qui avait été reconnu par les soins du baron Rudiger. A l'aspect du corps sanglant de celui qu'elle avait vu la veille si brillant de jeunesse et de beauté, Lucia ne put retenir un cri de douleur ; elle se signa, et deux grosses larmes descendirent lentement le long de ses joues. Elle pensai au désespoir de Bianca. Après un instant de prosternation elle se tourna vers le général, murmura d'une voix étouffée quelques mots de remercîment, et se disposait à suivre les porteurs qui s'étaient mis en marche, lorsque Mélas s'approcha d'elle, et, lui prenant la main, — N'avez-vous rien de plus à me dire ? — demanda-t-il en l'enveloppant de son regard pénétrant. Lucia leva la tête et attacha sur le général ses grands yeux étonnés. — Vous n'êtes chargée d'aucun autre message ? — insista Mélas.

— Non, général, — répondit-elle.

— Non ! — dit-il en fronçant les sourcils.— Qu'attendent-ils donc, les fous, pour me demander à capituler ? N'est-ce pas assez de la famine et de la peste qui combattent pour nous dans vos murs ? Veulent-ils que je finisse par brûler leurs palais de marbre, et que de Gênes la Superbe il ne reste que des cendres ?

— Général, — répliqua timidement l'Italienne, — je ne suis qu'une humble et ignorante fille, et je n'entends rien aux choses de la guerre.

Mélas se leva.

— Pour se convaincre que la résistance est insensée, — poursuivit-il, — qu'ils se comptent et qu'ils se demandent combien chaque jour leur enlève de soldats et de citoyens ! — Lucia, les yeux baissés, restait immobile devant le général autrichien et ne répondait pas.

— Ce Masséna est un grand homme de guerre, mais il ne peut ressusciter les pestiférés, mais il ne peut faire pointer ses canons par des hommes qui ne sauraient se tenir debout. — Il arpenta ensuite sa tente à grands pas en murmurant quelques paroles inintelligibles ; puis, se croisant les bras,—Quel est à cette heure l'effectif de la garnison ? — demanda-t-il brusquement à Lucia.

— Je ne vous comprends pas, général, — répondit la jeune fille.

— Je veux savoir à combien on estime le nombre des républicains bloqués dans Gênes avec le général Masséna, mon enfant ?

— Je l'ignore, général.

— Et les Italiens commandés par le Piémontais Rossignolli sont-ils encore nombreux ?

— Mon Dieu ! je regrette, général, que vous m'adressiez des questions auxquelles il m'est impossible de répondre.

Mélas frappa du pied.

— Depuis combien de jours, — reprit-il d'une voix rude, — la ville manque-t-elle de vivres ? Voilà de ces choses, signorina, que vous devez savoir, quelle que soit votre ignorance des choses de la guerre.

— Pardonnez-moi, — répliqua l'Italienne, dont le visage s'empourpra d'indignation en comprenant le sens insidieux des questions du général, — car jusqu'à ce jour nous n'avons, Dieu aidant, manqué de rien dans la maison de mon père.

Mélas se mordit les lèvres ; il était mécontent de lui-même et cependant irrité contre la fière Génoise qui, dans son ingénuité, le bravait au milieu de son armée. Tous les officiers qui assistaient à cette scène devinèrent qu'il était à bout de patience, et que son indulgence allait faire place à la colère.

— Ainsi, — reprit-il après un court silence, — vous refusez obstinément, signorina, de me donner aucun des renseignements que je vous demande ? Je n'ai cependant pas hésité, moi, à faire droit à votre supplique.

— Je serai franche, général, — répliqua hardiment Lucia ; — quand même il me serait facile de satisfaire à vos questions, je garderais encore le silence.

— Et pourquoi donc, signorina?

— Je suis Génoise, général.

— Et je te conseille d'en être fière, vraiment ! — s'écria Mélas avec un dédaigneux sourire. — Ne sais-tu pas que les Italiens disent en parlant des Génois : Gens sans foi, mer sans poissons, montagnes sans forêts, femmes sans pudeur ?

Lucia, blessée de ces brutales épigrammes, regarda fixement le général, et l'interrompit à la grande stupeur de tous les assistants :

— Il n'est pas noble de la part d'un grand capitaine entouré de son armée d'outrager publiquement une pauvre suppliante sans défense.

Le vieux Mélas ne put s'empêcher de pâlir. Il lui prit le bras et répondit avec rudesse.

— Mais si tu n'étais pas une femme, presque une enfant, audacieuse Génoise, si tu n'étais pas venue dans mon camp sous la sauvegarde de ma parole, je te ferais châtier comme les deux derniers parlementaires des assiégés.

— Mais je suis une femme et j'ai votre parole, général, — dit simplement la vaillante Italienne en conservant son attitude modeste et fière.

Mélas semblait incertain du parti qu'il devait prendre lorsqu'à dix pas de la tente éclatèrent des cris qui mirent aussitôt sur pied tous les soldats du poste.

. . . .

Un homme armé, qui portait l'uniforme de la garde bourgeoise de Gênes, venait de s'introduire audacieusement dans le camp. Il n'avait pas de sauf-conduit, lui ; on l'avait donc arrêté, et, malgré sa résistance, on le conduisait au quartier de l'état-major ; mais, chemin faisant, le Génois s'était échappé des mains des soldats, et, s'enfuyant à toutes jambes, il s'était engagé dans une longue avenue de baraques et de tentes à l'extrémité de laquelle se dressait celle du général en chef.

Les hommes de garde l'avaient arrêté dans sa course et menaçaient de lui faire un fort mauvais parti quand intervint le capitaine Tromlitz ; il s'empara du fugitif et l'amena devant Mélas.

— Lorenzetto ! — s'écrièrent en même temps le baron Rudiger et Lucia lorsqu'ils virent entrer le prisonnier.

— Comment ! c'est vous, major ? — dit le jeune lieutenant en allant serrer la main de son ancienne connaissance. — Par saint Laurent ! je suis heureux de vous trouver ici.

Et son front s'illumina d'une joie soudaine, car il venait d'apercevoir Lucia, qui, calme et sereine, semblait placée sous la protection spéciale de Mélas. Pour elle, il venait de faire un coup de tête qui compromettait son honneur et sa vie.

Voyant que les heures s'écoulaient et que la fille de Salvator n'était pas encore de retour, le pauvre garçon, fou d'amour et de désespoir, venait, au risque d'être fusillé comme espion, de passer à l'ennemi pour savoir ce qu'elle était devenue.

Mais dès qu'il fut complétement rassuré sur le sort de sa cousine, Lorenzetto se souvint de quelle façon disgracieuse ils s'étaient séparés, et il pensa qu'il était de sa dignité de ne pas lui laisser soupçonner le motif de son étrange apparition au milieu du camp des impériaux. Il affecta en conséquence de promener autour de lui des regards indifférents, pour dissimuler devant Lucia le ravissement qu'il éprouvait au fond du cœur.

Quant à la jeune fille, elle se demandait avec une anxiété douloureuse par quel hasard fatal son bien-aimé Lorenzetto avait pénétré dans le camp ennemi au moment même où, pour l'empêcher de courir un si grand danger, elle se dévouait courageusement elle-même.

— Major Rudiger, quel est cet homme ? — demanda Mélas.

— Général, — répondit le baron, — c'est le syndic des portefaix du port franc de la ville de Gênes, le jeune lieutenant qui m'a fait prisonnier il y a quelques jours. J'ignore du reste ce qui peut l'amener ici.

— Que veux-tu? — dit rudement Mélas à Lorenzetto.

— Combattre avec vos braves soldats, mon général.

Lucia tressaillit et tous les officiers regardèrent le Génois avec un étonnement mêlé de mépris.

— Ainsi, tu viens de déserter ?

— Avec armes et bagages, mon général.

En entendant cet aveu de la bouche même de Lorenzetto, la fille du rigide patriote Salvator ne put retenir un geste d'indignation ; elle voulut demander compte au lieutenant de son indigne trahison, mais la parole expira sur ses lèvres. Elle avait été courageuse devant les menaces du général autrichien, elle était sans force devant le déshonneur public de celui qu'elle aimait.

— Tous les espions se prétendent déserteurs, — reprit sévèrement Mélas ; — donc, si tu veux que je prenne confiance en tes paroles, explique-moi par quelle impérieuse nécessité tu as préféré au rôle de soldat libre de la ville natale celui de déserteur ?

— Je pourrais mentir, général, et vous assurer que c'est par affection pour la domination autrichienne, — répondit avec une sorte d'audacieuse légèreté Lorenzetto, — mais je préfère vous avouer sans détour que je déserte par suite de chagrins d'amour. — Tous les assistants éclatèrent de rire, à l'exception de Lucia, qui rougit ; et Mélas lui-même partagea cette hilarité. — Vous allez me comprendre, mon général, — continua le lieutenant. — Repoussé par ma fiancée, j'ai besoin de m'étourdir pour oublier ma douleur. Ce qu'il me faut c'est le bruit joyeux de deux verres qui se choquent au lieu du lugubre tintement de nos cloches qui m'attriste effroyablement ; c'est la bonne chère, la danse, le jeu, et non pas les spectres de la famine et de la peste qui peuplent seuls nos rues. Mourir les armes à la main ce n'est rien ; mais mourir lentement de faim lorsqu'on peut l'éviter c'est trop niais ! Voilà, général, pourquoi j'ai passé à l'ennemi.

— Et tu n'as pas hésité, pour te joindre à nous, — demanda Mélas avec défiance, — à sacrifier ta position, ta fortune...?

Lorenzetto sourit.

— Ma fortune, général, je la porte avec moi, comme le philosophe grec. Ma position, mon grade! mais je retrouverai tout cela dans quelques jours.

— Que veux-tu dire?

— J'entends ne passer au camp qu'une ou deux journées de distraction, car nous ne pouvons tarder à rentrer ensemble à Gênes, mon général, et j'y trouverai tout ce que j'y ai laissé, excepté cependant mon chagrin.

— Tu dis vrai ! — s'écria Mélas en frappant de la main sur la table chargée de papiers, — je veux avant trois jours avoir soumis cette ville rebelle.

Lucia se demandait encore si Lorenzetto parlait sérieusement ou s'il s'amusait aux dépens des Autrichiens ; mais sa douleur fut au comble lorsqu'elle entendit le lieutenant dire froidement :

— Le peuple de Gênes attend un libérateur, un général ; qu'importe à la ville des doges d'être tributaire de la France ou de l'Autriche! Bien venu sera le vainqueur qui lui rendra le commerce et la paix.

— Je te crois sincère, dit Mélas, — et je vais te demander un conseil. Sur quel point convient-il de diriger l'attaque ?

Lucia fixa sur Lorenzetto un regard où brillait l'indignation, mais le Génois répondit, toujours avec le même calme :

— Par mer, général, du côté du môle Neuf, surtout avec les canonnières anglaises de l'amiral Keith. Du reste, je puis, cette nuit même, si vous voulez, dresser un plan d'attaque grâce auquel vous entreriez demain dans la ville sans qu'il en coûtât un seul homme ?

— Ne te joue pas de moi, — interrompit durement Mélas en dardant sur le déserteur ses yeux défiants. — Songe qu'il y va de ta tête!

— J'accepte le marché, général, — répliqua Lorenzetto sans qu'un muscle tressaillît sur sa loyale et mâle figure.

Il évita seulement de rencontrer le regard irrité de Lucia, dont le cœur se soulevait de mépris pour ce traître qu'elle rougissait d'avoir aimé.

— A demain donc! — fit Mélas, — et si tu m'as trompé malheur à toi! Major Rudiger, je vous charge de pourvoir au logement de cet homme. Quant à vous, orgueilleuse Génoise, hâtez-vous de rejoindre votre escorte, car la retraite ne tardera pas à sonner.

Puis, faisant signe aux officiers qui composaient son conseil de prendre place, il congédia tout le monde et donna ordre aux sentinelles de ne plus laisser approcher qui que ce fût de sa tente.

Chacun sortit; le major et Lucia marchaient ensemble; en passant devant Lorenzetto, la jeune fille avait détourné dédaigneusement la tête, et le pauvre lieutenant, qui la suivait à quelques pas, n'osait lui adresser la parole.

Arrivé devant la tente de l'état-major, qui était peu distante de celle de général en chef, le baron Rudiger s'arrêta pour faire transmettre le mot d'ordre et le mot de passe, qu'il écrivit sur son carnet en présence de Lorenzetto, puis il rejoignit Lucia.

— Signorina, — lui dit-il, — j'ai tenu ma promesse, et l'heure est venue de nous séparer. Votre escorte vous attend au pied de la redoute qui se dresse là-bas à votre gauche. Suivez ce chemin, et que Dieu vous conduise

Lucia se repentait des soupçons outrageants qu'elle avait conçus à l'endroit du major.

— Merci! monsieur, — lui répondit-elle, — de votre loyale protection; quoi qu'il arrive, je n'oublierai jamais le service que vous avez rendu à ma chère Bianca. Je n'ai peut-être pas été pour vous une hôtesse fort gracieuse, mais vous vous êtes noblement vengé de mes caprices de jeune fille. Nous nous reverrons sans doute à Gênes, et nous ferons la paix.

La major s'inclina avec courtoisie, mais un sourire railleur et insolent errait sur ses lèvres. Lucia ne s'en aperçut pas et s'éloigna, sans jeter même un regard de pitié sur Lorenzetto qui venait de risquer sa vie pour arriver jusqu'à elle; il est vrai que la jeune Italienne ne s'en doutait pas le moins du monde.

Aussi le lieutenant ne l'accusait-il pas; n'avait-il pas follement rompu avec elle dans un moment de dépit, et ne devait-elle pas croire à une trahison, si bien jouée que le vieux Mélas y avait été trompé lui-même?

En la voyant s'éloigner, en songeant que bientôt elle allait embrasser son père et sa sœur qui devaient attendre si impatiemment son retour, il éprouva un suprême sentiment de joie; il se reprochait seulement de s'être alarmé sans raison et soupirait en pensant: Que ne puis-je retourner à Gênes avec elle? Mais comme c'était un vaillant et généreux cœur, il ne regrettait pas son héroïque équipée.

. . . . : . . . .

La fille de Salvator arriva bientôt devant la cantine où les dragons ivres lui avaient fait si grand'peur.

Raupach s'y trouvait seul attablé.

En entendant sonner la retraite, la vivandière, le bonnet légèrement sur l'oreille, s'empressait de rentrer ses bancs boiteux, ses brocs bossués et bleuis par le vin, lorsque Lucia la tira doucement par la manche:

— Dame Catherine, — lui dit-elle, — votre général a fait droit à ma demande et je retourne à Gênes. Vous avez été bonne et hospitalière pour moi sans me connaître. Quand la paix sera conclue, venez me voir, car mon père sera heureux de connaître la vaillante amazone qui m'a tirée d'un si cruel embarras.

La vivandière restait confuse devant Lucia, car elle ne croyait pas mériter tant d'éloges pour une action si sim-

ple, mais la Génoise ne la quitta qu'après lui avoir fait promettre très-sérieusement d'acquiescer à son désir.

Dix minutes après, la suppliante arrivait au pied de la redoute. Elle respirait, elle ne se sentait plus prisonnière dans le camp ennemi; elle était libre! Les portefaix s'étaient empressés de charger la civière sur leurs épaules et se disposaient à partir.

Tout à coup un officier qui avait remplacé le capitaine Tromlitz s'approcha de Lucia et lui demanda assez brutalement si, pour circuler à pareille heure parmi les assiégeants, elle était au moins munie d'un sauf-conduit, en ajoutant qu'elle devait le rendre avant de sortir du camp.

— C'est juste, monsieur, — répondit la jeune fille en fouillant aussitôt dans les poches de sa robe.

Elle avait tout à fait oublié que le soldat à qui elle avait montré son sauf-conduit avait disparu en l'emportant; aussi le chercha-t-elle vainement. Le souvenir de cette soustraction lui revint alors; mais comme l'officier autrichien s'obstinait à ne pas la laisser passer et ne voulait écouter aucune explication, Lucia, tout éperdue, revint sur ses pas, espérant trouver le major et invoquer son autorité ou tout au moins son témoignage.

VII

LA CHAMBRE DU MAJOR.

Le baron Rudiger s'était arrêté devant la cantine avec Lorenzetto pour donner quelques ordres à Raupach, qu'il semblait rencontrer par hasard.

En l'apercevant, Lucia se crut sauvée; elle courut à lui. Le major, de son côté, témoigna une vive surprise à la vue de la jolie Génoise; mais il échangea un coup d'œil d'intelligence avec l'officier de service, qui le suivait raide comme un automate.

— Comment, signorina, vous n'êtes pas encore sortie du camp?

— Ah! que je suis heureuse de vous avoir rejoint, monsieur le baron, — dit-elle avec agitation. — Cet officier qui remplace votre ami le capitaine Tromlitz refuse de me laisser passer. Il y a là évidemment quelque méprise; mais vous allez lui transmettre l'ordre du général en chef, n'est-ce pas, monsieur?

Le baron sourit agréablement:

— Rassurez-vous donc, signorina; cet officier est jeune et ne sait pas encore son métier. Il a joué gros jeu en vous arrêtant ainsi à la sortie du camp, et vous pourriez le faire punir sévèrement... car votre sauf-conduit est en bonne forme.

— Mon sauf-conduit? grand Dieu! — dit-elle en tressaillant.

— Et, tant que vous le garderez en main, nul n'oserait vous retenir malgré vous sans encourir la colère de Mélas.

— Mais mon sauf-conduit je ne l'ai plus! — s'écria l'Italienne avec une horrible angoisse.

Le major parut frappé de stupeur:

— Est-il possible, chère signorina! vous auriez perdu, égaré, livré cette pièce indispensable... vous ne savez donc pas la rigueur des lois disciplinaires dans notre armée? Le général Ott lui-même n'oserait vous faire sortir du camp sans ce maudit sauf-conduit. Mais, voyons, êtes-vous bien sûre de cette perte...? Ce serait un grand malheur.

— Oh! je ne l'ai ni égaré ni perdu, — répondit Lucia avec énergie. — On me l'a volé, je le comprends maintenant; on a abusé de ma confiance pour me le voler...

— Le voler! le mot est dur, signorina, — interrompit

le major en hochant la tête d'un air d'incrédulité, — et pourquoi ?

— Le sauf-conduit m'a été volé, vous dis-je ! — insista la jeune fille. — Un soldat me l'a demandé ici même, quand je vous attendais ; il devait me faire conduire par son sergent à la tente du général ; il voyait mon inquiétude et semblait avoir pitié de moi ; j'ai cru à ses belles paroles et il a disparu avec mon sauf-conduit. C'était un guet-apens.

— Un guet-apens ! — répéta Rudiger avec impatience, — mais pourquoi ? Vous n'êtes vraiment pas raisonnable, signorina. Ce papier était inutile au soldat dont vous parlez, et à quoi lui servait de vous tromper ?

— Que sais-je, monsieur ? Mais comment retrouver l'homme dont j'ai été la dupe ? Autant chercher un arbre dans une forêt ! Oui, j'ai été imprudente et sottement crédule ; mais j'étais si troublée... — Ses yeux se promenaient autour d'elle avec une sorte de désespoir ; tout à coup ils se fixèrent sur Raupach, et elle le reconnut. — Mais je ne me trompe pas, — dit-elle ; — c'est lui ! c'est bien lui ! — Et s'approchant de l'Autrichien.— C'est vous qui avez emporté mon sauf-conduit ! Rendez-le moi, je vous en conjure. Vous avez voulu m'effrayer un peu, n'est-ce pas ? voilà tout ! c'est une plaisanterie de soldat.

Raupach se mit à rire avec effronterie.

— Je ne sais pas ce que vous voulez dire, signorina. Vous me prenez pour un autre. Je ne vous ai jamais vue, et si un dragon vous a fait du tort je n'entends point payer pour lui.

Lucia restait stupéfaite de cette audace ; elle ne doutait pas de l'astuce du coquin, car elle avait bien remarqué son visage, mais elle n'osait l'accuser seule de mensonge sans témoins et sans preuves.

Lorenzetto frémissait de colère et avait bonne envie de sauter à la gorge de Raupach ; mais, placé lui-même sous la surveillance du major, n'osant trahir l'intérêt qu'il portait à sa cousine, il n'avait aucun droit d'intervenir dans le débat, et se trouvait contraint d'y assister comme un spectateur indifférent.

Tout à coup dame Catherine s'avança, et, sans faire attention aux signes mystérieux du soldat.

— Il faut que tu sois un vrai réprouvé sans foi ni loi, Raupach du diable ! — lui dit-elle. — Comment oses-tu donner un si impudent démenti à la signorina ?

Le major lui coupa la parole avec un geste impérieux.

— Mais ce garçon ne peut, pour plaire à notre belle hôtesse, se confesser coupable d'un délit qu'il n'a pas commis, dame Catherine.

— Mais il l'a commis, vous dis-je, major, — repartit la vivandière ; — il a emporté le sauf-conduit que la signorina lui réclame ; je l'ai vu de mes yeux, l'effronté compère. S'il m'avait joué un pareil tour, sauf le respect que je vous dois, je marcherais sur ce gredin-là comme sur un chien mort.

La riposte était vive ; mais Raupach, voyant son chef disposé à le soutenir, ne se regarda pas comme battu : il se retrancha donc derrière le baron en s'écriant :

— Ne croyez pas un mot de tout ce bavardage, mon officier. Parce que je lui dois quelques pots de vin, dame Catherine se croit en devoir de m'insulter ; mais je te payerai bientôt, sorcière, et ce jour-là nous réglerons tous nos comptes en même temps.

Lorenzetto se sentait de plus en plus possédé d'une terrible tentation d'étrangler Raupach, et il n'eût peut-être pu se contenir davantage si le major n'eût enfin interposé son autorité entre les deux champions.

— Trêve à ce débat, — dit-il ; — le plus clair de l'affaire c'est que le sauf-conduit est malheureusement perdu, et qu'il est impossible à la signorina de retourner à Gênes ce soir.

— Ne pas retourner à Gênes ! — s'écria la jeune fille effrayée de cette conclusion ; — mais mon père et ma cœur comptent les heures, les minutes, en m'attendant...

Ils croiront que je suis victime d'un guet-apens...Non, je ne puis rester plus longtemps au milieu de cette armée... J'irai trouver votre général, s'il le faut... il aura pitié de mes larmes... Je lui expliquerai...

Rudiger l'arrêta du geste.

— Démarche inutile, signorina ; certes, vous vous trouvez dans un cruel embarras ; mais, à cette heure, le général Mélas n'est plus visible... Ce n'est pas moi qui me chargerai de forcer la consigne.

— Que faire ? mon Dieu ! — murmura la Génoise en se tordant les mains de désespoir.

Lorenzetto souffrait mille angoisses d'assister à cette scène douloureuse et de ne pouvoir servir ni de ses conseils ni de son bras celle qu'il aimait par-dessus tout au monde. Il se félicitait cependant d'être venu au camp ennemi, car il pourrait se faire tuer avant qu'il arrivât malheur à sa jolie cousine.

Le major se promenait de long en large devant la cantine, comme un homme sérieusement occupé de trouver quelque moyen de sortir d'embarras. Enfin il alla vers Lucia et lui prit amicalement la main.

— Chère signorina, — dit-il, — je ne puis oublier que j'ai été votre hôte. Écoutez, il faut remettre à demain votre sortie du camp ; impossible d'éviter ce retard. Seulement, comme mon service me forcera à déserter mon logis cette nuit, je vous offre de grand cœur l'hospitalité dans ma cabane.

La Génoise hésita à répondre ; on eût dit qu'elle pressentait vaguement un piège sous cette apparente générosité.

— Je vous remercie, monsieur le major, — répliqua-t-elle avec effort ; — mais j'aime mieux rester avec les gens qui m'ont amenée et attendre le jour à l'endroit que voudra bien m'indiquer monsieur l'officier de service.

Rudiger échangea avec ce dernier un coup d'œil rapide, qui pourtant n'échappa pas à Lorenzetto, dont les soupçons se précisaient et grandissaient de plus en plus.

— Ce que me demande la signorina est impossible, — répondit avec son imperturbable flegme le raide officier autrichien. — La consigne avant tout. Si dans cinq minutes ces drôles-là,— et il désigna du geste les porte-faix, — ne sont pas hors du camp avec leur civière, je les fais reconduire à coups de mousquet jusqu'aux portes de Gênes.

Lucia, découragée par ces menaces brutales, sentit des larmes gonfler ses paupières, et n'eut plus la force d'insister. Quant à la brave vivandière, surprise d'une dureté si insolite, elle se rapprocha de sa protégée. Lorenzetto, qui ne voulait pas compromettre inutilement la sûreté de ses hommes, se chargea de leur transmettre la décision de l'officier, et bientôt on les vit s'éloigner en emportant leur fardeau.

— Ah çà ! et moi ? — dit en revenant le déserteur. — Où comptez-vous me loger, major, pour obéir à l'ordre du général en chef ? Le premier coin venu dans votre cabane me suffira, je vous en préviens. Je ne suis pas difficile. A la guerre comme à la guerre !

— Vous m'êtes recommandé par un trop haut seigneur, mon nouvel ami, pour que je vous traite si cavalièrement, — répondit le baron avec une nuance d'ironie courtoise. — Je suis votre fourrier, et j'ai résolu de vous installer pour cette nuit dans la cantine de dame Catherine.

— Vous voulez rire sans doute, major ! — s'écria la vivandière.

— Je n'ai jamais été plus sérieux de ma vie,— répliqua froidement Rudiger. — Le mari de la dame, mon cher lieutenant, est un vieil infirmier, bon vivant, qui vous aidera à noyer votre chagrin au fond d'une bouteille d'*asprino bianco* : et, si vous tenez beaucoup à vous endormir, il vous fera le récit des nombreuses campagnes de sa femme.

Cependant Lucia commençait à revenir de sa consternation, et, s'avançant vers le baron :

— Je ne puis rester seule dans votre logis, monsieur

— ui dit-elle ; — je ne suis pas votre prisonnière, et vous n'avez pas sans doute l'intention d'employer la force pour contraindre ma volonté.

Le major feignit de prendre cette résistance en plaisanterie :

— Je vous croyais plus vaillante, signorina Lucia ; mais en tout cas vos scrupules sont hors de saison. Je sais les égards dus à la fille d'Agostino Salvator, et je n'ai pas en effet l'intention de vous traiter en prisonnière. Voyons, avez-vous confiance en dame Catherine ?

— Oui, major ; c'est une loyale et honnête femme.

— Eh bien ! dame Catherine, vous partagerez la chambre de la signorina, et j'espère que, sous la protection d'un dragon tel que vous, elle pourra dormir tranquille. — Les deux femmes se regardèrent en silence ; leurs soupçons étaient éveillés, mais elles ne trouvaient pas de prétexte pour repousser la proposition du major.

— D'ailleurs, — ajouta ce dernier, — la chambre d'en haut, où vous coucherez, ferme solidement en dedans. Il y a un verrou. Et de plus vous aurez des verrous vivants pour défendre l'entrée du logis en la personne de Raupach et des trois soldats qui occupent avec lui la chambre du bas. Est-ce convenu ?

Lucia jeta sur dame Catherine un regard si suppliant que celle-ci n'eut pas le courage de refuser.

— Volontiers, — dit-elle d'un ton de parfaite indifférence, — nous devons nous aider entre femmes, et une mauvaise nuit est bientôt passée.

Rudiger expédia aussitôt Raupach en avant pour procéder à l'installation de ses hôtes imprévus ; puis, après avoir accompagné Lorenzetto jusqu'à la cantine, il prit congé des deux femmes et se dirigea vers le quartier général.

La vivandière voulut de son côté recommander le déserteur à son mari, et, quoiqu'elle ne restât qu'un instant séparée de Lucia qui l'attendait à la porte, cet instant suffit au jeune homme pour glisser quelques génoises dans la main de dame Catherine et quelques mots rapides à son oreille :

— La signorina est ma fiancée. Au moindre danger venez à moi ; ne la prévenez pas, car elle croit à ma trahison. Allez et veillez sur elle !

La vivandière sourit et s'empressa de rejoindre la jeune Italienne ; puis toutes deux, munies d'une lanterne, elles prirent le chemin de la cabane où elles devaient passer la nuit, et qui se trouvait heureusement dans le voisinage de la cantine.

En entrant, elles trouvèrent dans la salle du bas Raupach et trois soldats qui, à défaut de table, jouaient aux cartes à cheval sur leurs bancs. Deux chandelles fumeuses appliquées à la muraille éclairaient tristement ces enragés joueurs.

— Tiens ! — dit en ricanant un des soldats, — je reconnais la donzelle qui ne souffre pas qu'un dragon l'embrasse en plein air ; diable ! c'est un vrai morceau de major !

— Et de baron ! — ajouta un autre en retroussant sa moustache.

— Taisez-vous, mécréants ! — dit la vivandière en se plaçant devant la jeune fille comme une égide. — Le premier d'entre vous qui s'avise de lui faire entendre un mot malsonnant... je lui refuse à crédit demain.

Cette conclusion produisit un effet magique. Les soldats se remirent à jouer, sans s'occuper davantage de Lucia.

Les deux femmes poussèrent une porte qui donnait sur un petit escalier construit en échelle de meunier, montèrent vingt marches, et pénétrèrent dans une chambre dont l'ameublement consistait en un lit de bois blanc, un vieux bahut, une petite table et quelques sièges.

Un lambeau de tapisserie masquait la fenêtre, dont la plupart des vitres avaient été brisées. Toutes les parties de bois et de plâtre qui composaient le plancher étaient dans un tel état de dégradation qu'on voyait en plusieurs endroits scintiller à travers les lézardes la lumière des deux chandelles qui brûlaient dans la chambre du bas.

Lucia n'entra qu'en frémissant dans ce bouge, et son premier soin fut d'examiner si en effet la porte fermait solidement. Le massif verrou dont elle était pourvue parut la rassurer un peu. Pendant ce temps dame Catherine alluma une chandelle fichée dans un bougeoir de fer, et étendait sur le grabat un grand manteau qu'elle avait eu la précaution d'apporter.

— Comptez-vous donc dormir ici ? — lui demanda naïvement Lucia avec une certaine inquiétude.

— Parfaitement, signorina ; et je vous engage à suivre mon exemple. Le temps passe vite quand on dort, et puis le sommeil vous délassera de vos fatigues de la journée.

— Mais si, pendant la nuit, le major allait rentrer ?

— Que nous veillions ou que nous dormions, n'y aura-t-il pas toujours entre lui et nous cette porte et ce verrou ?

— Lucia soupira, et, après une courte prière, s'étendit sur le manteau qui couvrait le lit. Elle ne tarda pas à s'endormir, épuisée par tant d'inquiétudes et d'émotions. Dame Catherine regarda pendant quelques minutes cette belle et candide jeune fille qui reposait sous sa sauvegarde :

— Pauvre enfant ! — pensait-elle, — sans moi elle est perdue, mais je ne l'abandonnerai pas. — Quoique harassée de fatigue, elle luttait victorieusement contre le sommeil, ne doutant pas que Rudiger ne cherchât à s'introduire dans la chambre par ruse ou par violence. Vers minuit, elle entendit en effet des pas lourds faire crier les marches de l'escalier, et la porte, ébranlée par de lourdes secousses, s'agita sur ses gonds. — Qui va là ? — dit doucement la vivandière.

— Ouvrez au maître du logis, Catherine ! — répondit le major avec ce rire hébété qui annonce ordinairement l'ivresse. — Mon service est terminé, et je n'ai pas envie de dormir à la belle étoile.

— Il faut pourtant en prendre le parti, major ; vous avez disposé de mon lit, moi je garde le vôtre.

— Ah ! ah ! vous vous mettez en état de rebellion contre votre supérieur, ma commère, — reprit le baron ; — c'est fort grave, et si le général le savait...

— Si le général Mélas savait que vous retenez cette nuit au camp une jeune fille qui devrait être de retour à Gênes pour peu qu'on eût obéi à ses ordres...

— Je ne crois pas que sa sévérité s'exercerait précisément sur moi ? En attendant, ma hardie commère, ouvrez, ou j'enfonce la porte, — s'écria Rudiger.

Puis, joignant l'action à la menace, il fit craquer de haut en bas le chêne dans ses jointures.

. . . .

Dame Catherine comprit que la porte, quoique solide, ne pouvait résister longtemps aux violentes poussées du major, et, prenant une résolution soudaine, elle tira les verrous, malgré les larmes et les supplications de Lucia.

Rudiger s'arrêta sur le seuil, les bras croisés, et embrassa la chambre d'un coup d'œil rapide. Ce n'était plus l'amoureux humble et repentant qui cherchait à faire oublier à force de prévenances un instant de transport et d'égarement. L'heure était venue de jeter ce masque incommode ; il avait la volonté et la sécurité du triomphe. Il portait la tête haute ; son regard raillait et sa voix était insolente. Tous les mauvais instincts de cette nature altière et vindicative éclataient sur son visage souriant.

Il défiait toutes les surprises ; il était sans pitié pour les larmes ; il était sourd aux vaines menaces et aux prières ; l'avenir seul pourrait lui demander compte de sa violence, mais à cette heure il était le maître.

Il entra lentement, et dit à la vivandière d'un ton froid et calme :

— La mère, vous achèverez votre nuit en bas, avec Raupach et ses compagnons. Vous leur verserez à boir afin qu'ils puissent fêter joyeusement mon retour, et souvenez-vous que la consigne, pour eux comme pour vous, est de ne laisser entrer ni sortir personne. Allez !

Dame Catherine voulut obéir, mais Lucia s'était pour ainsi dire enlacée à sa protectrice, et lui criait :

— Ne m'abandonnez pas ! ne me laissez pas seule avec cet homme ! Sauvez-moi ! sauvez-moi ! vous me l'avez promis !

La vivandière cherchait à se détacher de cette étreinte, et lui disait :

— Calmez-vous, signorina, je dois obéir au major. Soyez raisonnable. Ne l'irritez pas en lui témoignant cette aveugle aversion.

— Allez ! — répéta impérieusement Rudiger.

Et comme Lucia se cramponnait toujours à dame Catherine, celle-ci la repoussa brusquement ; puis, haussant les épaules comme si elle était lasse de ces cris et de ces sanglots, elle sortit en tirant la porte après elle ; mais elle eut soin de laisser ouverte celle qui se trouvait au pied de l'escalier, afin de pouvoir entendre ce qui allait se passer entre le major et la jeune Génoise.

— Eh bien ! brebis du diable, — dit-elle aux soldats en s'efforçant de sourire, mais l'oreille attentive, — vous savez la nouvelle ?

— Oui, mère adorée du dragon, fontaine inépuisable de piquette et d'eau-de-vie, — répondit Raupach en portant galamment à Catherine une botte que celle-ci para du revers de sa large main, — c'est le major qui régale.

— Honneur au major ! — dit un autre.

— Bonne chance au major ! — ajouta le troisième en souriant.

— Vous connaissez la consigne, — interrompit Catherine.

— Ainsi, que personne ne bouge ; moi je vais aller chercher du tabac et de l'eau-de-vie.

— Il faut un motif aussi sacré, — observa Raupach avec gravité, — pour que nous consentions à vous perdre de vue un seul instant, belle vivandière.

— Tiens ! — reprit Catherine, — vous en êtes donc réduits à jouer sur vos bancs faute de table.

— Que voulez-vous ! à la guerre comme à la guerre.

— Soit, quand on ne peut pas faire autrement. Moi je dis qu'on ne boit bien qu'à table, et je vais vous en apporter une... de ma façon, agneaux chéris.

— C'est une bonne idée, — murmura Raupach. — En même temps vous ne feriez pas mal de nous apporter de la chandelle, dame Catherine.

— A propos de chandelle, — reprit la cantinière en revenant sur ses pas,— j'oubliais d'allumer ma lanterne. — Et, étendant la main sans affectation vers Raupach, — Qui est-ce qui me donne un chiffon de papier ?

— Voilà, dame Catherine ! — répliqua le soldat en s'empressant de fouiller à sa poche. — Il se mit à rire.

— Tiens ! c'est le sauf-conduit que réclamait la petite Génoise. Eh bien ! foi de Raupach ! je ne croyais pas l'avoir.

— Et tantôt tu m'appelais sorcière, mon fils !

— Peut-être parce que vous aviez deviné trop juste, la mère !

La vivandière riait de bonne grâce avec les soldats, mais elle glissa prestement le papier dans la poche de sa veste :

— Bah ! — ajouta-t-elle, — cette jeunesse ne songeait pas sérieusement à s'en aller. Pures grimaces que ces querelles d'amoureux !

Raupach cligna de l'œil d'un air intelligent :

— Et vous pensez qu'en votre absence ils vont se raccommoder, n'est-ce pas, dame Catherine ?

— Ne nous mêlons que de nos affaires, mon fils, nous ne nous en repentirons pas, — dit-elle sans cesser d'avoir l'oreille au guet. — Le major ne nous demande que de rire, de boire et de jouer. L'obéissance n'est pas bien difficile.

— Donc, rions, buvons et jouons aux frais du major,

en attendant que ce soit aux frais des rebelles génois, — s'écria Raupach.

La vivandière alluma sa lanterne et sortit pour chercher les provisions de la nuit, laissant les soldats aussi enchantés de sa bonne humeur que de la munificence du baron Rudiger, qui leur permettait d'oublier pendant quelques heures les rudes corvées de la guerre.

VIII

LE TONNEAU DÉFONCÉ.

Dès que le baron Rudiger s'était trouvé seul avec Lucia, il avait quitté son air menaçant ; la nuit entière lui appartenait, et il voulait encore essayer de conquérir le cœur de la fille du riche Salvator. Il savait qu'après tout son nom et son grade formaient le plus clair de ses biens, et il se disait que, si l'aveugle fortune aime les audacieux, c'est en sa qualité de femme.

Il fixa sur la Génoise éplorée un regard des plus passionnés :

— Eh bien ! charmante signorina, — dit-il, — voilà une ruse de guerre qui a merveilleusement réussi. Vous n'essayerez plus de m'échapper. Votre père est loin de vous, enfermé dans cette ville prisonnière qui, demain peut-être, brûlera comme une torche. Votre langoureux fiancé est confié à ma garde. Vos cris n'éveilleraient pas un écho dans le camp endormi, qui rêve à l'assaut de demain. Moi je suis un soldat, et j'aime à vous parler de mon amour avec le langage d'un soldat qui bivaque entouré de sa grande famille militaire.

Les larmes se séchèrent dans les yeux indignés de Lucia.

— Votre action n'est pas d'un soldat, mais d'un lâche, — répondit-elle. — Un soldat échauffé par la poudre, par le combat, par l'agonie de ses camarades, peut bien saccager une ville et tremper ses pieds dans le sang des faibles et des innocents, mais il ne va pas tromper sur sa parole, attirer par ses promesses dans un guet-apens une fille sans défiance et sans protection. Le mensonge et la violence, voilà vos armes !

— Je vous aime, signorina, et j'ai juré que vous m'appartiendriez. Je ne suis pas de ces damoiseaux bourgeois qui roucoulent timidement aux pieds de leur bien-aimée et obéissent à tous ses caprices. Hercule filant la quenouille d'Omphale m'a toujours paru profondément ridicule, même comme sujet de tapisserie. Tous les jours je risque ma vie en duel ou sur le champ de bataille, comment voulez-vous que les injures d'une femme ne s'émoussent pas sur mon cœur endurci ? Méprisez-moi, haïssez-moi, vous n'en serez pas moins la femme du baron Rudiger pour peu que vous teniez à votre honneur.

— Jamais ! — dit froidement Lucia.

— Eh bien ! vous serez sa maîtresse, je le jure ! et le diable lui-même ne vous tirerait pas de mes mains à cette heure.

Elle voulut s'élancer vers la porte. Il lui barra le passage sans colère, avec le calme du geôlier qui garde un prisonnier.

— Oh ! je saurai mourir ! — murmura-t-elle.

— Demain vous serez libre d'agir comme il vous plaira, ma belle hôtesse, — répondit-il avec un sourire railleur, — mais cette nuit je veille sur vous. — Lucia épouvantée poussa deux cris terribles. Elle entendit les soldats de garde s'injurier en se disputant sur un coup douteux.

— Vous vous épuisez en vains efforts, ma chère ! — reprit le major impassible ; — le naufragé qui sent ses jambes se raidir et sa lèvre boire de l'eau salée appelle aussi au secours sur le vaste Océan ; mais les requins seuls l'entendent. Ne vous ai-je pas dit, la belle, que, plaintes et cris, tout est inutile, car cette mesure est mon palais cette nuit, et ces soldats sont mes gardes. — Lucia jeta autour d'elle un regard rapide. Rudiger comprit qu'elle cherchait un objet qui pût se transformer en arme entre ses mains. — Pauvre fille, vous voulez jouer à l'amazone! — dit-il en haussant les épaules. — Vous cherchez un poignard, un couteau, au lieu de vous résigner à votre sort; mais vous êtes faible et je suis fort. Armée, je vous désarmerais bien vite dans ce duel ridicule. Soumettez-vous donc à la destinée et reconnaissez-vous pour vaincue.

La Génoise éperdue passa ses deux mains sur son front brûlant, et recula lentement jusqu'au fond de la chambre. Le major ne la suivit pas.

Il ôta tranquillement ses gants et son chapeau, dégrafa le ceinturon de son épée, se débarrassa de son uniforme; puis, après avoir déposé le tout sur le bahut, il revêtit une simple capote à collet à la Saxe, qu'il ramassa sur une chaise boiteuse.

Lucia le regardait avec effarement, et frissonnait en songeant à la colombe de Zita. Il lui semblait que les mains de l'Autrichien étaient teintes de sang, et que le délire du meurtre empourprait son visage.

Pendant cette scène d'angoisse, la vivandière, tout essoufflée, revenait avec du tabac et un large bidon pendu en sautoir, comme le portent encore nos cantinières modernes.

— Débarrassez-moi, mes agneaux, — fit-elle aux soldats en leur remettant les provisions, — je vais vous apporter la table. — Elle sortit de nouveau et rentra bientôt en roulant devant elle une vieille futaille. Elle avait imprimé au tonneau un mouvement de rotation si rapide qu'elle l'envoya rouler jusqu'au pied de l'escalier, où il s'arrêta. Raupach et ses camarades, occupés à bourrer leurs pipes éteintes depuis longtemps, tournaient alors le dos à la vivandière. De ce tonneau défoncé par un bout sortit un homme armé d'un large coutelas. Posant ses mains sur la première marche, il rampa comme un serpent jusqu'à la dernière, l'œil fixé sur les soldats, sentant sa vie dépendre d'un geste, d'un coup d'œil, d'un craquement des degrés vermoulus. Cet homme, c'était Lorenzetto. Tandis qu'il s'arrêtait sur l'étroit palier de la chambre du major, retenant son haleine et prêtant une oreille attentive, la vivandière avait lestement transformé sa futaille en une table, sur laquelle Raupach déposa joyeusement le bidon, le tabac et les gobelets d'étain. Dame Catherine, prévoyant la lutte qui devait s'engager entre le major et le lieutenant génois, ferma d'abord la porte qui conduisait à l'escalier, puis elle s'empressa de verser à boire aux soldats. — A la santé de notre généreux major! — dit-elle en leur tendant son gobelet.

— Ah! vous voilà convertie, grosse mère? — répliqua gaiement Raupach. — Il est juste, en effet, de boire au bonheur de celui qui paye.

— A la santé du major! — répétèrent en riant ses camarades, qui, par reconniasance sans doute, avalèrent d'un seul trait cette première rasade.

— Et quel vin merveilleux que ce vin d'Italie! —observa la vivandière. — Un vrai sirop, n'est-ce pas? du miel sur l'estomac, mes frelons!

Raupach fit la grimace:

— Pardonnez, dame Catherine, mais ça ressemble plutôt à une molette d'éperon qui vous chatouillerait agréablement le gosier.

La vivandière parut piquée de cette observation saugrenue:

— Vous êtes un calomniateur, Raupach, et, pour vous punir, vous qui aimez tant nos chansons tyroliennes, je ne vous chanterai pas la ronde du *Petit tambour.*

Raupach prit un air affligé et mélancolique, les autres se récrièrent.

— La ronde! nous demandons la ronde! Les chansons font boire et les rasades font chanter.

— Eh bien! attention, mes frelons, et reprenez en chœur avec accompagnement de gobelets! Je commence.

Et elle entonna d'une voix mâle et vibrante cette ronde, qui égayait alors les veillées du bivac chez les impériaux.

Les soldats, que l'entrain de dame Catherine avait gagnés, reprirent joyeusement le refrain en frappant à tour de bras sur le fond de la futaille avec leurs gobelets d'étain, cherchant à imiter de leur mieux le roulement du tambour.

Raupach surtout, à qui le major avait recommandé de faire grand tapage, se distinguait comme basse-taille dans ce concert de vocifération, plus sauvages que tyroliennes.

Cependant Lorenzetto écoutait toujours à la porte, à travers les fentes de laquelle il pouvait voir ce qui se passait à l'intérieur.

De grosses gouttes de sueur collaient ses cheveux à ses tempes; sa poitrine était haletante, et ses lèvres se séchaient comme si une soif ardente l'eût dévoré.

Lucia, retranchée dans l'embrasure de la fenêtre, tremblait comme une feuille secouée par la bise. Elle se sentait perdue; le major était inflexible; comme un joueur usé par les émotions de la rouge et de la noire, son désir était sa morale et sa loi; égoïste, cruel et corrompu, il jouissait des souffrances d'autrui; la pauvre fille ne pouvait donc ni se défendre ni chercher un refuge dans la mort. Cet homme ne l'aimait même pas d'un amour banal; il la haïssait même du fond du cœur pour avoir été repoussé et offensé par elle. L'orgueil survivait encore dans cette âme fanée. Ce que voulait Rudiger, c'était rendre à Salvator une fille flétrie.

— Résignez-vous, Lucia, —reprit-il avec une apparente douceur. — Vous avez essayé de lutter, et vous voyez que la lutte est impossible. Que gagnerez-vous à résister plus longtemps?

— Je vous hais! — dit-elle d'une voix sourde.

— Que m'importe…!

— Mais je vous méprise…

— Tant mieux, signorina. Croyez-vous donc que j'aime ces beautés faciles qui vont au-devant de nos désirs. Je me suis toujours plu à dompter des chevaux rétifs. Ce que j'aime en vous, Lucia, c'est votre beauté. Or, vous êtes plus belle dans la pâleur et les larmes; vous êtes plus belle dans la colère que dans le sourire et la joie. Votre haine et votre mépris m'attirent d'une façon irrésistible, et je vais à vous, Lucia.

Il s'avança en effet.

— Grâce! grâce! — s'écria-t-elle en s'affaissant sur ses genoux.

— Ah! vous priez enfin; vous implorez votre maître beauté rebelle! Mais Dieu lui-même ne vous sauvera pas ma chère.

Au moment où le baron Rudiger proférait ce blasphème, la Génoise prosternée vit de ses yeux dilatés par la terreur la porte se mouvoir sans bruit comme dans un rêve et une tête d'homme bouleversée par la colère apparaître par l'ouverture.

Lorenzetto se dressait sur le seuil; de la main droite il indiquait les soldats qui continuaient en bas leur tumulte; de l'autre posée sur sa bouche il commandait le silence.

Un cri de Lucia, un sourire d'espoir même pouvait coûter la vie au jeune lieutenant, car l'Autrichien se serait retourné. La fille de Salvator eut la force de comprimer sa joie pleine d'angoisse; elle frémit en voyant étinceler le couteau dans la main de Lorenzetto, et eut involontairement pitié du misérable que ce couteau menaçait. Elle tenta un suprême effort:

— Major, — dit-elle, — arrêtez, écoutez-moi! N'avez-vous jamais eu pitié d'un ennemi?

— Jamais, à moins qu'il ne me rachetât sa vie.

— Mais Lorenzetto ne vous a pas frappé, lui! il vous a protégé contre la fureur des Génois. Notre maison a été votre asile: l'avez-vous oublié?

— Insensée, qui me rappelez cet homme! Mais c'est

lui que vous aimez, c'est lui que vous vouliez sauver quand vous m'avez ouvert votre porte. C'est dans cette maison que vous avez accueilli l'amour de Lorenzetto et raillé le mien. Oh ! vous n'y rentrerez, signorina, que lorsque vous serez la maîtresse de cet hôte si imprudemment dédaigné et humilié.

Lorenzetto fit un pas vers le major. Lucia tendit à ce dernier ses mains suppliantes.

— Oh ! ce ne sont là que des menaces, baron Rudiger ; vous êtes incapable de les exécuter. Mais, à cette heure, s'il dépendait de moi de vous sauver, vous qui m'outragez, je le ferais ; j'oublierais vos insultes, je crierais à votre ennemi : Ne frappez pas ! Je vous crierais à vous : Prenez garde !

— Je ne suis pas si chrétien, moi ; j'ai mis sous bonne garde votre fiancé, et si demain je puis le faire fusiller sous prétexte d'espionnage, je n'y manquerai pas. Une fois débarrassée de lui, vous m'aimerez peut-être.

Lorenzetto marchait derrière le major avec un sourire sinistre. Son ombre s'allongeant jusqu'au mur pouvait le trahir, mais il serrait le couteau dans sa main avec une énergie fiévreuse.

— Vous êtes un fanfaron de crime, — reprit encore Lucia ; — vous ne seriez point ingrat à ce point. On ne rend pas le mal pour le bien. Si Lorenzetto se trouvait ici, armé comme vous, et s'il pouvait se défendre...

Rudiger l'interrompit par un éclat de rire.

— Eh bien ! je ne lui donnerais pas le temps de vous regarder et de vous dire adieu, belle Lucia. Je le ferais désarmer et fusiller par mes soldats dans la salle où ils font ce tapage infernal. — Le visage du lieutenant génois touchait presque l'épaule du baron. La pauvre fille découragée ne pouvait plus parler. Rudiger allait l'atteindre, lorsque, légère comme une gazelle, se levant d'un bond, soudain elle s'élança vers l'autre extrémité de la chambre. Dans sa fuite elle renversa la table et la lumière s'éteignit. Le major se mit à sa poursuite en blasphémant. — Tu as beau fuir, la belle, tu ne m'échapperas pas ! La porte de la cage est gardée.

Pourchassant l'ombre, qui à la pâle transparence de la nuit semblait tournoyer autour de lui, il l'atteignit et l'enlaça dans ses bras.

— À moi ! — murmura la Génoise.

— Je la tiens donc enfin ! — s'écria l'Autrichien avec une joie cruelle.

— Tu la tiens, mais tu vas lui rendre son vol, major Rudiger. Je me souviens de la colombe !

La voix qui prononçait ces paroles résonna comme un souffle aux oreilles du baron, mais lui parut aussi formidable que l'éclat de la foudre. Il n'était donc pas seul dans cette chambre avec la jeune Génoise ? Elle avait trouvé un défenseur ? Ses cheveux hérissés sur le front, il recula d'épouvante.

— À moi ! — s'écria-t-il à son tour : mais ses précautions avaient été trop bien prises pour que nul vînt à son aide, et le chant des buveurs couvrit sa voix. Il avait abandonné Lucia et se sentait enlacé dans les bras de Lorenzetto. Déployant sa force prodigieuse, que la terreur doublait encore, il rompit par une violente secousse l'anneau vivant qui lui ceignait les reins ; mais au même instant il vit une lame étinceler dans l'ombre, et le cruel soldat eut peur. — Ah ! je meurs de la main d'un lâche. — dit-il à son adversaire. — Tu es armé et je ne le suis pas.

— Le lâche est celui qui outrage une femme sans défenseur. Je suis Lorenzetto.

— Lorenzetto ! — répéta Rudiger avec stupeur.

— N'as-tu pas dit à Lucia que, loin de me faire grâce, tu me ferais fusiller si nous nous trouvions ici en présence ? Pourquoi t'épargnerais-je ?

Rudiger tressaillit ; il était perdu ; le Génois allait partir avec sa fiancée, et il fallait renoncer à sa vengeance.

Il voulut essayer encore de tromper son ennemi,

— Tuez-moi, — dit-il avec hauteur, — je ne demande pas de grâce ; mais la signorina se souviendra qu'elle aime un homme qui pouvait se battre avec son rival et qui a préféré l'assassiner !

Lucia oublia le passé, oublia son danger, oublia tout et s'écria :

— Le sang même de ce misérable ne doit pas souiller notre amour, Lorenzetto ; sois miséricordieux !

Le lieutenant fut troublé par ces généreuses et imprudentes paroles.

— Tu sais bien que je ne suis pas un lâche, major Rudiger ; mais puisque ma fiancée m'a imploré en ta faveur, je pousserai la pitié jusqu'au bout. Jure sur ton honneur de soldat de ne pas appeler à l'aide, et tu as la vie sauve.

— Ah ! tu as peur de mes joyeux chanteurs, — dit l'Autrichien ; — eh bien ! je suis encore votre maître à tous deux. Je ne jurerai pas. Tue-moi, mes soldats me vengeront. Tu seras fusillé, et ta belle leur sera livrée... — Puis, réunissant toutes ses forces dans un élan de voix, il s'écria —

— À moi, Raupach !

Les chants cessèrent, et un silence morne leur succéda.

— Nous sommes perdus ! — murmura la jeune fille.

Lorenzetto mit la main sur l'épaule du baron :

— Silence ! silence, traître !

— À moi ! — cria encore Rudiger ; mais au même instant il sentit le froid de l'acier lui pénétrer dans la gorge, et le son expira sur ses lèvres en un sifflement aigu.

— On a crié ! — dit Raupach.

Dame Catherine devina le dénoûment de cette scène terrible quand les sourds trépignements de la lutte cessèrent. Elle voyait dans son esprit le major autrichien épuisé par la perte de son sang et renversé sur le lit où l'avait entraîné le Génois. Mais c'était une femme résolue ; elle garda son sang-froid.

— Bah ! — dit-elle, — querelle d'amoureux ! Le baron a défendu de se mêler de ses affaires.

Et elle reprit sa chanson.

Lucia était tombée dans un état de prostration complète ; mais Lorenzetto la réveilla violemment de sa léthargie :

— Si vous voulez revoir votre père et votre sœur, ma cousine, si vous voulez que je ne sois pas fusillé sous vos yeux, il faut que vous ayez le courage et l'énergie d'un homme. Notre salut dépend de vous, et il faut nous évader sans retard.

— Mais les soldats qui sont en bas nous arrêteront au passage ? — répondit-elle d'une voix tremblante.

— Oui, si nous sortons par la porte ; mais nous pouvons descendre par cette fenêtre, qui donne sur la campagne et qui n'est qu'à douze pieds du sol.

Soulevant le major, il tira les draps ensanglantés du lit, et après les avoir noués ensemble il les attacha solidement à la fenêtre.

Lucia le regarda faire avec un morne désespoir.

— Hélas ! votre projet est insensé, Lorenzetto. Nous n'aurons pas fait vingt pas que les sentinelles nous fermeront la route de tous côtés.

— Pourquoi se décourager d'avance ? — repartit le lieutenant. — D'abord voici votre sauf-conduit, que m'a remis dame Catherine. Peut être ne nous sera-t-il pas inutile. — Puis, s'emparant des tablettes que Rudiger avait déposées sur le bahut, il dit à Lucia d'appeler la vivandière et de lui dire de déposer sa lanterne sur l'escalier. La jeune fille obéit, mais les deux femmes en se rencontrant sur les marches n'osèrent ni se regarder ni échanger un geste ou un mot d'adieu ; la mort se dressait entre elles. Le Génois parcourut rapidement les tablettes à la clarté de la lanterne. — Cronstadt et François, 30 mai, — dit-il brièvement ; — c'est bien, voilà le mot d'ordre et le mot de passe ; le reste n'est plus qu'un jeu d'enfant. — Il endossa à la hâte l'uniforme complet du

major, depuis le chapeau jusqu'aux gants. — Maintenant,
royez-vous, ma cousine, que nous puissions traverser
e camp sans danger et dans une heure être à Gênes?

— Dieu vous entende, Lorenzetto !

Lucia monta sur la fenêtre et se laissa résolûment
glisser jusqu'en bas. Le lieutenant, armé de sa lanterne,
descendit à son tour, et ils s'engagèrent à travers les détours du camp, en échangeant de distance en distance le
mot d'ordre et le mot de passe avec les sentinelles.

Vingt minutes environ après leur évasion, Raupach,
qui jouait aux cartes avec ses camarades, sentit quelque
chose d'humide lui tomber goutte à goutte sur la tête.
Comme il était animé par le jeu, il n'y prit pas garde
d'abord, mais bientôt d'autres gouttes plus froides succé-
dèrent aux premières.

— Diable ! — dit-il sans quitter la partie, — le major
va attraper des rhumatismes là-haut, si quand il pleut
l'eau tombe jusqu'ici !

— Allons, tu es fou, Raupach ! — répliqua la vivandière en haussant les épaules.

— Tonnerre ! je vous dis qu'il pleut. dame Catherine,
et de rudes gouttes encore. J'en ai la tête inondée.

Un soldat qui se tenait debout derrière lui, tout en suivant son jeu s'avisa de lui passer en riant la main sur les
cheveux.

— C'est pourtant vrai, — dit-il. Puis, regardant sa
main : — Camarades, mais c'est du sang et non de l'eau
qui tombe sur la tête de Raupach.

Les soldats effrayés se levèrent en tumulte, et, regardant
au plafond, ils y virent en effet une large tache rouge.

— D'où vient ce sang ? — cria Raupach.

La vivandière seule le savait. Elle prit une chandelle
et monta la première. Les soldats la suivirent.

En voyant le major étendu sur son lit sans mouvement
et baigné dans son sang, Raupach courut chercher le
chirurgien de son régiment, tandis que dame Catherine
et ses compagnons essayaient vainement de rappeler
Rudiger à la vie.

Dès que le bruit de ce meurtre se fut répandu dans le
camp, on se mit à la poursuite de la jeune fille, qui seule
pouvait l'avoir commis, d'après le rapport de Raupach ;
mais il était trop tard. Lucia arrivait alors avec son guide
aux portes de Gênes, et vingt minutes après son père la
serrait dans ses bras.

Le même jour, Agostino Salvator conduisit Lorenzetto
chez le général en chef ; les renseignements fournis par
le jeune lieutenant sur la position et les forces des impériaux déterminèrent enfin Masséna à accepter les conditions honorables que l'amiral Keith lui proposait depuis
quelques jours.

Mais quoique ses troupes fussent sur le point de manquer tout à fait de vivres, l'intrépide général voulut
conserver le prestige des armes de la république, et ne
pas perdre aux yeux du premier consul sa réputation
de capitaine invincible. Il consentit à traiter, mais en
vainqueur plutôt qu'en vaincu. Il signa donc avec les
ennemis les clauses glorieuses d'une convention et non
d'une capitulation. La défense de Gênes vaut la bataille
de Zurich.

Dès que les chemins furent libres, Salvator, respectant
la douleur de Bianca, l'accompagna dans ce triste voyage
qu'elle s'était imposé comme un devoir sacré ; mais il
n'eut pas la consolation de ramener avec lui sa fille bien-
aimée. La mort de Judicelli avait glacé le cœur de la
belle Génoise ; son esprit mélancolique et superstitieux
était frappé de pressentiments sinistres ; dans la veille
comme dans le rêve, elle voyait le fantôme adoré la
convier à de célestes fiançailles, et elle mourut en arrivant en Piémont.

Salvator, pour accomplir le dernier vœu de sa fille, la
fit ensevelir dans le même tombeau que Judicelli ; elle
était morte pour le rejoindre, et il eût regardé comme
une chose impie de les séparer.

Lucia pleura longtemps sa pauvre sœur, pour qui elle
s'était si vainement dévouée, et ce ne fut que dix-huit
mois plus tard qu'elle épousa son cousin Lorenzetto.

Elle prit à son service à cette époque une robuste
femme qui fit longtemps l'admiration des portefaix bergamasques. C'était dame Catherine.

Jamais le nom du baron Rudiger ne fut prononcé entre
eux.

LA FIANCÉE D'ÉRIC

I

Le 1er septembre 1706, Charles XII, roi de Suède,
entrait en Saxe à la tête d'une armée de quarante mille
hommes, et plantait sa tente au cœur même de l'évêché
de Mersburg, à Altranstad, près de la petite ville de
Lutzen, champ de bataille illustré, suivant l'expression de
Voltaire, par la victoire et la mort de Gustave-Adolphe.

Trop faible pour oser tenter de se défendre, la petite
ville de Lutzen s'était empressée d'ouvrir ses portes
au roi vainqueur. Par cet acte de soumission, elle se
plaçait sous la protection de Charles et s'exemptait du
pillage.

D'après la tradition suédoise, les troupes victorieuses
étaient soumises à la dicipline la plus sévère. Elles ne
mettaient pas à sac les villes prises d'assaut avant d'en
avoir reçu la permission ; elles allaient même au pillage
comme à la bataille, avec ordre, et le quittaient au premier signal. C'était un fort bel exemple !

Cependant les Saxons, de leur côté, se sont plaints
souvent des affreux dégâts commis dans leur pays par ces
soldats si admirablement diciplinés. Entre ces assertion
contraires, l'historien. eût-il l'esprit de Voltaire, peut se
trouver embarrassé. Un fait assez singulier qui se passa
à Lutzen, à l'époque dont nous parlons, donnera peut-
être la clef de ces contradictions. On admettra ensuite, si
l'on veut, que l'exception confirme la règle, suivant
l'axiome grammatical.

Le hasard voulut que, le jour même de la reddition de
Lutzen, vers huit heures du soir, un soldat qui se trouvait de planton à l'entrée de la tente du général Renschild
surprît le mot de passe et le mot d'ordre que le major de
service transmettait à l'un des gentilshommes du *liebs-
quadron*.

Il conçut aussitôt le projet de profiter de cette découverte pour sortir du camp pendant la nuit, et aller avec
quelques-uns de ses camarades piller la ville endormie.

Cet homme, qu'on appelait Hermann ou Erlmann,
servait dans la compagnie colonelle du premier bataillon de grenadiers ; il était d'une taille gigantesque et
d'une force herculéenne, dont il abusait volontiers pour
rançonner le paysan ou flibuster impunément ses camarades au jeu. Il était fataliste comme un Turc, avide
comme un juif et cruel comme un Albanais. Il aimait
passionnément le jeu et le vin, mais le jeu un peu plus
que le vin. Pour un ducat il eût vendu son âme, et s'it
aimait la guerre croyez bien qu'il n'y trouvait qu'un
excellent prétexte de meurtre et de pillage. Les cicatrices
profondes qui balafraient son visage, et ses regards
obliques luisant sous d'épais sourcils rouges, donnaient à
l'ensemble de sa physionomie un caractère menaçant,
et féroce, malgré la fausse jovialité qu'il affectait presque toujours. En un mot c'était un de ces hommes

dont l'aspect inquiète même les gens qu'ils appellent leurs amis.

Dès que Hermann fut relevé de sa faction, il alla rôder autour du camp, entrant dans toutes les cantines qui s'ouvraient sur son chemin. La plupart étaient encore remplies de soldats qui jouaient en buvant, car on n'avait pas sonné la retraite. En moins de deux heures, ce héros de coups de main recruta près de cent hommes choisis à son image, c'est-à-dire tous gens de sac et de corde, qui jurèrent de le seconder ou d'y laisser leurs os.

Vers minuit, les compagnons de Hermann, quoique disséminés dans le camp, sortirent sans bruit de leurs baraques et se réunirent dans le voisinage d'un parc d'artillerie qu'ils avaient choisi pour lieu de rendez-vous.

De ce parc, le petit peleton, précédé d'un jeune tambour qui portait effrontément un fanal, traversa toutes les lignes des sentinelles en échangeant de distance en distance le mot d'ordre et le mot de passe, et arriva ainsi jusqu'aux portes de Lutzen.

Le trajet s'était effectué sans échanger une seule parole : il y avait quelque chose de morne et de sombre dans l'attitude de tous ces hommes ; non certes qu'ils eussent peur, eux qui avaient cent fois affronté le feu de l'ennemi sans reculer d'une semelle, mais ils éprouvaient pour la plupart cette inquiétude vague, ce pressentiment sinistre qui nous étreint le cœur au moment où nous allons accomplir une mauvaise action.

Hermann s'en aperçut, et, haussant les épaules de pitié, il se plaça au centre de ses compagnons.

— Enfants, — leur dit-il d'un ton bref, — beaucoup d'entre vous nous ont accompagnés sans savoir au juste de quoi il s'agit. Tant pis pour eux ! il est trop tard maintenant pour faire demi-tour ; le vin est versé, il faut le boire ! Sachez donc que le but de cette petite promenade nocturne est tout simplement le pillage de Lutzen... en famille, et sans trop faire de tapage. — Un murmure approbateur accueillit l'éloquence du grenadier ; il retroussa ses moustaches rouges et poursuivit : — Nous allons diviser notre troupe en quatre bandes, qui entreront dans la ville par les quatre faubourgs. Que minuit soit le signal du pillage ! Mais quand une fois nous aurons pénétré dans une maison par violence ou par ruse, point de faiblesse, camarades ! ne vous laissez point troubler par les menaces des hommes, les criailleries des femmes et les pleurs des enfants. Débarrassons-nous de ceux-là seulement qui tenteraient de s'échapper ou d'appeler leurs voisins à l'aide. Mais surtout pas de bruit, à l'arme blanche, un seul coup de mousquet imprudemment tiré peut compromettre le succès de l'entreprise en mettant notre garnison sur pied. Maintenant, séparons-nous. Chacun pour soi !

Les bandes se séparèrent et disparurent bientôt au milieu de l'obscurité, qui était profonde, car la lune venait de se cacher derrière de gros nuages noirs, et la pluie commençait à tomber fine et glaciale.

. . . .

Minuit était à peine sonné qu'on vit, dans certaines maisons, les fenêtres s'illuminer brusquement et des lumières courir de chambre en chambre, d'étage en étage.

De temps à autre, quelques habitants réveillés en sursaut entre-bâillaient timidement leurs volets pour plonger un regard effaré dans la rue ; mais ils disparaissaient aussitôt, épouvantés des meurtres qui s'accomplissaient sous leurs yeux.

Tout à coup une ombre blanche, qui descendait en courant de la hauteur des faubourgs, passa comme une vision au milieu d'un groupe de Suédois. A cinquante pas derrière elle venait la bande d'Hermann, qui passa à son tour rapide et haletante comme une meute à la poursuite d'un faon.

C'était une jeune fille dont les pillards avaient surpris 'asile, et qui, troublée si étrangement dans son sommeil,

s'était enfuie à demi nue, en se laissant glisser de son balcon dans la rue. Blonde comme un épi de blé, avec de grands yeux bleus qu'ombrageaient de soyeux cils noirs, elle avait des joues presque aussi roses que ses petites lèvres mutines. D'abord éblouis de sa rare beauté, les soldats qui avaient les premiers forcé la porte de sa chambre étaient stupéfaits de cette courageuse action, puis ils s'étaient élancés sur ses traces, entraînant avec eux le reste de la bande. Hermann les suivait en grommelant :

— Le diable soit de la pécore ! Mais il faut bien empêcher cette folle de semer l'alarme par la ville, et de nous faire tous écharper.

Après vingt détours, et gagnant toujours du terrain, la jeune fille tourna brusquement à gauche, s'engagea dans une ruelle étroite et sombre, et, s'arrêtant devant une petite porte vermoulue qui donnait sur un jardin elle y frappa avec force en criant d'une voix étouffée :

— Eric ! Eric ! sauvez-moi !

Au son argentin de cette voix la petite porte du jardin s'ouvrit comme par enchantement, et la fugitive, presque folle de terreur, se jeta toute frémissante dans les bras de celui qu'elle avait appelé.

Eric, son fiancé sans doute, était un beau jeune homme à la taille élancée, à la moustache blonde, au nez aquilin, et dont la physionomie fière et hardie était encore rehaussée par le brillant uniforme d'officier saxon qu'il avait endossé à la hâte en entendant les premiers coups de feu.

— Que s'est-il passé, Marguerite ? — demanda-t-il. — Qui donc a osé vous faire outrage, à vous, chère orpheline aimée et estimée de tous ?

— Les soldats du camp d'Altranstad sont entrés tout à l'heure dans notre maison, Eric ! — répondit-elle à voix basse.

— C'est impossible ! — dit le Saxon en souriant ; — vous avez fait un mauvais rêve, Marguerite. Lutzen s'est rendu au roi de Suède, et Charles XII n'a pas l'habitude de tromper ses ennemis.

— Silence, Eric ! — interrompit la jeune fille avec angoisse ; — ils viennent... Écoutez, les voici !

Ému de sa terreur, l'officier tira son épée et prêta l'oreille. Il entendit en effet dans la ruelle un bruit de pas confus. Prenant alors dans ses bras Marguerite, qui était aussi légère qu'un enfant, il l'emporta vers un petit pavillon de briques caché sous un abri de feuillage :

— Restez jusqu'à mon retour dans ce réduit, où vous êtes en sûreté, — lui dit-il, — et surtout, quoi qu'il arrive, quoi que vous entendiez, pas un cri, pas un mot !

Et, sans laisser à la jeune fille le temps de se cramponner à lui pour l'empêcher de sortir, il ferma brusquement la porte, en ôta la clef, et se dirigea rapidement du côté de la ruelle.

Mais pendant ce temps le mur du jardin s'était crénelé de têtes. C'était la bande d'Hermann qui escaladait la muraille et envahissait le jardin.

II

Eric alla à leur rencontre et leur barra le passage :

— Holà ! qui êtes-vous, et que venez-vous chercher en mon logis ? — demanda-t-il avec colère.

Hermann ne se déconcerta pas, salua militairement le jeune homme :

— Pardon de vous déranger si tard, mon officier ; nous sommes à la poursuite d'une femme qui s'est réfugiée ici, et, comme il est heure indue, ne voulant réveiller personne, nous avons pris la liberté d'enjamber votre mur... par discrétion.

Il y avait dans la voix du soldat un accent d'ironie et de provocation singulièrement irritant. Quelques uns de ses camarades ne purent s'empêcher de rire. Le sang d'Eric s'échauffait ; il répliqua cependant de sa voix la plus calme :

— Comme notre ville n'est pas soumise au régime de la loi martiale, je ne reconnais à aucune troupe armée le droit de fouiller ma maison. Où sont vos officiers ? ils écouteront ma plainte.

Hermann jouait un peu avec le Saxon comme le chat avec la souris :

— Je suis l'officier cette nuit, monsieur ; les autres sont restés au camp, à dormir comme des paresseux, et ne sauraient vous entendre.

Eric comprit alors à quelle sorte de gens il avait affaire, et commença à s'inquiéter sérieusement du danger qui menaçait Marguerite. Il résolut néanmoins de faire bonne contenance, et espéra la sauver en payant d'audace. L'autorité du commandement exerce sur le soldat, même en état de sédition et de révolte, une influence pour ainsi dire machinale. Il jeta un regard sévère sur les Suédois et leur cria :

— Les sabres au fourreau ! à vos rangs ! — Quelques soldats surpris obéirent, d'autres se regardèrent avec hésitation. Ceux qui entouraient Hermann restèrent immobiles comme lui. Eric continua sans paraître s'en apercevoir : — Je sors pour me rendre à mon poste. Vous allez me suivre. Je vais vous montrer, pour vous en retourner, un chemin plus commode que celui par où vous êtes entrés.

En même temps, il fit un pas en avant. Hermann le regardait avec son flegme sarcastique.

— Pour mon compte, mon officier, j'emboîterais volontiers le pas avec vous, quand ce ne serait que pour vous faire plaisir ; car vous savez bien qu'un grenadier suédois n'est pas tenu d'obéir à à un capitaine saxon : la plaisanterie serait un peu trop forte. — Les soldats qui s'étaient montrés trop dociles eurent honte de leur faiblesse et rompirent les rangs. Hermann continua : — Mais les camarades sont venus ici pour chercher une femme, et, je les connais, ils ne s'en iront pas sans l'avoir trouvée.

Eric tressaillit ; cette obstination l'alarmait ; il répondit en essayant de rire :

— La double ration qu'on vous a distribuée tantôt vous a probablement troublé la vue. Vous rêvez de femme tout éveillé, mon brave grenadier. Personne ne s'est réfugié ici...

Hermann l'interrompit.

— Arrêtez, mon capitaine ; je ne voudrais pas pour toutes les femmes du monde voir un officier mentir à de pauvres soldats et se moquer de leur crédulité.

— Mentir ! — répéta Eric en rougissant.

— Mentir, — répéta le grenadier avec insolence en jetant sur lui un regard railleur. — Je pourrais vous demander de jurer sur l'honneur que vous n'avez pas vu la femme, et vous jureriez ; mais je respecte l'habit militaire, même chez un ennemi.

— Misérable ! — grommela le Saxon furieux en caressant la poignée de son épée.

— Pas de gros mots, mon capitaine ; je ne vous veux pas de mal, croyez-moi, mais ne nous gênez pas dans notre métier de nuit.

— Métier de voleurs et de brigands !

— Soit ; mais qu'avez-vous fait de la belle fille qui était là tout à l'heure, à la place où je suis !

— Cet homme est fou ! — murmura Eric.

— Fou, c'est possible, — ricana Hermann, — mais aveugle, non. Vous l'avez prise dans vos bras, mon beau capitaine, vous l'avez cachée dans ce petit pavillon niché sous les feuilles, et, si vous voulez me permettre de fouiller dans vos poches, j'y trouverai la clef du pavillon. Ai-je de bons yeux, monsieur le Saxon, hein ?

Il étendit la main vers la poche de l'officier, avec son imperturbable sang-froid. Eric bondit en arrière.

— Ah ! tu as vu tout cela, mon camarade ?

— Oui, — répondit Hermann en éclatant de rire ; — tu ne sais donc pas que avec mes yeux verts et jaunes, moi qui suis de la nature des chats, j'y vois clair la nuit comme en plein midi... Mais assez causé !... — Et il posa tout à coup la pointe de son sabre sur la poitrine du jeune capitaine : — Assez causé ! la clef... ou je te tue ! après quoi j'enfonce la porte et j'enlève la femme.

Eric recula encore de façon à laisser quelques pas d'intervalle entre lui et son adversaire ; puis il tira son épée et répliqua hardiment :

— Viens donc prendre cette clef si tu l'oses, pillard et tueur de femmes !

La nuit était tellement profonde que le grenadier ne se soucia pas beaucoup d'engager un duel désespéré à la lueur vacillante du fanal que portait le petit tambour. Les dangers inutiles et sans profit ne le tentaient jamais. D'ailleurs le regard méprisant d'Eric l'intimidait un peu ; il se tourna vers les siens, qui n'attendaient qu'un signal pour prendre part à l'action, et, tendant un doigt vers l'officier, il dit froidement :

— Mort au Saxon !

Vingt hommes se ruèrent aussitôt sur Eric, qui, après avoir rompu pas à pas jusqu'à la porte du petit pavillon, s'y était adossé.

Le jeune homme se défendait sans compter ses ennemis, sans songer seulement que cette lutte d'un homme contre vingt était une lutte insensée ; il retardait le malheur de Marguerite, c'était assez. Il avait été atteint de plusieurs coups de sabre à la tête et à la poitrine, et bientôt, sentant ses forces l'abandonner, il comprit qu'il était perdu, et un nuage pourpre passa devant ses yeux. Il chancela en agitant son épée au hasard : il vit dans sa pensée Marguerite tombée aux mains brutales des Suédois. Il regretta de mourir sans que sa mort servît du moins à la sauver.

En ce moment il entendit le roulement lointain d'un tambour. Une lueur d'espérance illumina son front. Faisant un suprême effort, il tira de sa ceinture deux pistolets tout armés, et fit feu sur cette bande d'hommes qui tournaient autour de lui en hurlant comme des bêtes affamées.

De l'intérieur du pavillon un cri déchirant répondit à cette double détonation, puis on entendit un bruit mat et sourd comme celui d'un corps qui s'affaissait sur lui-même. C'était Marguerite, qui, à bout de forces, après avoir assisté par le cœur à toutes les phases de cette lutte affreuse, venait de s'évanouir. Cependant les deux coups de feu avaient jeté l'épouvante parmi les pillards.

— Ah ! gredin ! — dit Hermann, — tu appelles à l'aide. Je ne sais pas si les soldats de ronde t'entendront ; mais, tarteifle ! s'ils viennent, ils viendront trop tard ! — Il s'élança sur le Saxon désarmé, le saisit par les cheveux comme s'il eût voulu le scalper, le ploya comme un roseau sur ses genoux d'Hercule, et lui plongea lâchement, à trois reprises, son sabre dans la gorge. Une écume rougeâtre frangea les lèvres d'Eric, un sifflement aigu s'échappa de sa plaie béante, et dans ce râle suprême s'exhala son dernier soupir. Le bruit du tambour devenait de plus en plus distinct. — Alerte ! vous autres, alerte ! si vous ne voulez pas vous laisser prendre ici comme des renards dans un poulailler.

— Sauve qui peut ! — cria la bande en gagnant lestement la porte du jardin.

Ce fut une véritable déroute. Nul ne songeait plus à la femme poursuivie.

Quand Hermann vit la retraite exécutée, il sourit d'un air de pitié et murmura :

— Pauvre niais ! Bah ! les Suédois ne vaudront jamais les Croates ni les pandours ! Je finirai par quitter ces gens-là, car je n'en ferai rien de bon ! — Il s'agenouilla ensuite tranquillement pour laver dans la rosée d'une touffe de hautes herbes le sang qui rougissait la lame de son sabre ; il aperçut alors à l'un des doigts de l'officier saxon une bague dont la pierre étincelait dans l'ombre, et il essaya de la détacher ; mais, le doigt étant raide et gonflé, il fut obligé de le couper pour voler le bijou. Cette heureuse trouvaille l'ayant engagé à pousser plus avant ses recherches, il dégrafa l'uniforme d'Eric, et découvrit, pendu à son cou par un cordon de soie, un petit médaillon de forme ovale, garni de diamants. Hermann cassa le frêle lacet, et, en mettant son butin dans sa poche :— Allons,—dit-il en rejoignant ses compagnons,— je n'aurai pas perdu mon temps. Après tout c'était un beau et courageux garçon. Mais pourquoi s'entêter à ne pas livrer cette femme ! Tant pis pour lui ! la guerre est la guerre.

Tandis que les pillards gagnaient au pas de course l'un des bouts de la ruelle, les soldats de ronde y pénétraient par l'autre.

C'était une compagnie des fusiliers de Hoorn, qui depuis la veille avait été envoyée à Lutzen pour occuper militairement la ville ; mais comme les portes qui donnaient sur la petite ruelle étaient closes, et que dans l'intérieur des maisons tout restait calme et silencieux, ils continuèrent leur route sans s'arrêter.

L'officier qui les commandait avait hâte d'ailleurs de rentrer au quartier ; car dans les rangs de ses fusiliers se trouvaient quatre des pillards, qui avaient été arrêtés au moment où ils dévalisaient la boutique d'un orfévre. Comme, faute de corde, on n'avait pu les garrotter, à chaque carrefour, à chaque angle de rue, ils tentaient de s'évader, et il fallait engager avec eux une lutte corps à corps.

Ces quatre hommes furent enfermés dans la prison de Lutzen, et confiés à la garde d'un sergent jusqu'à ce qu'ils fussent conduits au général Renschild et qu'il décidât de leur sort.

III

Pendant ce temps, la pluie n'avait pas cessé de tomber ; la vapeur humide qui s'élevait de la terre ranima Marguerite. Elle se souleva sur les genoux et passa ses mains sur son front, cherchant en vain à se souvenir.

Autour d'elle rien que silence et solitude profonde. Néanmoins, après un instant de recueillement, tout le passé se retraça dans sa pensée ; mais elle ignorait combien de temps avait duré son évanouissement, et quel avait été le dénouement de la lutte qui s'était engagée entre Eric et les soldats suédois.

Rassemblant tout son courage et ses forces, la jeune fille se leva, chercha la porte à tâtons, et, ne pouvant l'ouvrir, elle dut descendre dans le jardin par la fenêtre, qui était à hauteur d'appui ; mais au dehors la nuit était aussi épaisse qu'à l'intérieur. Pas une étoile ne brillait au ciel, et la lune était toujours voilée par de gros nuages qu'emportait le vent du nord.

—Eric ! Eric !—cria-t-elle d'une voix plaintive ; mais personne ne répondit à son appel. Alors, les deux bras étendus, elle continua d'avancer, le cœur gonflé de pressentiments sinistres. Elle avait à peine fait dix pas que son pied glissa dans une mare gluante et que dans sa chute elle rencontra sous sa main un corps dont le visage était encore tiède. Elle ne voulut pas croire à son malheur, et se dit que sans doute c'était le corps d'un pillard tué par son fiancé ; cependant elle se releva d'un seul bond et sa main devint froide comme un glaçon. — Eric a tué un de ces lâches ! — balbutia-t-elle avec une fausse joie. — Oh ! comme je l'embrasserai tout à l'heure. — Mais son cœur se révoltait contre ce mensonge, car le monde lui semblait tout à coup devenu vide. Elle murmura :—Eric ! Eric ! reviens, j'ai peur ! — En ce moment la lune perça l'épais brouillard de ses pâles rayons et Marguerite

son fiancé à ses pieds, tel qu'il était tombé sous le sabre d'Hermann, le sourcil contracté par la colère et la lèvre encore menaçante. Elle ne dit que ces mots :—Pourquoi m'as-tu défendue, mon ami ? C'est moi qui t'ai tué ! je suis venue t'apporter la mort ! lâche femme que je suis ! je pouvais me défendre moi-même ou mourir ! mais non, il a fallu consentir à me cacher et te laisser tuer ! — Elle le contemplait en sanglotant ; elle soulevait entre ses mains froides la tête de son bien-aimé. Elle se penchait à son oreille et lui parlait à voix basse, regardant autour d'elle d'un air inquiet, comme si elle eût craint d'être espionnée. — Mon Dieu ! — ajouta-t-elle amèrement, — puisque vous vouliez nous séparer, puisque l'un de nous deux devait mourir, pourquoi n'est-ce pas plutôt moi qui suis morte ? — De grosses larmes ruisselaient de ses yeux sur le front blême de son fiancé ; mais ses idées changèrent tout à coup et sa physionomie prit une expression singulière : — Pourquoi pleurer ? — dit-elle. — Est-ce que mon pauvre Eric me demande des pleurs ou des prières ? Est-ce avec des pleurs et des prières qu'il m'a défendue ?

Elle souleva dans ses bras le corps inanimé du Saxon, le traîna jusqu'au pavillon et l'étendit sur son lit ; puis, s'enveloppant du manteau de l'officier, elle sortit rapidement, traversa la ville désolée et regagna son logis.

Le soleil était à peine levé que Marguerite, revêtue de longs habits de deuil, se rendait au camp d'Altranstad. Déjà les troupes étaient sur pied et rangées devant leurs tentes, car la nouvelle des événements de la nuit était parvenue depuis une heure.

Charles XII avait ordonné aussitôt que les mots d'ordre et de passe fussent changés, que Newmann, son premier chirurgien, partît sur-le-champ pour organiser un service d'ambulance à Lutzen, et que les officiers généraux s'assemblassent sous sa tente pour y tenir un conseil de guerre.

Dans cette séance, on avait décidé que les auteurs ou les complices de ce coup de main seraient punis de mort. Comme on lisait au rapport que quatre soldats avaient été arrêtés par une escouade du régiment de Hoorn et conduits dans la prison de la ville sous la garde spéciale d'un sergent, des cavaliers avaient été expédiés à Lutzen avec ordre d'amener les prisonniers au camp ; mais ils étaient rentrés piteusement, et avaient annoncé au roi que, pendant la nuit, le sergent et les quatre soldats s'étaient enfuis sans que l'on sût comment. Plus tard, quant au bivac on parlait aux recrues de l'histoire d'Hermann, quelques vieux grenadiers racontaient à ce sujet les détails suivants : Le sergent et les quatre soldats avaient été charpentiers dans leur jeunesse ; ils s'étaient connus à Amsterdam, où ils travaillaient ensemble à la construction des navires ; tous les cinq appartenaient au compagnonnage, ils s'étaient reconnus à certains signes symboliques ; le sergent n'avait pas voulu livrer ses frères ; il les avait fait évader, et était allé de son côté rejoindre, avec armes et bagages, un corps d'armée russe en observation sur la frontière de Saxe.

Cependant Marguerite se dirigeait d'un pas assuré vers la tente royale ; elle voyait marcher devant elle l'ombre d'Eric, et elle se sentait animée d'un courage surnaturel. Lorsqu'elle aperçut de loin Charles XII allant et venant avec son impatience ordinaire au milieu d'un cercle d'officiers, elle ne ressentit aucune émotion et n'eut qu'une pensée :

— Voilà celui qui peut venger la mort de mon fiancé.

IV

Il faut avouer que Charles XII, roi original, ne péchait point par l'amour du prestige. Il était alors sans chapeau, et le vent soufflait à travers ses cheveux coupés courts et déjà rares. Un mauvais ruban de taffetas noir lui servait de cravate. Son uniforme était de gros drap bleu à boutons de cuivre doré, son ceinturon de simple peau d'élan blanchie à la craie, et ses larges chaussures, carrées par le bout, étaient garnies de gros clous comme celles des soldats. On ne l'eût pas néanmoins confondu facilement avec le premier sergent venu ; il avait le front pâle, l'œil ardent, la parole impérieuse et brève, le geste animé. Des généraux qui l'entouraient aucun n'osait élever la voix, tant ils tremblaient devant ce roi qui poussait jusqu'à la folie l'énergie de la volonté. Mais le souvenir d'Eric soutenait le courage de la jeune fille. Elle s'arma d'une résolution suprême, marcha droit à Charles XII, et se jeta à ses pieds.

— Justice, sire ! — s'écria-t-elle.

— Contre qui, mon enfant ? — demanda le roi.

— Contre vos soldats, qui ont assassiné mon fiancé.

Et elle raconta tous les détails de cette nuit fatale avec une éloquence inspirée par la douleur. Pendant qu'elle parlait, le front du monarque s'assombrissait.

— Mademoiselle, — lui dit-il enfin en la relevant, — il y a deux heures, j'aurais cru pouvoir vous garantir bonne et prompte justice, mais en ce moment je ne dois plus rien promettre, car je doute que nous parvenions à trouver les coupables.

Marguerite répliqua gravement :

— M'accorderez-vous, sire, le droit de chercher les meurtriers, et, si je les découvre, de me venger moi-même ?

— Non, mademoiselle, — répondit Charles XII, surpris et charmé de cette requête toute virile ; — mais, si l'on vous arrête, je vous permets de vous réclamer du roi de Suède. Vous n'aurez pas d'autre juge que lui.

Elle s'inclina respectueusement devant le héros et reprit le chemin de Lutzen. Le lendemain, elle fit creuser une fosse par ses gens, puis, après avoir rendu les derniers devoirs à Eric, elle congédia tout son monde. Restée seule dans la maison, elle quitta ses vêtements de femme, et, se plaçant devant un petit miroir de Venise, elle fit tomber sans regret ses longs cheveux sous les ciseaux. Elle chercha ensuite parmi les habits de son fiancé celui qui pouvait aller à sa taille ; elle choisit un justaucorps, un haut-de-chausses et une toque de velours noir toute galonnée de soie, de même couleur que celle que l'officier saxon avait portée lorsqu'il étudiait à l'université de Gœttingue ; puis elle ajusta sur son costume un ceinturon de daim, auquel pendait encore le petit poignard à manche d'ébène dont les écoliers se servaient à cette époque pour éviter de remettre au lendemain une querelle qui pouvait se vider sur l'heure. Ainsi travestie, Marguerite sortit de son logis, et passa devant les gens du voisinage sans être reconnue.

Sur la route qu'elle devait suivre, on voyait aux environs du camp une vieille masure branlante et abandonnée, qu'un vivandier venait, depuis la veille, de convertir en cabaret.

Dans cette espèce de bouge se trouvaient cinq soldats qui jouaient en vidant des cruchons de bière ; mais deux d'entre eux seulement tenaient les cartes ; l'un de ces joueurs était Hermann le Rouge, l'autre un jeune étudiant qui avait été si indignement trompé par sa première maîtresse que, ne voulant ni se faire moine ni se suicider, il avait pris le parti des armes ; pourtant il n'entendait pas raillerie au sujet de sa mésaventure d'amour, quoiqu'il en parlât lui-même dans ses heures d'abandon ; il

dégainait facilement, et, comme il était fort bonne lame, les railleurs y regardaient à deux fois.. Il se nommait Frédéric Tiefenbach.

Les trois autres soldats étaient de nouvelles recrues, véritables souffre-douleur que le vaillant Hermann traînait partout à sa suite, parce qu'il leur savait le gousset bien garni.

Hermann, qui avait déjà perdu vingt rixdalers, proposa quitte ou double. Tiefenbach accepta, et cette fois encore la chance fut pour lui.

— Bombarde ! — s'écria le colosse en frappant violemment du poing sur la table, — avant de jouer avec toi, j'aurais dû me souvenir du proverbe : « Malheureux en femmes, heureux au jeu. » — Frédéric pâlit, et, cachant tout à coup sa tête dans ses mains, on l'entendit sangloter comme un enfant ; les larmes coulaient à travers ses doigts. Mais le grenadier n'eut pas pitié de cette douleur sincère, qui avait réellement quelque chose de navrant pour les spectateurs ; les autres soldats faisaient silence ; Hermann, lui, éclata de rire : — Quelle femmelette ! tu fais honte au régiment, Frédéric ! Il faudra retourner vers ta maman, mon garçon ! tu n'es pas assez grand pour manger des Russes.

Tiefenbach l'interrompit :

— Assez, Hermann, assez, je t'en supplie !

Le grenadier ne l'écouta pas.

— Prends garde, Frédéric ; les bons amoureux font les mauvais soldats ; si tu voyais passer au bout de la prairie la robe blanche de ta Charlotte, tu déserterais pour la suivre, et bonsoir la compagnie ! Notre roi bien-aimé ne plaisante pas avec les déserteurs.

Frédéric releva la tête comme un dormeur réveillé en sursaut.

— Qui a prononcé ici le nom de Charlotte ?

— C'est moi ! Y a-t-il défense d'en parler sous peine de mort !

— Oui, je l'ai défendu, — reprit le jeune homme d'une voix sourde.

Hermann se mit à rire :

— Aux autres, c'est possible, mais à moi !...

— A tout le monde sans exception ! — s'écria Tiefenbach avec une sorte d'égarement. — La plaie est toujours vive, et je ne veux pas que chacun y retourne le doigt.

— La foudre écrase le sot ! — dit Hermann impatienté ; — mais le colonel lui-même ne m'empêcherait pas de dire que ta Charlotte a bien fait de se moquer d'un amoureux de ta trempe !

Il n'avait pas achevé que Frédéric, se ruant sur lui avec l'agilité d'un chat, lui brisa son cruchon de grès sur la tête, et, tirant aussitôt son sabre, se mit en défense. Hermann, étourdi du coup, ne pouvait se lever ; il tendit vers Tiefenbach son poing fermé :

— Patience, vipère, patience ! je te briserai tout à l'heure entre mes mains comme tu m'as broyé ton pot sur le crâne.

Mais Frédéric était dégrisé de son accès de colère, et, se repentant de sa brutalité :

— J'ai eu tort, camarade, j'en conviens. Tends-moi la main et pardonne-moi loyalement. Quant aux quarante rixdalers, je t'en tiens quitte.

Hermann grinça des dents.

— Ah çà ! me prends-tu pour un mendiant à cette heure ? Est-ce que je t'ai demandé la charité, mon beau tourtereau ? Je te payerai ma dette de jeu, par tous les diables ! mais je te payerai aussi ma dette de sang.

Frédéric essaya de le calmer.

— Le roi n'aime pas plus les duellistes que les déserteurs, Hermann. Mieux vaut garder notre sang pour la bataille.

— C'est cela, — dit le grenadier ; — tu iras dire partout que tu as cassé ton cruchon sur la tête d'Hermann, comme un sournois, et que tu l'as envoyé promener quand il t'a demandé raison. Tu es sans doute de trop bonne maison pour croiser le sabre avec moi ; mais je saurai bien te forcer à dégainer, pauvre poltron.

— Poltron ! — s'écria Frédéric, qui devint pourpre.

— Oui, poltron devant le camarade que tu as outragé comme devant cette Charlotte qui t'a trahi !

— Encore ce nom ! Tais-toi, Hermann !

— Je te souffleterai devant elle, — dit le grenadier. Puis il se leva en trébuchant, saisit son sabre, et, retroussant sa manche, il fit ensuite signe aux trois soldats d'approcher : — Vous allez nous servir de témoins !

Au moment où ils sortaient tous quatre du cabaret, ils virent s'avancer un jeune homme en costume d'étudiant. Tiefenbach courut à lui :

— Vous sortez de l'université de Gœttingue, mon camarade ? — Le nouveau venu, légèrement troublé, hocha silencieusement la tête en guise d'affirmation. — Alors vous avez entendu parler de moi ? — poursuivit avec une sorte d'emphase le malencontreux amant de Charlotte.— Je suis ce fameux Frédéric Tiefenbach, de Leipsick, chassé de l'université pour avoir surmonté d'un bonnet d'âne la chaire qu'y occupait le vieux et honorable docteur Bettmann.— Le jeune étudiant s'inclina de nouveau, Frédéric continua : — Or, j'ai maille à partir avec ce grand diable de grenadier qui se dresse là-bas comme une montagne de chair et d'os.

— Et vous voulez que je juge votre différend ?

— Non, mais je vous prie de me servir de témoin, car il en a deux et il m'en manque un, ce qui est contraire aux usages.

— Moi témoin d'un duel ! — dit l'étudiant avec une émotion visible.

— Vous n'en êtes pas sans doute à votre apprentissage, et vous devez vous être déjà battu pour votre compte, si vous êtes un véritable étudiant.

Ces derniers mots firent monter le rouge au visage du jeune homme, et il s'empressa de répondre :

— Je serai votre témoin, quoiqu'une affaire urgente m'appelle à Altranstad.

— Oh ! je vous rendrai bientôt votre liberté, — dit Frédéric avec un sourire mélancolique. — Hermann a beau jeu avec moi, car je ne tiens pas à défendre ma vie.

Cependant le grenadier brandissait son sabre en frappant du pied pour appeler son adversaire au combat. Une cruauté froide brillait dans ses yeux, ses narines se ridaient comme celles d'un tigre flairant une proie, et un sourire insultant crispait ses lèvres. Tout à coup ses yeux rencontrèrent ceux de l'étudiant, et une sorte d'inquiétude se peignit sur ses traits ; mais, après l'avoir attentivement examiné, il fut convaincu de n'avoir jamais vu ce visage doux et pâle, et respira bruyamment, comme s'il eût été étonné d'avoir ressenti une émotion inexplicable, presque voisine de la peur. Il pensa involontairement au dernier regard de l'officier saxon qu'il avait tué la veille, éprouva un vague désir de ne pas se conduire comme une bête féroce devant le nouveau témoin de Frédéric, et se jura à peu près à lui-même de ne pas tuer son adversaire. Hermann ne se reconnaissait plus, mais il obéissait à un instinct plus fort que sa volonté. Les deux soldats engagèrent aussitôt le fer, et le jeune étudiant suivit d'un œil avide leur jeu fin et serré. Il se dit tout bas :

— Je vais donc enfin savoir comment il faut s'y prendre pour tuer un homme.—Après quelques minutes de combat, Tiefenbach, atteint d'un coup de pointe au-dessous du sein droit, tomba sans connaissance. L'étudiant leva alors les yeux sur Hermann avec une expression de menace, mais la tête bestiale du grenadier lui inspira un si vif sentiment de répulsion et d'antipathie, qu'il se demanda : — Où l'ai-je vu et quel mal cet homme m'a-t-il fait ?

Mais sa pensée fut bientôt détournée par les soins que nécessitait la blessure de Frédéric, qui fut transporté au camp et ne tarda pas à reprendre ses sens. Hermann s'était tenu parole ; il avait touché fort légèrement son adversaire, et dès le surlendemain celui-ci marchait

appuyé au bras de son témoin, en qui vous avez sans doute reconnu Marguerite.

— Comment te nommes-tu, camarade ? — lui demanda le blessé.

— Christiern Zorn, — répondit le faux étudiant, après un instant d'hésitation.

— Eh bien ! Christiern, si je puis t'être utile à mon tour pour l'affaire qui t'amène à Altranstad, dispose de moi ; ma bourse t'appartient, si tu es venu pour y mener la vie libre et joyeuse ; mon épée est à ton service, si tu as une querelle à vider.

— Je ne suis ni un débauché ni un spadassin, mon ami, — reprit Marguerite confuse.

Frédéric sourit.

— Allons, je ne suis qu'un sot ! ces yeux-là ne sont pas les yeux d'un ivrogne ni d'un ferrailleur, ce sont les yeux d'un amoureux ! Tu rougis ! Par les onze mille vierges de Cologne ! j'ai deviné juste. Tant pis camarade. Mais, s'il en est ainsi, il ne faut pas compter sur moi pour t'aider de mes conseils, car j'ai pris les femmes en horreur.

— Est-il possible, mon ami ?

Ce doute, exprimé d'une voix timide, excita l'indignation de Frédéric.

— Christiern, — reprit-il, — sur un champ de bataille je ne relèverais pas un camarade blessé si je le savais amoureux... Je croirais lui rendre un mauvais service en lui sauvant la vie.

— Rassurez-vous, mon ami, je ne suis pas un donneur de sérénades.

— A la bonne heure, mille diables ! Tu es un brave garçon, et, quoique je ne te connaisse que depuis peu de temps, je ferais pour toi ce que je ne ferais pas pour la plus belle fille du monde. — Un sourire imperceptible effleura les lèvres de Marguerite. C'était la première fois qu'elle souriait depuis la mort d'Eric. — Christiern Zorn, — poursuivit Tiefenbach d'un air fort sérieux ; — jurons-nous, non pas une amitié de frères, car nous ne serions pas longtemps d'accord, mais une amitié renouvelée de ces modèles héroïques que nous a transmis l'antiquité.

— Volontiers, — répliqua Marguerite ; — nous tâcherons de devenir des amis aussi célèbres que Castor et Pollux, Oreste et Pylade, Damon et Pythias, Nisus et Euryale, Pélopidas et...

— Assez, — interrompit en riant le blessé ; — je vois que tu n'as pas perdu ton temps à l'université de Gœttingue, et que tu es de la force de plusieurs docteurs Bettmann. — Avec sa finesse féminine, Marguerite avait compris que ce jeune homme, un peu enthousiaste, un peu fou, mais franc et loyal, pouvait lui frayer la route vers le but qu'elle s'était tracé : — Maintenant que nous sommes amis à la vie et à la mort, comme les trois cents Thébains, et que nous ne devons plus avoir de secrets l'un pour l'autre, — reprit Frédéric, — dis-moi ce que tu viens faire à Altranstad.

— M'enrôler, — répondit simplement Marguerite.

— T'enrôler ! bénédiction du ciel ! Voilà un mot qui produit sur ma blessure l'effet d'un baume merveilleux ! Ainsi nous vivrons ensemble, nous ne nous quitterons plus jamais ?

— Qui oserait dire jamais ? — répliqua Marguerite avec un soupir ; — la mort n'est-elle pas l'hôtesse capricieuse du soldat ?

— Camarade Christiern, votre front est bien soucieux et vos paroles sont bien noires ; vous avez un chagrin secret.

— Une plaie plus difficile à guérir que la vôtre, oui, mon ami.

— Et tu t'enrôles pour te faire tuer, mauvais cœur !— s'écria Tiefenbach d'un ton de reproche ; —mais tu pourrais bien ne pas réussir. Tu vas voir tout à l'heure un homme qui n'a pas eu de chance avec la mort ; il s'est engagé pour la voir plus facilement face à face. Il se jetait toujours follement au plus fort de la mêlée ; mais, hélas ! à son grand désespoir, le malheureux en sortait chaque fois sain et sauf avec un grade de plus. A force de s'entêter à braver la mort sur les champs de bataille, il a fini par y trouver le titre de maréchal de camp, dont nul n'est plus digne que lui. Cet homme c'est Renschild, le bras droit de Charles XII.

Tout en causant ainsi, les deux nouveaux amis étaient revenus au camp, et, le soir même, grâce aux soins de Tiefenbach, Marguerite fut enrôlée sous le nom de Christiern Zorn. Un uniforme de fusilier remplaça son costume d'étudiant, dont elle ne conserva que le poignard, et, comme elle appartenait à la même compagnie que Frédéric, elle reposa sous sa tente avec quelques soldats qui s'y trouvaient déjà installés.

V

Pendant huit jours, Marguerite, qui ne rêvait qu'à sa vengeance, alla de cantine en cantine, escortée de son ami qui ne la quittait pas plus que son ombre. Elle s'attablait au milieu des soldats, et les régalait amplement pour fêter sa bienvenue ; aussi ne cessaient-ils de s'étonner de la bonne mine de leur jeune camarade et de la fabuleuse prodigalité avec laquelle il dépensait l'épargne maternelle. De plus, le beau Christiern Zorn était joueur comme un laquais et se laissait tricher avec une si noble insouciance que toutes les vieilles moustaches du camp se disputaient la faveur d'échanger avec lui quelques parties de cartes ou de dés. Quand ils s'étaient enrichis de ses dépouilles, les soldats jouaient entre eux. Ceux qui manquaient d'argent mettaient comme enjeu des pierreries et des bijoux ; alors Marguerite ne les quittait plus, car elle avait l'espérance de voir un jour passer sous ses yeux son portrait et la bague d'Eric. Une fièvre lente la minait, tant cette idée fixe et opiniâtre avait envahi son cerveau. Elle apportait à la découverte du meurtrier d'Eric la passion qui fait les joueurs et les chasseurs, et dont l'attrait est moins dans le but que dans les moyens. Le désir ardent, l'incertitude, l'angoisse, l'intelligence à déployer dans la lutte, ne procurent-ils pas des émotions qui donnent un intérêt puissant à la vie ?

Souvent elle réunissait autour d'une table chargée de cruches de bière et de vins capiteux les soldats renommés par leur bravoure et sur le compte desquels on citait les traits les plus surprenants de courage. Elle leur faisait raconter leurs batailles, l'assaut de telle ville ou le sac de telle autre, et, pendant que Frédéric leur versait de fréquentes rasades pour exciter leur verve, la fiancée d'Eric, penchée sur la table, le front appuyé sur sa main, écoutait avec une attention d'inquisiteur ces récits étranges. Or la plupart étaient entremêlés de détails d'une férocité révoltante, que souvent, par vanité, le narrateur exagérait encore.

— Tout cela est certes émouvant et terrible, — disait doucement Christiern Zorn après chaque récit ; — mais celui qui a conçu et exécuté le coup de Lutzen est à lui seul plus fort que vous tous, camarade ! — Elle interrogeait en même temps d'un coup d'œil scrutateur toutes ces faces brunies et couturées, espérant y surprendre un sourire, un tressaillement d'orgueil ; mais toutes étaient impassibles ou hébétées. Alors Marguerite se levait et se disait avec tristesse : — Je recommencerai demain !

Mais les jours s'écoulaient et elle n'avait pas encore pu soulever un des coins du voile mystérieux qui cachait les meurtriers d'Eric.

Pendant ce temps, les déceptions et les dégoûts amers ne lui étaient pas épargnés. Habituée à une vie calme, pieuse et régulière, elle se trouvait jetée soudainement dans le tumulte, la licence et l'agitation d'un camp de soldats étrangers ; son âme candide et pure se révoltait d'être forcée de subir ce milieu abominable. Pauvre fille !

elle devait entendre sans cesse de grossiers propos dont le fusilier Christiern n'avait pas le droit de rougir. C'était une perle égarée parmi les galets que roule la mer. Ceux qui voyaient Christiern Zorn sourire à ces bruyants convives ne se doutaient pas de ce que souffrait Marguerite.

Un jour qu'elle était abattue et presque découragée, se demandant si elle ne poursuivait pas un vain rêve, tressaillant à la pensée qu'elle touchait peut-être souvent la main de l'assassin ou trinquait souvent à son verre, Frédéric entra, et, lui frappant gaiement sur l'épaule,

— Camarade, — dit-il, — depuis huit jours il y a une grande foire à Leipsick, cette noble cité à laquelle aucune autre ne dispute la gloire de m'avoir vu naître.

— Eh bien ! que nous importe ?

— Une trentaine de nos compagnons veulent y aller vendre aujourd'hui aux juifs du bazar les objets d'or et d'argent qu'ils ont récoltés pendant la campagne. Joignons-nous à eux. Ce n'est qu'à cinq lieues d'ici, et j'ai obtenu deux places dans un fourgon des vivres.

— Ah ! ils vont trafiquer de leur butin à Leipsick ? — dit Marguerite en se levant aussitôt.

— Oui, Christiern ; on dit même qu'un hussard a vendu hier une bague qui à elle seule valait plus de soixante piastres d'argent blanc.

— Ah ! une bague ! une bague ! — répéta-t-elle avec agitation. — Allons donc ensemble à la foire de Leipsick, camarade. Peut-être y trouverai-je dans la quantité quelques bijoux à ma convenance.

Les deux amis allèrent prendre place dans le fourgon, où se trouvait Hermann et quelques autres Suédois. Aussitôt arrivée dans la ville, Marguerite se dirigea vers le bazar étroit et obscur des juifs, et demanda à chaque marchand s'il n'aurait pas à lui vendre une belle bague, ou bien un riche médaillon propre à enchâsser un portrait dont elle leur montrait la dimension découpée dans une carte à jouer. A sa bonne mine, à ses manières pleines de noblesse et de distinction, les marchands, ne doutant pas qu'ils n'eussent affaire à quelque enfant prodigue échappé de la maison paternelle, s'empressaient d'étaler sous ses yeux les objets les plus précieux de leurs boutiques ; mais nulle part elle n'avait encore rencontré ce qu'elle cherchait, lorsque Tiefenbach mit la main sur un petit médaillon étincelant de diamants, et poussa une exclamation de surprise.

— Regarde donc, Christiern, n'est-ce pas là ton portrait vivant sous les traits d'une femme ?

Marguerite s'empara du médaillon d'une main frémissante.

C'était en effet le bijou qu'elle poursuivait d'une recherche si opiniâtre, et, tout en souriant, tandis que son cœur battait si violemment qu'elle pouvait respirer à peine, elle le couvrit également de sa carte.

— Ce qui me charme encore plus que cette ressemblance due au hasard, c'est qu'il est exactement conforme d'ovale et de dimension au modèle que voici. Juif, combien veux-tu de ce médaillon, — ajouta-t-elle.

— Soixante rixdalers, mon beau gentilhomme, pour ne pas vous faire perdre du temps à marchander, — répondit-il ; — la peinture seule les vaut, m'a-t-on dit.

Frédéric regardait son ami Christiern avec étonnement.

— Capricieux et coquet comme une jolie femme, — murmura-t-il ; — au lieu de vendre des bijoux comme les autres camarades, il en achète, et se laisse friponner par ces juifs ; mais pourquoi le contrarier ?

Marguerite prit dans sa poche une poignée d'or, et, tirant le juif à part.

— Je te donne le double de la somme que tu me demandes, — dit-elle à voix basse, — si tu peux me désigner celui qui t'a vendu ce portrait.

Le juif se frappa le front du poing.

— Hélas ! — répondit-il, — j'accepterais ce marché de grand cœur, mais malheureusement j'ignore le nom du soldat qui m'a fait payer si cher un bijou qu'il avait sans doute acquis à bien meilleur prix.

Il essaya de rire de sa plaisanterie ; le regard de Marguerite glaça le rire sur ses lèvres.

— Ainsi c'était un soldat ? — demanda-t-elle.

— Ai-je dit un soldat ? — balbutia le juif, qui voulait vendre le plus haut possible sa confidence. Marguerite s'impatientait.

— Dis-moi seulement à quels signes je puis le reconnaître, et les cent rixdalers sont à toi.

Le juif regarda avec précaution autour de lui, et, ne voyant personne, répliqua d'un ton discret :

— S'il en est ainsi, je me souviens qu'il s'est courbé pour passer sous cette porte, qu'il portait l'uniforme de grenadier suédois, qu'il avait la barbe rouge et le visage sillonné de cicatrices. Je n'aimerais pas à rencontrer ce gaillard dans un bois, ni à le voir entrer de nuit dans ma boutique.

Marguerite tressaillit ; il lui semblait voir se dresser devant elle le meurtrier d'Eric. Dieu la guidait et protégeait son dessein.

— Merci ! — dit-elle, et, abandonnant au juif sa poignée d'or, elle sortit avec Frédéric. Elle alla se mêler aux groupes de soldats qui se formaient sur la place où la fête avait lieu ; mais comme personne n'avait de permission, chacun rentra de bonne heure au camp, où l'on acheva gaiement la soirée.

Marguerite perdit volontairement Frédéric dans la foule, et, s'appuyant au bras du gigantesque Hermann, qu'elle n'avait pas quitté d'un instant depuis sa sortie du bazar, elle l'entraîna dans un cabaret borgne, assez peu fréquenté.

Elle fit apporter des cartes, quelques bouteilles de vieux vin et deux verres. Le pigeon semblait s'offrir de lui-même pour être plumé, et pourtant le grenadier ne se sentait pas à son aise.

Sur la table fumait une petite lampe agonisante qui ne projetait plus, à des intervalles inégaux, qu'une lueur incertaine.

Marguerite versa silencieusement à boire pendant que Hermann mêlait les cartes, et l'on but ainsi deux bouteilles, le grenadier humant jusqu'à la dernière goutte, la jeune fille déguisée jetant chaque fois, après avoir fraternellement trinqué, le contenu de son verre sous la table.

— Çà, Christiern, mon bel ami, — dit enfin Hermann, — si nous sommes venus ici pour jouer, ne buvons plus. Quoique je tienne plus que pinte, je commence à y voir double.

— Jouons donc, — repartit Marguerite en tirant de sa poche une longue bourse de soie rouge qui contenait encore une centaine de ducats d'or environ.

— Tonnerre ! — dit le grenadier ébahi, — toutes les mines du Pérou se sont donc donné rendez-vous dans ta poche, mon garçon.

— Cet or n'est pas à moi, — dit froidement le faux Christiern, — et chaque fois que j'y touche il me brûle les doigts.

— Que ne sont-ils à moi tes ducats, je ne serais pas si douillet ! — grommela le colosse en couvant d'un regard de pirate le métal fauve qui scintillait sous le feu de la lampe.

— Mon Dieu ! tu peux les gagner aisément, camarade.

— Les gagner ! Que faut-il faire ? — demanda le grenadier en se levant lourdement, le corps penché en avant et oscillant sur ses jambes avinées.

— T'asseoir et m'écouter.

— C'est facile, en effet. Parle donc ; je suis tout oreilles.

Il remplit de nouveau son verre et le vida d'un seul trait.

— La moitié de ces ducats, — dit Marguerite en appuyant sur chaque mot avec une intention marquée, — la moitié appartient à l'un de nos camarades.

— Son nom ?

— Je l'ignore encore, mais je réserve l'autre moitié de la somme à celui qui pourra m'aider à découvrir le soldat que je cherche.

— C'est donc une gageure ?

— C'est un vœu que j'ai fait.

— Un vœu ! C'est bon pour les vieilles femmes ; mais, nous autres soldats, nous avons aussi nos heures de faiblesse, et moi-même.... Tiens ! ça me rappelle que j'ai oublié de faire dire une messe et de brûler trois cierges à Notre-Dame de Bon-Secours pour le repos de l'âme d'un pauvre diable que dernièrement... Enfin n'importe !

— Tu as tort, Hermann, — dit sérieusement Marguerite ; — rien ne porte malheur, dit-on, comme un vœu qu'on n'a pas accompli.

— Baste ! j'y songerai demain... tu m'en feras souvenir... Mais d'abord ton histoire ! — Et, laissant tomber entre ses mains son front alourdi par l'ivresse, — Voyons, Christiern je t'écoute, mais ne sois pas trop long, car je pourrais m'endormir... et pourtant je voudrais bien gagner les cinquante ducats.

Marguerite jeta sur lui un regard de mépris et de dégoût.

— As-tu jamais aimé, Hermann ? As-tu jamais rêvé le bonheur d'une vie entière où deux âmes se confondent l'une avec l'autre, où l'on s'oublie soi-même pour suivre jusque dans ses songes l'image de l'être préféré ?

— Quel galimatias me fais-tu, Christiern ? L'amour est une duperie, et je m'en soucie comme d'un fétu. Tant que je trouverai à remplir ma bourse et ma gourde vides, je serai aussi heureux que Sa Majesté.

— Eh bien ! je n'ai, moi, ni ton expérience de la vie ni ta philosophie, camarade. J'aimais une fille à Lutzen avec qui j'ai été élevé. Tout enfant, je dénichais des oiseaux pour elle et je lui faisais des flageolets avec des roseaux. Nous ne nous étions jamais dit que nous nous aimions. J'allais l'épouser, lorsqu'un rival se présenta. C'était un officier saxon, jeune, noble et riche... la famille de Marguerite me le préféra.

— Pauvre niais ! il fallait l'attendre derrière un buisson et lui casser la tête d'un coup de pistolet.

— Que veux-tu, Hermann ? je te l'ai dit, je manque d'expérience ; je partis désespéré du congé qui m'avait été donné, mais la terrible nuit de Lutzen est venue et j'ai été bien vengé.

— Comment cela ? — demanda le grenadier en relevant la tête avec une expression de curiosité.

— L'officier mon rival a été tué par les Suédois qui ont surpris la ville. Béni soit celui qui m'a rendu ce service ! car j'espère maintenant obtenir sans obstacle la main de Marguerite.

Hermann fixa ses yeux faux et clignotants sur le visage grave de Christiern, qui jouait l'indifférence quoique son cœur battît avec force ; puis il dit brusquement :

— Où demeurait ton officier ?

— Dans une petite maison de brique située au fond d'un jardin qui s'ouvrait sur la ruelle de Johannisstrasse, à vingt pas du marché.

VI

Le grenadier poussa un éclat de rire qui ressemblait au grognement d'une bête fauve, et se leva, entraîné hors de toute prudence par sa cupidité ; il ne faut pas oublier que de plus il était ivre.

— Tu donnes moitié de tes ducats à qui te désignera le soldat que tu cherches ? — dit-il d'une voix rauque en tendant une de ses larges mains, — compte donc vite, car je me charge, moi, de te le faire voir en face.

Marguerite sentit une sueur froide mouiller ses cheveux, mais elle parvint à maîtriser son émotion et à garder une apparence calme. Elle s'efforça même de sourire :

— Tu es donc sorcier, Hermann ? — répondit-elle.

Le grenadier poursuivit :

— Tu donnes le reste du trésor au brave qui t'a débarrassé de ton Saxon ?

— Je l'ai dit.

Hermann tendit l'autre main :

— Hé bien ! donne encore, donne toujours, car celui-là c'est moi !

— La preuve ! — s'écria Marguerite se levant à son tour, le front pâle et l'œil étincelant.

Le pillard regarda son camarade avec surprise, et une vague inquiétude se glissa dans son esprit obscurci par les vapeurs du vin ; c'était un gaillard cauteleux quoique féroce, et qui se tenait assez sur ses gardes.

— Je t'en donnerai mille pour une, mon tourtereau, d'autant mieux que nous sommes seuls !

— Seuls ? et qu'importe !

Le pillard fit le geste tragique de viser et de fusiller un homme :

— Il importe beaucoup à ma tête, Christiern ; et si tu révélais un mot de ce que je te confie ce soir, je le nierais effrontément demain.

Marguerite haussa les épaules et remplit les verres :

— Je vais bien voir si tu dis vrai, Hermann. Comment êtes-vous entrés dans le jardin du Saxon, et à quel propos ?

— Nous poursuivions une femme qui s'était réfugiée chez lui, et, pour atteindre la belle, nous avions escaladé la muraille.

— Et puis ? — demanda-t-elle froidement.

— Et puis, comme il voulait nous barrer le passage, ma foi !... nous l'avons tué.

— Qui de vous l'a frappé ?

— Tout le monde un peu... mais c'est moi qui l'ai achevé, j'en fais le serment devant le diable qui m'assiste en toutes mes entreprises. Il avait au cou un portrait que j'ai vendu pour ne pas me compromettre, — ajouta le pillard en riant ; — de plus, au doigt une bague, et cette bague la voici !

Marguerite saisit le bijou d'une main tremblante et le contempla un instant ; des larmes brillèrent dans ses yeux.

— Oui, oui, je te crois maintenant, Hermann, — reprit-elle avec un sourire effrayant, — je reconnais cette bague. Tu es l'homme que je cherche. Ces ducats sont bien à toi. — Le grenadier s'était assis ; puis tout joyeux il avait tiré de sa poche un petit sac de cuir dont il délia tranquillement les cordons. Marguerite s'approcha de lui. Elle debout et le colosse assis ils étaient de même taille.

— Ainsi, — dit-elle en portant la main au ceinturon d'Hermann, — c'est avec ce vaillant sabre que tu as tué mon rival ?

— Il en a tué bien d'autres, — répondit le soldat avec insouciance, tout en laissant tomber pièce à pièce dans son sac de cuir les ducats d'or éparpillés sur la table.

Marguerite avait tiré la lame hors du fourreau, et, sous les clartés tremblotantes de la lampe qui menaçait de s'éteindre, elle en examina attentivement la pointe.

Hermann la regardait faire et riait. Cette curiosité enfantine flattait l'orgueil de ce vieux soudard, qui à force de tuer avait fini par prendre goût au meurtre.

— Hermann ! — dit Marguerite en serrant convulsivement dans sa main frêle le sabre nu du grenadier, — montre-moi donc comment tu as tué l'officier saxon ?

— Il paraît que je t'ai ôté ce soir-là une fameuse épine du cœur, camarade ; mais tu es vraiment trop rancunier ; quand un homme est mort, ma foi ! je ne pense plus à lui, et je ne lui en veux plus.

— Je n'oublie pas si vite, Hermann, et la loi du talion me paraît juste. Œil pour œil, dent pour dent. Tu viens de me rendre un grand service, et ces ducats ne sont qu'un à-compte. Tu verras tout à l'heure jusqu'où peut

aller ma reconnaisance. Voyons ! il est temps d'en finir. Dis-moi comment tu l'as tué !

— Rien de plus simple, — répondit le grenadier ; — je me suis rué sur lui, et, de la main gauche, je l'ai saisi par les cheveux.

— Je comprends, — dit Marguerite en posant sa main moite de sueur sur la tête d'Hermann.

— Et puis je l'ai renversé sur mon genou.

— En le renversant en arrière, comme ceci, n'est-ce pas ? — ajouta la jeune fille, en joignant par un effort surhumain le geste à la parole.

— Doucement, brigand ! — s'écria le grenadier en riant, — doucement, si tu ne veux pas rouvrir la plaie qu'un cosaque du Don m'a faite au crâne !

— Et quand une fois tu l'as tenu ainsi ployé sur ton genou ? — continua Marguerite.

— Alors je lui ai posé sur la gorge la pointe de mon sabre.

— Est-ce bien là la place... dis ?

Et la jeune fille piqua de la pointe de son sabre le cou du meurtrier.

— Plus haut, démon ! — reprit Hermann en éclatant de rire si franchement que tout autre que la fiancée d'Eric eût été désarmé par tant de confiance ; mais elle voyait l'ombre du Saxon devant ses yeux, l'ombre dirigeait son bras, raidissait sa main, exaltait son cœur.

— Et alors ? — demanda-t-elle.

— Alors, je lui ai tout simplement enfoncé trois fois mon sabre dans la gorge. De profundis ! mais c'était un beau garçon.

— C'est donc ainsi que tu portas le coup ! — s'écria Marguerite en plongeant le sabre à trois reprises dans le cou d'Hermann.

Un flot de sang tiède jaillissant à travers les découpures de la garde vint inonder la main de la jeune fille. Abandonnant le fer dans la blessure, elle recula de quelques pas, la prunelle dilatée, les cheveux hérissés sur le front. La vision d'Eric avait disparu, et la vengeresse de l'assassinat redevenait femme. Elle avait peur de son action, et elle tremblait.

Le grenadier, à demi renversé, n'étant plus retenu par la main de Marguerite, était tombé en arrière, entraînant la table dans sa chute ; et les ducats d'or si convoités par lui s'éparpillèrent sur le plancher.

Au bruit accoururent les gens du cabaret et quelques soldats qui s'étaient arrêtés pour boire en passant. Ils relevèrent le cadavre d'Hermann le Rouge et s'emparèrent du faux Christiern Zorn, qu'ils conduisirent à la tente du général Renschild.

Christiern fut condamné à mort, et, en attendant le jour, on l'enferma dans un vieux moulin qui servait de prison.

Cette fatale nouvelle se répandit aussitôt dans le camp, et Frédéric Tiefenbach en fut instruit un des premiers. Ce fut pour lui un coup terrible, car il avait conçu pour Christiern une affection extraordinaire. A force de prières, il obtint la faveur de prendre le tour de faction du soldat qui devait garder le prisonnier. Les premières heures de cette lugubre nuit se passèrent presque silencieusement entre les deux amis. Frédéric pleurait tout bas en roulant dans son esprit mille combinaisons insensées, qui toutes tendaient à sauver Christiern.

Marguerite paraissait absorbée par une idée fixe ; de temps à autre un léger tressaillement agitait tout son corps. La prostration avait succédé à l'énergie virile de sa volonté, et involontairement elle revoyait dans une sorte de rêve éveillé, même en fermant les yeux, le corps sanglant d'Hermann qui se renversait à ses pieds. Le dernier rire du malheureux retentissait sans cesse à son oreille comme un écho importun, et elle voyait son regard étonné, hagard, épouvanté, la poursuivre de ses mornes éclairs.

Alors elle se jugeait elle-même et se demandait de quel droit elle s'était imposé cette mission terrible de punir un coupable. Elle ne se repentait pas, mais un doute troublait sa pensée, qui s'était trop complaisamment inspirée de l'antique tradition. Deux ou trois fois elle demanda avec une agitation singulière à Frédéric si la vie donnée par Dieu à l'homme ne devait pas être sacrée pour l'homme, et si, hors le cas de légitime défense, on pouvait répondre au mal par le mal, venger le sang par le sang, et si ce n'était pas empêcher l'expiation morale par laquelle le coupable peut se racheter.

Frédéric, voyant son pauvre Christiern Zorn pâle, tremblant et sans cesse occupé de laver et d'essuyer ses mains comme si elles eussent été tachées de sang, crut qu'il avait peur ; mais, loin de s'indigner de cette débilité de cœur dans un soldat, il se sentit saisi d'une commisération infinie :

— Écoute, — lui dit-il, — il est évident que l'approche de la mort agite tout ton être ; tu es trop jeune pour ne pas regretter la vie ; tu sais, moi, combien j'y tiens peu. Si je te perds, je me ferai tuer à la première affaire ; mais je ne veux pas te voir mourir.

Elle le regarda avec étonnement :

— Mais je suis prisonnier.

— Ne suis-je pas ton geôlier, Christiern ? — dit-il d'un ton de doux reproche.

— Ne me tente pas ainsi, camarade, ou bien sauve-toi avec moi ; nous irons chercher du service chez les Russes.

Elle voulait l'éprouver ; Frédéric repliqua vivement :

— Non, non, je ne veux pas passer pour un traître et un déserteur. Que je reçoive une douzaine de balles dans la tête pour sauver un ami ça ne me déshonorera pas.

— Tu es fier sur le point d'honneur, camarade ; mais si j'accepte ta proposition ce sera une lâcheté, et tu me mépriseras.

— Te mépriser, toi ! je t'aime trop pour cela, — repartit Frédéric les larmes au yeux. — Comment veux-tu que je méprise l'enfant qui a eu le courage de tuer Hermann le Rouge ? Fais ce que tu veux, mais, si tu restes ici, je me tuerai devant toi, car il ne sera pas dit que Frédéric Tiefenbach a livré lui-même son ami aux bourreaux.

En même temps il saisit son sabre par un geste prompt et résolu. Le faux Christiern l'arrêta :

— Je t'obéis, camarade, mais tu me reverras !

Marguerite sortit de sa prison enveloppée du manteau militaire de Tiefenbach ; et au point du jour ce dernier était conduit au supplice à la place de l'assassin d'Hermann, sur l'évasion de qui il avait refusé de donner aucune explication.

. . . .

Le roi de Suède et le maréchal Renschild, avertis de cet événement singulier, s'étaient rendus tous deux sur le lieu de l'exécution. Au moment où Frédéric allait payer de sa vie son dévouement à l'amitié, l'on vit arriver de toute la vitesse de son cheval, à travers un épais nuage de poussière, une jeune femme vêtue de noir.

Elle mit pied à terre, sourit au condamné qui restait stupéfait de retrouver sous ce costume son camarade Christiern Zorn, et, s'agenouillant devant Charles XII :

— Le lendemain du pillage de Lutzen, sire, — lui dit-elle, — une femme est venue vous demander justice. Cette femme c'est moi. Vous m'avez répondu que vous étiez impuissant à punir, et je vous ai juré que l'assassin, s'il échappait à votre justice, n'échapperait pas à ma vengeance. Ce serment je l'ai tenu. Je me suis enrôlée parmi vos soldats sous le nom de Christiern Zorn, et sans relâche j'ai cherché le meurtrier de mon fiancé Éric. J'ai fini par le rencontrer, et je l'ai tué avec le sabre même taché du sang d'Éric. Vous avez promis d'être mon juge, jugez-moi ; et, si j'ai commis un crime, condamnez-moi !

Charles XII aimait les actions héroïques, fussent-elles entachées d'extravagance, et il abhorrait l'indiscipline et le pillage ; de plus, il n'estimait chez les femmes que les qualités viriles. Il tendit la main à la jeune femme, et lui dit presque gracieusement :

— N'implorez pas votre grâce en suppliante, madame, relevez-vous. Si notre justice vous a fait défaut, notre clémence ne vous manquera pas, car je gracie en votre faveur ce fou qui allait mourir avec joie pour son ami.

Marguerite baisa la main du roi, et, se relevant, elle s'avança vers Tiefenbach, qui la regardait avec une émotion que l'aspect de la mort n'avait pu exciter en lui.

— Ainsi, madame, — lui dit-il d'une voix tremblante, — après vous être jouée de ma crédulité, vous allez me quitter en emportant avec vous mon ami le plus cher ; j'ai aimé une vision, un rêve, une chimère... Christiern Zorn n'est plus et n'a jamais été. La fiancée d'Éric a été juste envers Hermann le Rouge, mais elle est cruelle envers moi.

Marguerite baissa les yeux.

— Camarade Frédéric, — murmura-t-elle, — pardonnez-moi ; j'ai rempli un devoir terrible. Désormais tâchons d'oublier tous deux un passé douloureux. Servez bien le roi de Suède, à qui nous devons la vie, et, si vous revenez un jour à Lutzen, vous y trouverez Marguerite fidèle au souvenir de votre amitié ; je crois avoir prouvé à tous que je sais tenir ma parole.

Les tambours battirent, et Frédéric Tiefenbach reprit le chemin du camp, au milieu des joyeux hourras de ceux de ses camarades qui avaient été désignés pour le fusiller.

LE BRISEUR D'IMAGES

I

LA BARQUE.

Quand Charles Quint, ce prince si grand *terrien*, mourut, les Pays-Bas étaient soudés à la monarchie espagnole par un chaînon plus fort que le sceau des traités, c'est-à-dire le cœur. Le grand empereur était un vrai fils de Flandre. Sa cour était toute flamande, ses favoris Brabançons ou Frisons. L'Espagne était jalouse du Hainaut et de la Zélande, comme Paris le fut de Versailles sous Louis XIV et son successeur. Charles avait renvoyé la couronne impériale à son frère Ferdinand par Guillaume de Nassau, prince d'Orange, qu'il aimait, méprisant les envieux qui s'efforçaient par leurs calomnies de *désarçonner* ce prince dans son estime, suivant la naïve expression des chroniques du temps. Accablé devant Ingolstadt, il attendait les secours des troupes de Hollande et disait souvent : « Courage ! mes sujets des Pays-Bas viendront bientôt. » Quand le comte de Buren les lui eut amenés : « Ah ! » dit-il en l'embrassant, « nous avons vaincu nos ennemis ! » De telles paroles remuent le cœur d'une nation comme celui d'un seul homme. La flatterie des rois est une glu irrésistible.

Mais Philippe II ne fut pas plutôt devenu roi d'Espagne et comte de Hollande que tout changea. Il méprisait les Flamands et ne savait pas leur langue. Tandis que le moine royal de Saint-Just s'endettait pour *répéter*, comme une bouffonne et lugubre scène de drame, la cérémonie de son enterrement futur ; tandis que le trésorier de la cour oubliait de payer à celui qui avait été Charles Quint le quartier échu d'une maigre pension, les provinces flamandes se voyaient traitées en pays de conquête. Il ne leur fut plus permis de se garder elles-mêmes avec les vieilles pertuisanes rouillées du sang bourguignon. Non-seulement le Flamand ne plongea plus sa main avide dans les sacs de piastres espagnoles, ne laissa plus faire antichambre aux hidalgos et n'essaya pas de recevoir, tête couverte, la grandesse de la Péninsule, mais l'or de Flandre fit le voyage d'Espagne pour payer les dettes et la paresse de ces nobles orgueilleux, et toutes les places furent données à ces derniers. On permit seulement aux gens des provinces de se faire tuer pour la gloire de l'Espagne.

Le comte d'Egmont remporta la victoire de Saint-Quentin. Pour récompense, on le chargea de courir sus aux hérétiques de son gouvernement et de rabattre la curée des cachots de l'inquisition, que le roi voulait établir en Flandre. Ces détails, un peu longs, nous ont paru nécessaires à exposer pour l'intelligence de notre récit.

Les derniers rayons du soleil couchant doraient d'une teinte blafarde le haut d'un vieux château de la West-Frise et faisaient ressortir l'aspect mélancolique qu'offrait alors ce pays plat. Les immenses prairies qui s'étendent des dunes aux frontières du Brabant étaient couvertes d'eaux enflées par les vents et les pluies, de sorte que l'on ne voyait plus que des digues, des clochers et des maisons pointant çà et là au milieu d'une grande mer azurée. On eût dit des villages nageant sur les eaux. Quelques barques erraient à la surface de ces flots turbulents, en évitant d'approcher de la butte où s'élevait le château. Tout à coup un bateau svelte et effilé comme une jonque sortit pour ainsi dire du sein des nuages sombres qui se confondaient avec l'eau à l'horizon, dans la direction d'Alcmaër, et, fendant les vagues de l'éperon, fila droit comme une flèche vers la butte.

En vain les lourds pêcheurs frisons, qui voyaient la barque glisser ainsi qu'un fantôme devant eux, crièrent-ils aux rameurs de changer de direction s'ils ne voulaient périr ; soit que ce fussent de jeunes fous jouant témérairement leur vie sur une gageure, soit qu'inhabiles à se diriger ils fussent emportés malgré eux, les deux rameurs, immobiles et silencieux comme des statues, ne tinrent aucun compte de cet avis. Leurs bras seuls semblaient doués de vie, et sans doute le danger les effrayait peu, car ils ne poussèrent pas un seul cri de détresse et d'appel. Pourtant la barque s'engageait déjà dans le remous qui faisait tourbillonner l'eau en spirales écumantes autour du château, quand une servante d'une quarantaine d'années cria de la fenêtre où elle était accourue à ces étranges marins :

— Prenez garde ! bonnes gens, prenez garde ! vous allez chavirer ! — Mais les rameurs ne parurent pas entendre ou ne purent arrêter la barque, qui, poussée par la rafale et tremblante comme une coquille de noix, rayait à vol d'oiseau la pointe des vagues. — Jésus Maria !

— s'écria la grosse servante, — les pauvres diables ne sont pas du pays ; nos gens de Frise ne seraient pas si insensés. Allons, il n'y a plus qu'un chapelet à dire pour leur salut si ce ne sont des hérétiques...

Et elle essaya de détourner les yeux en égrainant son chapelet ; mais un instinct d'irrésistible curiosité la força à regarder ce qui allait arriver.

La barque, légère comme une aile de mouette, arrivait trempant à peine sa carène dans les flots ; mais, au moment où elle allait s'éventrer sur le sable de la butte, une violente impulsion donnée par les rameurs la fit un instant tournoyer sur elle-même, trembler sur sa base, rester une seconde immobile, puis chanceler... et, profitant de ce moment d'arrêt, les deux hommes sautèrent d'un bond prodigieux à un endroit où ils n'eurent de l'eau que jusqu'à la ceinture.

Alors seulement ils levèrent la tête et semblèrent apercevoir le visage effaré de la grosse Théa. Ils tendirent leurs bras vers elle et lui crièrent d'une voix lamentable :

— Ame charitable, ayez pitié de nous !

La vieille les regarda avec un air de pitié. Néanmoins elle leur répondit sèchement :

— Madame la comtesse a défendu d'introduire qui que ce soit au château depuis le double malheur qui l'a frappée. Par ce temps-ci il y a trop de rôdeurs fine oreille qui viennent épier dans les familles les paroles, les regrets, et compter les cris de la douleur !

— Quel double malheur, juste ciel ! — fit le plus grand des rameurs en secouant sa cagoule mouillée et comme s'il n'avait pas entendu ou compris la seconde phrase de la servante.

— D'où venez-vous donc pour l'ignorer ? — reprit celle-ci avec la brusque pétulance des gens bavards. — Est-il un honnête Frison qui ne sache que le noble comte de Lemée est retenu en Espagne dans les caveaux du saint office comme suspect d'hérésie ! Pour moi, qui l'ai élevé presque dans mes bras, je n'en crois rien. Et puis, voyez, à peine ma pauvre maîtresse a-t-elle reçu cette triste nouvelle que sa petite Ketha est tombée malade. On a bien raison de dire : Un malheur ne vient jamais seul. Ketha, la reine des cœurs, comme nous l'appelons, tant elle est aimée dans le pays ; une enfant toute rose, des yeux bleus avec des cheveux noirs qui ne tiennent pas dans la main, un vrai miracle pour cette terre de Frise. Si vous l'aviez vue courir dans les champs, gaie, folle, hardie comme un garçon ! et maintenant elle est couchée dans son lit, pâle comme une morte, les yeux enfoncés et brillants de fièvre... un spectacle à fendre le cœur, bonnes gens !

— Est-elle donc malade à ce point ? — interrompirent les deux hommes en se lançant un regard de surprise et de désappointement.

— Hélas ! oui. Si quelqu'un peut la sauver c'est sa mère. Mais il y a la main de Dieu sur cette famille. Le château est maintenant une maison de deuil et de malheur !

— Elle est bavarde, nous la tenons ! — dit à voix basse le plus petit des deux étrangers.

Et l'autre reprit en s'adressant à la servante :

— Le malheur doit-il endurcir le cœur ? Est-ce une raison pour nous refuser l'hospitalité, vous une Frisonne ? Écoutez ! nous prierons Dieu pour vous et pour votre mari, bonne dame !

— Je ne suis pas mariée, — répliqua-t-elle aigrement.

— Pas mariée ! Est-il possible ? Une si jolie fille, dont chacun parlait dans le pays quand j'en partis il y a vingt ans !

— Il y a vingt ans, en effet ! — murmura Théa avec un sourire mélancolique, — j'étais alors la belle Théa d'Alcmaër, et, quand je passais dans la rue pour aller à l'église, tous les jeunes gens me regardaient et me suivaient comme une reine ; mais aujourd'hui Théa est ridée, et personne ne fait plus attention à elle. — Le souvenir évoqué par l'étranger avait flatté la vanité et doucement ému le cœur de la vieille fille. Elle regarda attentivement l'homme qui n'avait pas oublié Théa et s'écria enfin : — Attendez ! si ma pauvre vue ne me trompe pas, vous êtes... Dites-moi, ne seriez-vous pas Nikoll d'Enchuse, le fils du charpentier ?

Il est bon d'avertir le lecteur que Nikoll d'Enchuse était le rêve ou plutôt le remords constant de la vie de Théa. A l'époque où sa beauté florissante lui inspirait un orgueil exagéré, elle avait repoussé l'amour de ce pauvre diable, qui, de désespoir, avait disparu un beau jour. Puis, quand l'âge eut fané cette éclatante fraîcheur qui l'avait fait surnommer la *Rose d'Alcmaër*, quand tous les prétendants se furent évanouis comme des ombres, le repentir vint macérer ce cœur si fier, et Nikoll fut regretté. L'image du fils du charpentier apparaissait souvent à la mémoire de Théa, et elle aimait à rappeler dans ses conversations le souvenir de cet amour sincère. Aussi est-il facile de juger de son étonnement lorsque l'étranger répondit tranquillement à la question qu'elle avait hasardée d'une voix émue et tremblante :

— Nikoll lui-même, bonne Théa.

— Nikoll ! est-il possible ? — Et elle murmura mentalement : — Il eût dit belle Théa, autrefois !

— Nikoll, qui revient en enfant prodigue, — reprit l'étranger, — après avoir couru le monde et essayé de tous les métiers, sans en tirer grand profit, comme vous le voyez par mon équipage.

La pauvre Théa étouffa un soupir. Le premier moment de joie passé, elle comprit que son rêve était fini, et, malgré son bon cœur, peut-être regretta-t-elle que Nikoll ne fût pas mort, comme elle l'avait cru, sur quelque terre lointaine. Certes, elle l'avait sincèrement pleuré ; mais cette mort souriait à sa vanité. Le Nikoll tant regretté faisait du tort au Nikoll vivant, pauvre, mais gaillard, qui revenait trop tard pour être encore amoureux. Presque toutes les femmes sont un peu sœurs de la matrone d'Éphèse.

— Allons ! allons, — dit néanmoins Théa, — il y aurait conscience de vous laisser grelotter de froid à notre porte ; on voit assez à votre costume que les voyages ne vous ont pas enrichi.

— Et pourtant, — interrompit Nikoll, — je suis revenu riche d'expérience. J'ai acquis de précieux secrets, de merveilleux remèdes pour guérir toutes les maladies ; j'ai...

— Serait-il possible ! — s'écria Théa avec une expansion de joie. — Vous pourriez donc guérir notre petite Ketha, ce pauvre ange qui est prêt à remonter au ciel, car tous les médecins en désespèrent... Je ne la verrai donc plus souffrir !

— Je vous jure, en effet, par mon patron, bonne Théa, que vous ne la verrez plus souffrir !

Et, en appuyant sur ces derniers mots, il échangea avec son compagnon un regard où brillait un cruel sarcasme.

— Je vous crois, Nikoll, je vous crois, — dit Théa. Puis elle descendit lourdement et, cinq minutes après, fit entrer les deux hommes par une petite porte secrète dont la clef lui était confiée. — Allons ! entrez et soyez les bienvenus, — dit-elle. — Vous allez monter dans ma chambre et vous sécher près d'un bon feu. Dans une heure, le maître de Brederode doit venir avec son fils, le petit Henrik, qui sera fiancé à la pauvre Ketha, comme si ce lien terrestre pouvait la rappeler à la vie ! Ils ne savent rien encore. Madame descendra, pour les recevoir dans la salle des panoplies, et alors, pendant que je veillerai à sa place auprès de Ketha, vous pourrez.... Oh ! quelle joie aura ma maîtresse quand elle saura que c'est à moi, à moi seule, qu'elle doit le salut de sa fille.

· — Elle vous récompensera certainement, bonne Théa, — dit Nikoll avec un sourire dur et étrange.

— Eh ! eh ! eh ! certes elle vous récompensera bien, — répéta son compagnon d'un ton nasillard qui fit tressaillir la servante.

Elle le regarda attentivement et se dit que, sans la présence de Nikoll, elle n'eût pas admis un tel hôte au château. C'était un petit homme chétif, qui se courbait comme un valet en marchant derrière l'ex-adorateur de Théa. Sa peau était jaunie et desséchée comme un vieux parchemin, et sa casaque brune graissée de taches et rapiécée.

La soif de l'or luisait dans ses yeux clairs, dorés et rigides. On devinait en lui le *Shylock* capable de réclamer pour escompte une livre de chair de son ennemi. Avare de bruit et de paroles, tous ses mouvements dénonçaient la défiance et l'astuce. Nikoll semblait, au contraire, un de ces aventuriers dont la rapière ne tient pas au fourreau et dont le gousset vide est l'unique coffre-fort.

Théa les introduisit tous deux, en montant un escalier dérobé, dans une chambre qui communiquait par un cabinet noir à l'appartement de la malade. Le cabinet

était ouvert, et Théa leur montra du doigt une porte vitrée d'où ils pouvaient, en relevant un coin du rideau, voir tout ce qui se passait dans cet appartement. C'était une grande salle à boiseries sculptées, sévèrement décorée, de tapisseries de Bruges, de glaces de Venise et de bahuts solidement appuyés sur des têtes de chimères et de dragons en cuivre.

Une table était couverte de fioles. A côté du lit baldaquin où reposait Ketha se trouvait un prie-Dieu. La dernière lueur du jour faisait resplendir dans le crépuscule la pâle figure de la comtesse de Lemée, qui était encore toute parée, comme l'avait surprise le premier cri de douleur de son enfant. La couvant du regard, elle épiait sa respiration oppressée. Ses longs cheveux, désemprisonnés de la résille, tombaient sur l'oreiller, encadraient et voilaient presque les deux visages, celui de la mère plus mat et plus fatigué que celui de sa fille.

Mais les deux hommes ne virent rien de cette douleur. Nikoll se pencha à l'oreille du juif et lui dit :

— Sais-tu, Jonquille, qu'elle est bien belle, la comtesse, avec sa robe de velours rayé à manches tailladées ?

— Bah ! c'est du velours d'Alcmaër, — dit froidement l'autre ; — il se râpe comme l'étoffe la plus mince. Mais voyez donc plutôt cette croix de pierres précieuses qui tombe sur la poitrine de la comtesse. Elles ne sont pas fausses, j'en réponds.

— Quel feu sombre dans son regard ! — dit Nikoll sans écouter le juif. — Cette femme doit bien aimer et bien haïr.

— Par l'anneau de Salomon ! ce sont de vrais diamants, — soupira Jonquille, — des diamants de la plus belle eau, et montés par le vieil Albrecht de Harlem ! Cela vaut une province.

— Elle a dédaigné mon amour, — murmura Nikoll ; — elle s'en repentira. Maintenant déjà son mari est couché sur la paille d'un cachot qui ne rend guère ses victimes. Tout à l'heure je tiendrai son enfant en mon pouvoir, et alors... Oh ! alors, elle viendra à moi, alors je ferai mes conditions, et nous verrons si elle sera toujours aussi fière.

— Que le Dieu de Jacob vous soit en aide, monseigneur ! — dit Jonquille.

— Il n'y a pas de monseigneur sous la cagoule, misérable ! — dit brusquement Nikoll. — Je suis Nikoll d'Enchuse, fils du charpentier, ne l'oubliez pas. Cette vieille pie peut encore tout faire manquer après nous avoir si bien servis.

Théa entrait alors dans le cabinet noir.

— Voilà pourtant, — dit-elle, — deux nuits que ma pauvre maîtresse passe ainsi sans prononcer une parole, sans dormir une seconde !

— Oui, — ajouta Nikoll d'un air sombre et grave. — J'ai assisté souvent à ces scènes de morne désespoir. Chaque minute apporte tant de doutes et de souffrances à la victime que la mémoire d'une mère peut seule les oublier et son cœur les supporter sans que le blasphème monte à ses lèvres. Mais votre maîtresse est pieuse, n'est-ce pas, bonne Théa ?

Au moment où la servante allait répondre à cette question singulière, l'enfant poussa un faible cri, et tous trois regardèrent curieusement dans la chambre.

La comtesse était agenouillée à son prie-Dieu, et ses mains se joignaient convulsivement autour du crucifix d'ébène qui se dressait devant elle.

— Mon Dieu ! mon Dieu ! — s'écria la malheureuse mère, — qui donc me la sauvera ! Ma fortune à qui la sauvera ! Ces médecins qui promettent la vie m'ont tous menti : mot creux que cette science ! O mon Dieu, laisserez-vous couler les heures comme des gouttes de plomb brûlant sur mon cœur ? Vous le voyez, je ne me plains pas, je ne vous accuse point, mais il me semble parfois, ô mon Dieu ! que mon âme, ainsi prise entre l'espoir et le doute comme dans un étau de fer, va s'anéantir à force de douleurs contenues ! — Elle revint lentement près du lit, et, se penchant vers sa fille : —Ketha ! Ketha, mon enfant, — dit-elle à voix basse, — m'entends-tu ? Je suis près de toi ; c'est ta mère qui te veille, ta mère !

Et elle l'embrassa timidement au front. Mais Ketha répondit à ce baiser par un soupir si douloureux, si éteint, que le battement du cœur de la comtesse cessa, et que, par un mouvement de doute horrible et sauvage, elle saisit dans ses mains blanches les petites mains moites et fiévreuses de Ketha. L'enfant se réveilla.

— La comtesse a de belles mains, Jonquille, — dit le fils du charpentier.

— Et de belles bagues, Nikoll, — ajouta le juif.

— Folle ! — se dit la mère, — je tourmente et tue cette enfant par mon amour. Oh ! que ne puis-je la cacher dans mon cœur ! Et dire, — continua-t-elle en pleurant, — que je ne puis prendre son mal dans mes veines et lui donner mon sang et souffrir pour elle ! Pourquoi donc la frapper et m'épargner, ô mon Dieu ! Ne suis-je pas plus forte qu'elle contre la douleur ?

Ketha leva son regard déjà voilé, entrevit sa mère, essaya de sourire, et murmura d'une voix basse et creuse ce seul mot : « J'ai soif ! »

La comtesse appuya sur les lèvres de sa fille le bord d'un gobelet d'argent rempli d'une boisson somnifère. Ketha referma les yeux, mais son corps tressaillait toujours agité de mouvements convulsifs. Alors la pauvre femme ne pensa plus, ne pria plus, ne sentit plus la fatigue : elle regardait souffrir sa fille ! Nikoll et Jonquille eussent pu prendre ce calme pour de l'indifférence, car les yeux de la comtesse étaient secs comme les leurs. Mais, à coup sûr, si l'enfant avait dû mourir, la mère serait morte une seconde avant elle.

En ce moment un serviteur ouvrit la grande porte de la salle et dit à voix haute :

— Monseigneur le maître de Brederode est arrivé au château avec son fils, sir Henrik, et demande à voir madame la comtesse.

Elle resta absorbée comme si elle n'eût pas entendu ; mais Théa poussa vivement ses deux hôtes dans une encoignure du cabinet noir, et, entr'ouvrant la porte vitrée, dit doucement :

— Je veillerai sur Ketha, madame.

Ketha ! ce nom magique tira la malheureuse mère de sa torpeur. Elle se leva lentement, et, se tournant vers Théa, lui dit :

— Surtout ne la quitte pas d'un instant.

Puis, essayant de ramener le calme sur ses traits altérés par la douleur, elle descendit, précédée du valet, à la salle de réception où l'attendaient les deux visiteurs.

. . . .

Le maître de Brederode, ami d'enfance et compagnon d'armes du comte de Lemée, était un de ces nobles Frisons attachés avant tout à l'honneur de leur nom et aux privilèges de la patrie. Son nom était, comme un usufruit inaliénable, un dépôt qu'il devait transmettre pur à ses descendants. Selon lui, les passions de l'homme ne pouvaient, sans improbité, souiller d'une tache un honneur qui était celui de vingt ancêtres et qui appartenait au pays.

Inflexible comme l'acier, aucune considération d'intérêt privé ne pouvait le faire plier, parce qu'il avait mis tout son orgueil et toute son ambition à faire du nom de sa famille le rempart et le drapeau des libertés de la Frise. Il savait que, fût-il ruiné, avili, condamné par une tyrannie étrangère, il n'en serait pas moins toujours aux yeux de ses compatriotes le maître de Brederode et l'ami de Guillaume le Taciturne ; aussi les Espagnols redoutaient-ils son énorme influence. Il avait trempé l'âme de son fils dans la source de cet orgueil salutaire.

Quand il vit s'avancer la comtesse, dont les lèvres tremblaient et dont les cils se remplissaient de larmes, il fut profondément ému, mais il garda un visage calme et froid, et il attendit respectueusement qu'elle prît la parole.

— Vous savez nos malheurs ? — lui demanda-t-elle avec un de ces fiers sourires par lesquels les nobles cœurs semblent braver la destinée.

— Chacun s'en émeut en Frise et s'en indigne, madame, — répondit le maître avec chaleur.

— Et vous êtes venu, vous, malgré cette disgrâce ? — continua-t-elle amèrement, — vous n'avez pas craint que le coup de foudre parti de Madrid éclatât aussi sur vous ?

— Doutiez-vous de moi, madame ? — répliqua Brederode. — Le prisonnier est-il moins mon ami que le puissant comte de Lemée ?

— Vous voyez bien que je n'ai pas douté un instant, puisque je vous ai écrit de venir. Mais vous ne savez pas tout, vous ne pouvez savoir jusqu'où ils ont poussé l'astuce et la violence dans cette trame horrible.

— Rien ne peut m'étonner de leur part, — fit le maître d'une voix sourde.

— Eh bien ! — reprit vivement la comtesse, — vous allez les connaître. J'ai reçu une lettre de mon mari. Comment ? par une pauvre petite mendiante qui a eu pitié du comte de Lemée, et qui a traversé pieds nus l'Espagne et la France pour m'apporter quelques lignes tracées sur quelques lambeaux d'étoffe avec du sang, et qu'elle a cachés précieusement sous ses haillons.

— Oh ! — s'écria le maître avec un frémissement d'indignation, — c'est donc ainsi qu'on récompense les blessures de Saint-Quentin ?

— Pourtant, — ajouta la comtesse, — mon mari avait un espoir... N'avait-il pas sauvé la vie au duc d'Albe, et le duc n'était-il pas tout puissant ? Il lui a écrit... Savez-vous ce que le duc lui a répondu ?... Qu'il regrettait d'avoir eu des rapports avec un traître, et qu'il priait le comte de ne plus lui adresser des missives qui pouvaient le compromettre.

— Le lâche ! — s'écria Brederode accablé. Le petit Henrik avait gardé le silence ; mais sa main crispée tourmentait le pommeau damasquiné de son épée d'acier, et de la pointe il déchiquetait gravement une tapisserie représentant l'entrée de Charles Quint et de sa cour à Bruxelles. — Que fais-tu ? — lui demanda son père avec humeur.

— Je tâte la poitrine des Espagnols pour y trouver le cœur et le sang, — répondit l'enfant avec un sang-froid farouche qui surprit la comtesse et Brederode.— Mais où est Ketha ? je veux voir Ketha ! — ajouta-t-il avec ce ton obstiné et impérieux familier aux enfants volontaires.

— Attends, — dit la mère, — elle repose. — Et à voix basse elle ajouta : — Je ne vous ai pas encore dit pourquoi je vous ai fait venir, maître de Brederode : c'est que j'ai à remplir un devoir délicat et cruel. L'absence de mon mari nous laisse seules et sans protection, moi et ma pauvre Marguerite. Notre malheur ne vous a pas effrayé, ne vous a pas éloigné de nous, et pourtant je ne sais si je dois vous rappeler le vœu du comte de Lemée... au moment...

— Où il est victime d'une injuste tyrannie ; — interrompit le maître avec un accent qui prouvait que ce malheur était une auréole et un titre de plus à ses yeux.

— Au moment, — continua avec noblesse madame de Lemée, — où ma fille Marguerite, ma pauvre Ketha, se meurt.

Et, épuisée par cet effort, elle tomba affaissée dans un fauteuil.

— Ketha ! je veux voir Ketha ! — s'écria Henrik en trépignant des pieds avec une impatiente colère.

Et comme son père lui imposa silence par un regard impérieux, il disparut sans bruit, tandis que le maître s'écriait :

— Aujourd'hui même, madame, la fille du proscrit

frison sera fiancée à l'unique héritier de la maison de Brederode.

— Je n'attendais pas moins de votre noble cœur, — dit la comtesse en lui tendant la main, qu'il baisa avec la galanterie chevaleresque du temps.

— Les fiançailles seront publiques, — reprit le maître. —Peut-être cette démonstration solennelle des sentiments de la noblesse enrayera-t-elle la funeste politique de l'Escurial. Les promesses de Philippe II ont toutes été des mensonges. La faiblesse de la gouvernante est un piége. Cette pauvre duchesse de Parme est une girouette qui tourne docilement à tous les vents du cabinet espagnol, une enseigne innocente qui nous leurre. Si Ferdinand de Tolède était ici, lui, il tremperait son talon de fer dans des flots de sang flamands, il est vrai, mais peut-être y glisserait-il à la fin.

— Ma fille souffre, — murmura la comtesse.

— Pardon, — dit Brederode; — la politique me faisait oublier les affaires de famille. Mais où donc est Henrik ?

L'enfant, lui, opiniâtre dans sa volonté de voir Ketha, avait bravement monté l'escalier qui conduisait à la chambre de la malade, sa petite épée au côté et la plume au vent sur son feutre gris. Ses grosses boucles de cheveux dorés qui tombaient sur son collet blanc rabattu, son pourpoint de velours, sa ceinture de cuir de Maroc rouge agrafée d'une boucle d'argent bruni et ciselé, lui donnaient un air de gentilhomme, tandis que sa contenance ferme et son regard assuré comme celui d'un homme dénotaient un caractère résolu, tout de spontanéité et de fougue. Quoique enfant par les années, il aimait déjà Ketha de cet amour absolu et jaloux qui creuse à jamais ses racines au plus profond du cœur. Dans leurs jeux avec leurs petits voisins, il savait se plier à tous ses caprices, accomplir ses désirs, la protéger, se battre pour elle. Mais ce servage d'amour, qui était le bouclier de Ketha, le rendait le maître ou plutôt le centre et le but de toutes les pensées de la pauvre enfant, ils n'avaient qu'une âme à deux. Du reste Henrik avait une de ces natures indomptables qui savent se tracer un seul but dans la vie et l'atteindre malgré tous les obstacles.

Une scène terrible était donc inévitable. A peine la comtesse avait-elle quitté le lit de sa fille que Nikoll avait dit avec violence à son compagnon :

— Elle reçoit, ce Brederode; elle va au-devant de lui; elle ne craint pas d'abandonner le chevet de sa fille pour recevoir un de ces gueux de patriotes. Elle l'aime peut-être !

— De grâce, calmez-vous ! — murmura Jonquille.

Puis ils avaient éloigné Théa en lui disant qu'ils avaient besoin d'être seuls pour mener à bonne fin la mystérieuse guérison dont ils s'étaient chargés.

La crédule servante rentra dans sa chambre et se mit à prier.

Une fois seuls, les deux hommes s'approchèrent du lit, soulevèrent la petite fille, lui nouèrent un mouchoir de laine rouge sur les lèvres, et Nikoll la prenant dans ses bras dit à Jonquille :

— As-tu bien observé l'escalier dérobé ?

— J'ai tout remarqué avec soin; personne ne nous verra.

Ils tournèrent alors doucement vers la porte. Mais quels furent leur surprise et leur effroi ! Ils reculèrent en voyant sur le seuil un enfant de quinze ans, le regard animé par la colère, une petite épée d'acier à la main, qui leur cria d'une voix que la fureur rendait sourde et tremblante :

— Je vous ai vus, moi, et vous ne passerez pas.

—Du bruit ! nous sommes perdus, — fit Jonquille, dont le visage devint livide.

— J'ai été imprudent, — murmura Nikoll en couvant Henrik d'un regard féroce. — Pour revoir cette femme, j'ai mis la tête au guêpier.

Il y eut alors des deux côtés un moment d'hésitation, comme un secret calcul de forces.

—Est-ce toi seul qui nous empêcheras de passer ? — reprit Nikoll.

— Moi seul suffirai, — dit Henrik, — à défendre Ketha contre ce lâche poltron que la peur courbe en deux et contre toi, faux visage ! Tu as osé toucher Ketha de ta main lépreuse, toi bohème, gueux de voleur d'enfants. Je te hais, et je n'aurai pas besoin de crier à l'aide pour te faire demander merci devant cette épée !

— Enfant bavard, veux-tu donc lutter contre nous ?

— Je ne suis pas un enfant, — répliqua Henrik en frappant du pied avec rage, — mais Henrik de Brederode, le fiancé de Ketha !

— Oui-dà, je ne m'étonne plus, — dit Nikoll, qui, rassuré par la promesse de Henrik, ne voulait plus que gagner du temps. — Le sang de rebelle bout déjà dans la tête de ce petit lion, l'enfant promet.

Et du regard il s'assura que la porte de Théa était bien fermée au verrou.

— Perdus ! nous sommes perdus ! — dit avec anxiété Jonquille en écoutant si l'on venait. — Laissons la petite demoiselle, mons... Nikoll, et sir Henrik ne voudra pas nuire à deux pauvres gens qui ne voulaient que la guérir après tout. — Et à voix basse il ajouta : — Si l'on nous découvrait, quelle honte pour vous, et pour moi la corde !

— *No es nada.* Ce n'est rien, — répondit durement Nikoll.

—La corde, grand Dieu, rien !— fit le juif tout tremblant.

— Eh ! eh ! — dit Nikoll, qui s'amusait cruellement de l'angoisse de Jonquille, — si tu es pendu, tu ne l'auras pas volé. Mais, à votre tour, calmez-vous, digne trésorier. *No es nada.* Ce n'est rien, vous dis-je.

Et il fit deux ou trois pas en arrière pour voir à quelle distance la fenêtre se trouvait du sol.

— Ah ! tu recules ! — s'écria Henrik avec dédain. — Lâche comme un Espagnol ! David a vaincu Goliath !

— Eh ! eh ! en vérité, l'enfant sait sa Bible aussi bien que toi, maître Jonquille, — reprit Nikoll avec son mauvais sourire, — Mais ton épée ne vaut pas mon bras, et sa lame est moins longue que celle de mon poignard, fier Henrik. Peut-être aussi craindras-tu de blesser ta chère fiancée.

Et, retenant fortement du bras gauche la petite fille, dont la tête pâle et échevelée se penchait sur sa cagoule, Nikoll s'avança vers l'héritier des Brederode.

— Monstre !—s'écria Henrik en frémissant. Ils choquèrent leurs armes avec tant de violence que l'épée de Henrik se brisa et qu'il fut blessé à la main, tandis que la pointe piqua Nikoll au visage. Celui-ci bondit aussitôt comme un tigre qui sent la morsure d'une flèche, porta la main à sa figure, et, voyant son sang, poussa un hurlement rauque. En ce moment Henrik se jeta désespérément sur lui avec le tronçon d'épée qui lui restait, et dans cette lutte arracha la golille ou fraise frangée et frippée, et la chevelure du faux Nikoll, qui restèrent sur le plancher. Alors Henrik entrevit comme dans un mauvais rêve une figure impérieuse qui n'avait plus rien de commun ni de grossier. L'aventurier Nikoll avait disparu, il ne restait de lui que la cagoule, d'où sortaient maintenant un visage long, maigre et sombre, un front élevé, des yeux noirs allumés d'éclairs sinistres, ombragés de grands sourcils d'ébène qui se rejoignaient à la racine d'un nez recourbé comme le bec d'un oiseau de proie. D'épaisses moustaches et une barbe taillée en pointe, teintes en rouge, cachaient le bas du visage; la lèvre inférieure ressortait livide, animée d'un frisson continuel qui avait quelque chose de hideux et semblait indiquer la soif du sang. Henrik recula donc de surprise, si ce n'était d'épouvante. Au même instant, il sentit ses bras saisis par Jonquille, qui avait profité de ce mouvement pour se glisser derrière lui. Il tomba à terre en criant : — Ketha!

Ketha dormait toujours.

— Quand tu auras grandi, nous nous reverrons, — lui dit ironiquement Nikoll. — Tu me reconnaîtras désormais; le masque ne me cachera plus.

— Je te reconnaîtrai à cette marque, — dit Henrik avec un effort de joie convulsive et dédaigneuse, en indiquant du regard la place où il avait frappé son adversaire.

— Marqué au visage par un enfant, comme tu dis! — Et, tandis que Nikoll pâlissait, il réunit ses forces pour crier:

— A moi!

Les deux hommes se jetèrent sur lui et le bâillonnèrent.

— Fuyons! — dit Jonquille; — seulement cette enfant que nous emportons tremblante de fièvre mourra dans le trajet. A quoi vous servira-t-il de vous être embarrassé de ce corps? Achèterez-vous l'amour de la mère avec le cadavre de l'enfant?

— Bien parlé, trésorier! mais tu oublies que l'héritière des Lemée sera un précieux otage, que cette famille possède d'immenses richesses... Et ce serait là une belle dot pour Frédéric!

— Frédéric! — répéta sourdement Henrik, à qui ce nom resta comme un souvenir de haine.

— Alors couvrez-la, — reprit Jonquille.

Et, saisissant le mantelet de Henrik, il entortilla dedans la pauvre petite fiancée.

En ce moment des coups retentirent à la porte de la chambre de Théa; la servante commençait à s'inquiéter, elle avait entendu du bruit et voulait entrer.

— Ouvrez! ouvrez! — s'écriait-t-elle. — Pourquoi rester si longtemps enfermés! Ouvrez!

— La sorcière crie de ce côté et on monte par le grand escalier, — dit Nikoll. — Or donc, adieu, mon gars. Ta fiancée aura au moins un souvenir de toi; si elle meurt, ton mantelet lui servira de suaire.

Ils couchèrent Henrik sur le lit, tirèrent les rideaux et disparurent, tandis que le pauvre enfant se disait avec rage:

— Elle ne m'a pas vu! Pas un adieu! Et peut-être ne la verrai-je plus jamais! Que dira-t-elle à son réveil? Et si elle meurt? Oh! je les retrouverai, quand je devrais fouiller le monde partout! J'irai partout!

La comtesse montait alors l'escalier, et elle souriait. Quand sa conversation avec le maître de Brederode s'était terminée et qu'ils n'avaient plus vu Henrik, ils comprirent facilement le motif de sa disparition, et la dame dit au père:

— Je vais surprendre notre curieux; attendez-moi!

En entrant dans la chambre, elle fut bien surprise de ne voir ni Henrik ni Théa. Puis ce silence la fit d'abord sourire. C'était un tour d'enfant, Ketha dormait sans doute, Henrik et Théa étaient cachés derrière les rideaux. O sublime et naïve joie des cœurs maternels! Elle s'arrêta sur le seuil, prêtant l'oreille pour écouter la respiration de sa fille.

Pas un souffle ne troublait la tranquillité de la chambre.

Elle écouta encore. Rien. Ce silence était toujours le même, morne, terrible, étrange.

En ce moment Théa secoua la porte du cabinet noir avec une violence furieuse, ayant vainement attendu une réponse. Ses ongles s'accrochaient à la serrure, et elle cria d'une voix étouffée:

— Ouvrez! ouvrez! à l'aide!

Il prit à la comtesse comme un frisson qui secoua tous ses membres et fit descendre le froid de la mort dans la moelle de ses os. Un éclair passa sur ses yeux: elle chancela.

Mais aussitôt la pauvre mère se dit:

— Je suis folle! ce sont les rideaux qui étouffent le bruit de la respiration. D'ailleurs, je vais voir..... Comme je rirai de ma peur avec elle tout à l'heure. Sans doute Henrik est là qui me voit, caché derrière..... — Elle tremblait toujours en cherchant ainsi à se rassurer. Et

ce fut à grand'peine qu'elle se traîna jusqu'au lit de la malade. Ses mains s'accrochèrent convulsivement aux rideaux. Elle les écarta. Dieu seul put comprendre et noter dans l'hymne des douleurs terrestres le cri qui partit alors du cœur de cette mère et fit palpiter ses entrailles. Sur le lit gisait Henrik, garrotté, bâillonné, se tordant dans ses liens comme un serpent blessé, du sang dans le regard, les joues livides. La mère voulut pleurer. Son œil resta fixe et sec, attaché sur cette couche fatale qu'elle parcourait des mains, croyant toujours dans son espoir insensé revoir, retrouver Ketha endormie. Elle voulut parler, la voix mourut dans son gosier. Fille, cette noble créature avait veillé au lit de mort de ses parents; épouse, son mari avait été proscrit, emprisonné; un amour outrageant l'avait poursuivie, elle, de ses menaces et de ses fureurs; mais, en vérité, cette femme n'avait jamais souffert, car alors elle tomba à genoux, sans larmes, sans pensées, folle, anéantie. Tout à coup la pensée lui revint, et avec la pensée une énergie furieuse. — Les minutes me volent ma fille! — cria-t-elle.

Et aussitôt elle courut ouvrir à Théa, qui se précipita dans la chambre et s'arrêta pétrifiée soudain devant la comtesse.

— Théa! ma fille? — dit l'une.

— Nikoll! — fit l'autre avec égarement.

— Que voulez-vous dire, malheureuse! — s'écria la mère. — Etes-vous devenue folle ou aveugle? Ma fille! qu'avez-vous fait de Ketha? — Et elle la saisit avec violence par le bras. Et comme la pauvre servante se taisait: — Je vous l'ai confiée, confiée! Le temps est précieux, — dit-elle avec fureur. — On punit les servantes infidèles, savez-vous, malheureuse? Qu'avez-vous fait de Ketha, votre petite Ketha? Ah! — ajouta-t-elle avec un éclat de voix déchirant, — je croyais que vous l'aimiez.

Le regard qu'échangèrent alors ces deux femmes ne peut être rendu par aucune expression humaine.

— Misérable! c'est moi qui l'ai perdue, vendue, livrée! — s'écria Théa, qui comprit tout enfin en ne voyant plus Nikoll et Jonquille.

— Vous êtes une misérable! — reprit la comtesse d'une voix brisée, haletante, qu'elle voulait rendre dure et froide. — Mais il faut la retrouver, il faut que vous me la rendiez, entendez-vous? Il y a des juges en Frise pour faire rendre les enfants à leurs mères; elle ne peut être loin; d'ailleurs Henrik doit tout savoir. Allons, des flambeaux, des barques! mon château pour une barque! Avertissez le maître de Brederode; — et comme la servante, semblable à une idiote, ne bougeait pas et répondait simplement: « Oui, madame; oui, madame, » la comtesse dit, — moi je veux délivrer Henrik!

Et des mains et des dents elle dénoua, brisa, arracha ses liens. Lui bondit comme un tigre sur l'escalier dérobé, et madame de Lemée le suivit.

Bientôt les valets accoururent avec des torches, des pieux et des épées; des lanternes furent hissées aux mâts des grandes barques et illuminèrent comme des étoiles errantes la plaine de vagues sombres qui entourait le château.

Mais ce fut en vain qu'on fouilla tous les environs et qu'on lança les lourds bateaux de Frise sur la piste de la jonque des ravisseurs; elle fut invisible.

Le maître de Brederode et Henrik revinrent avec la pauvre mère dans la chambre de Ketha, vide et triste comme une tombe, et le noble enfant raconta ce qui s'était passé.

— Tu devais crier au secours, c'est ton orgueil qui a tout perdu, — dit sévèrement le maître.

Mais la comtesse, qui ne pouvait cesser de regarder le lit où pour la dernière fois elle avait vu dormir Ketha, s'écria aussitôt:

— Du sang, du sang sur ce lit! ô mon Dieu!

— Oh! c'est le mien, madame, — interrompit Henrik.

— Brave enfant! — s'écria-t-elle. Puis au même instant son regard se fixa à terre et s'empreignit aussitôt d'une expression d'horreur. Elle se courba vers le plancher, et, ramassant la fraise jaune et fanée,

— Quelle est cette *golille?* — murmura-t-elle avec une agitation extraordinaire.

— Celle que j'ai arrachée à ce Nikoll, — répondit le jeune Brederode.

— Nikoll ! tu te trompes, ce ne peut être ce Nikoll ? ce ne peut être un Bohême voleur d'enfants ? Comment était cet homme ? Oh ! je prévois un horrible mystère.

Henrik dépeignit alors la redoutable figure du faux Nikoll, et répéta avec l'accent de la haine le nom de Frédéric.

— Il a dit ces mots : « Ce serait une dot pour Frédéric ! »

— Eh bien ! voyons, maître de Brederode, — s'écria la comtesse en montrant l'écusson gravé sur la golille, — reconnaissez-vous ces armes ?

— Serait-il possible ! — dit le gentilhomme frison. — Il n'y a qu'une seule maison d'Espagne portant écartelé au 1 et 4, échiqueté d'argent et d'azur de quinze pièces, qui est *Tolède;* au 2 et 3, contre-écartelé au 1 et 4, *Navarre;* au 2 et 3, lozange d'or et d'azur, qui est *Beaumont.* Oui, je ne me trompe pas, le ravisseur est un des gens de la maison d'Albe.

— Mieux encore, maître, — dit madame de Leméer — Ce Nikoll, ce voleur d'enfants, n'est autre que Ferdinand Alvar de Tolède, troisième duc d'Albe de Tormes et grand d'Espagne. Non, ce n'est point un de ses gens. Lui seul a ce visage terrible et impitoyable. Et puis écoutez, vous ne savez rien encore. Apprenez donc que j'ai eu l'honneur d'attirer sur moi l'attention du noble capitaine, et cet honneur pour une famille c'est la misère et l'abaissement ; pour une femme c'est la honte. Vous pâlissez, Brederode. Eh bien ! oui, c'est cet homme qui a dénoncé mon mari, c'est lui qui me vole mon enfant mourante. Ne comprenez-vous pas que le duc d'Albe m'aime à présent ? — ajoute-t-elle avec un rire amer. — Voilà comme le favori de Philippe sait déclarer son amour à une misérable Flamande.

— Mais, — répliqua le maître, — le duc d'Albe n'avait aucun droit de commettre cette violence. C'est un rapt infâme. Nous avons encore des magistrats intègres. La vie, l'honneur des citoyens ne sont pas livrés au caprice de ces courtisans... ils ne peuvent nous torturer ainsi sans motifs, sans formes judiciaires...!

— Ah ! vous croyez encore à la justice, — dit la comtesse ; — mais vous ne voyez pas que cet homme désire justement me traîner agenouillée jusqu'aux pieds du roi, ou plutôt jusqu'aux portes du palais, car elles ne s'ouvriront pas pour moi, et le roi je ne pourrai le voir ni lui parler face à face ! Entre le roi et moi s'interposera le pouvoir invisible du duc d'Albe. C'est lui qui recevra mes plaintes et les anéantira. Seul il pourrait y faire droit.

— Mais la politique espagnole n'a aucun intérêt à vous séparer de votre fille. C'est même là un scandale à la fois inutile et nuisible pour son pouvoir.

— Oh ! il ne manquera pas de motifs aux yeux du gouvernement espagnol pour ne pas rendre une fille à sa mère. On lui apprendra à cette pauvre enfant à haïr son père et à mépriser sa mère comme des apostats. On lui apprendra à oublier son petit camarade Henrik et à aimer don Frédéric d'Albe.

— Ce don Frédéric est-il bien grand, madame ? — demanda gravement Henrik.

— Il a dix-huit ans, — reprit la comtesse.

— Et moi aussi j'aurai un jour dix-huit ans, — murmura Henrik.

— L'avoir enlevée mourante, mon doux Jésus ! — fit Théa, qui priait dans un coin.

— Ah ! — reprit la mère, — chargeons-nous seuls de notre vengeance. Ce n'est pas la loi qu'il faut implorer, mais la justice de Dieu.

— Je retrouverai Ketha ! — s'écria Henrik sortant de sa sombre méditation. — A vous, mon père, et à vous, madame, qui deviez être ma mère, je le jure. Comme l'a dit Nikoll, je grandirai, et alors son beau Frédéric me trouvera à l'autel où il traînera Marguerite de Lemée. Nous verrons qui reculera le premier, du Frison ou de l'Espagnol.

II

LE FRAY JOSÉ.

Dix ans après, les craintes du maître de Brederode ne s'étaient que trop réalisées. Les riches Pays-Bas étaient ruinés par l'impôt du dixième denier et gouvernés par le duc d'Albe, dont la statue de bronze marchait sur la tête des états et de la noblesse du pays. Quant aux patriotes proscrits, les uns écumaient l'Océan sur de pauvres flibots : c'étaient les gueux de mer ; les autres erraient dans les forêts comme les *outlaws* décrits par Walter Scott dans *Ivanhoë :* c'étaient les gueux de bois ; les enfants et les femmes allaient arracher l'herbe aux champs dévastés jusque sous les pieds de la cavalerie espagnole. L'espoir d'un meilleur avenir ne naissait plus dans les cœurs ; la haine même s'était résignée, de lassitude, à tout souffrir de la part des étrangers victorieux. Ces circonstances feront peut-être plus nettement comprendre la scène étrange et cependant tout historique qui va suivre.

Un matin du mois d'avril, vers dix heures, deux hommes arrivèrent en même temps des deux côtés opposés à la porte du château de Lemée. La porte est sans doute ici un mot peu exact, car elle avait été brûlée. La cour était silencieuse, et une mousse verdâtre encadrait les pavés et tapissait les murailles ; au milieu s'élevait une espèce d'échafaud mesquin, tendu de serge noire à crépines rouges et flétries, et sur lequel étaient campés un vieux fauteuil à franges dédorées et poudreuses et quelques sièges qui avaient aussi cet aspect de pauvreté banale particulier à tous les emblèmes matériels du pouvoir judiciaire. Les deux arrivants, qui s'étaient lancé de loin un regard de défiance, s'abordèrent néanmoins avec une apparence de cordialité.

— Toujours le premier quand il s'agit d'affaires, maître Jonquille ! — dit avec un gros rire le Frison, énorme personnage à la figure bouffie.

— Eh ! eh ! — répondit notre vieille connaissance, dont le costume était aussi misérable qu'à la première scène de cette histoire, — la paresse est un vice qui ne rapporte rien. Puis il est bon de s'entendre pour ne pas se nuire, digne greffier. La concurrence...

— Et qui pourrait donc lutter avec vous ? — dit le Frison avec une condescendance ironique. — La vente a été annoncée si tard, et d'ailleurs tous nos honnêtes concitoyens sont épuisés par les dernières taxes.

— Croyez-vous ? — demanda Jonquille en le regardant fixement. Le Frison baissa les yeux. — Oh ! ils ont bien encore par ci par là quelques sacs bourrés de piastres.

— Quand même ! — repartit avec embarras le greffier, — vous seul, étranger au pays, vous oserez acheter... Ici il y a des souvenirs. On aimait cette famille, et si le comte reparaissait jamais, on aurait peut-être à se repentir...

— Je comprends, — dit le juif presque en bégayant.

— Mais on achèterait volontiers, n'est-ce pas, si cela se pouvait, sous le nom d'un autre ? On gagnerait ainsi à la vente, et on ne se brouillerait pas avec le rebelle et les patriotes. Ce comte a, dit-on, une tête assez...

— Ecoutez, Jonquille, — interrompit le greffier, — vous m'avez deviné. J'ai surtout peur des *briseurs d'images* et des *bosquels*, qu'on m'a dit avoir vus rôder dans les environs. Ces diables affamés flairent l'argent des bons royalistes, fût-ce à cent pieds sous terre.

— Vous avez donc de l'argent? — fit le juif avec un singulier clignotement d'yeux.

— Je n'ai pas dit cela, — murmura le Frison en tournant autour de lui des regards inquiets.

— C'est une chose que le président Juan de Vargas serait peut-être heureux de savoir, honnête greffier, — répliqua Jonquille.

Le Frison pâlit, et porta sa main à sa ceinture, où ne pendait qu'un superbe encrier de corne et un rouleau de parchemin, en disant :

— Voudriez-vous me trahir?

— Allons donc! un vieil ami! — s'écria le juif. — Mais, — reprit-il, — écoutez-moi : on me croit riche et on se trompe. Le duc d'Albe a toujours besoin d'avances, et quand il parle il n'y a rien à répliquer. A toutes les objections il répond sèchement son éternel *No es nada!* Ce n'est rien. Je suis un homme ruiné, tel que vous me voyez.

— Mais, — répliqua le Frison tout en se demandant où le juif voulait en venir, — n'achetez-vous pas de droit à vil prix toutes les dépouilles des proscrits?

— Des guenilles, mon cher, bonnes à mettre au feu. Les brigands emportent toujours le meilleur, l'or, les bijoux.

— Les biens confisqués ne vous sont-ils pas cédés sans concurrence sérieuse?

— Erreur, brave greffier, erreur! Tenez, confidence pour confidence : je vous avouerai que je suis chargé d'acheter le château de Lemée aujourd'hui, et que je n'ai pas la première piastre au gousset. Il faut que j'emprunte, n'est-ce pas, et vous ne refuserez pas d'assister un ami?

— Comment! mais cet argent m'est nécessaire à moi-même pour...

— Vous refusez? C'est bien, n'en parlons plus ; et, pour vous prouver que je ne vous tiens pas rancune, je vous recommanderai dès demain au duc d'Albe; je lui ai déjà parlé de votre dévouement.

— Excellent Jonquille! — fit le greffier en serrant la main longue et sèche du juif.

— Il faut bien s'aider entre amis, — continua Jonquille avec un sourire goguenard; — je vous recommanderai comme un zélé catholique.

— Que vous êtes bon !

— Comme un fidèle royaliste...

— Ah ! c'est trop...

— Comme un homme riche, qui est embarrassé de son argent, — s'écria enfin Jonquille avec un sinistre éclat de rire. — Le duc en a justement grand besoin, et vous lui prêterez sans doute plus volontiers qu'à votre indigne serviteur. — Le greffier resta étourdi du coup. — Mais, — ajouta le juif, — je vois s'avancer le noble *vroëtschap* et le docteur Del Rio...

— Le membre du tribunal de sang? — interrompit le Frison avec angoisse.

— Votre langue est légère, digne greffier, — dit Jonquille. — Vous voulez sans doute parler du conseil des troubles?

— De ce conseil, — reprit une voix grave et sonore derrière eux, — qui, à la gloire de Dieu, sait se servir au besoin de l'épée et de la corde, de l'eau et du feu, de la roue et du gibet.

Jonquille et le greffier s'étaient tous deux retournés avec surprise et étaient restés tremblants devant le regard de feu d'un jeune dominicain couvert de sa longue robe brune comme d'un suaire, et la tête à moitié cachée dans les plis de son capuchon.

Avant qu'ils fussent revenus de leur étonnement, le moine avait gagné l'escalier et monté les degrés de pierre rouge qui conduisaient aux appartements intérieurs. Jonquille suivit attentivement du regard cet inconnu, dont

la parole avait si bien servi ses intérêts près du peureux greffier, tout en disant à ce dernier :

— Voulez-vous encore faire connaissance avec le conseiller Del Rio ?

— Attendez! pour Dieu, attendez! — dit l'avare Frison. Puis il ajouta en hésitant : — Voyons, combien vous faut-il?

— Vingt mille piastres.

— Vingt mille ! — répéta le greffier avec un gémissement douloureux.

— Et de plus, — continua Jonquille, — si l'on revendiquait le privilége d'Utrecht, il faut me promettre d'enregistrer et de passer outre, sans résistance ni délai, sur l'injonction du docteur Del Rio.

— Pourtant...

— Le conseil des troubles est avide et ne pardonne jamais, — répliqua le juif.

Le pauvre greffier se tut. Jonquille s'avança, obséquieusement courbé, vers le *vroëtschap* consul de justice et Del Rio, qui l'accueillirent avec une hauteur affectée, chez le second du moins, car la cour se remplissait de gens des environs que la proclamation de la vente à son de trompe avait attirés. Une morne tristesse se peignait sur leurs visages, et la cupidité n'éclatait dans aucun regard. Ce désastre d'une des premières familles du pays n'était-il pas l'image du sort qui les attendait eux-mêmes ? Le malheur descend bien vite des grands aux petits, et ces pauvres Frisons, en comprenant l'horreur de ce pillage légal près de la tombe de madame de Lemée, morte depuis six mois à peine, se disaient que bientôt sans doute on vendrait à la criée jusqu'aux berceaux de leurs enfants.

Le juif demanda tout d'abord, avec une inquiétude visible, au conseiller quel était ce moine dont la robe brune disparaissait en ce moment derrière les piliers groupés au haut du grand escalier.

— C'est le fray José, frère de l'inquisiteur Izquierdo, — répondit le docteur en souriant. — Le prenez-vous pour un hérétique, et sa robe brune vous fait-elle envie ?

— Chose étrange ! — murmura Jonquille, — je l'ai vu une fois dans le cabinet de monseigneur, et il m'avait paru moins grand ; son regard était aussi plus dur et moins fier. Je ne lui avais pas remarqué non plus un accent si jeune et si enthousiaste. Que vient-il faire ici?

— Le gouverneur l'a chargé, — repartit Del Rio, — d'assister mademoiselle Marguerite de Lemée, de fortifier son cœur par de sages exhortations..... Cette épreuve peut être dure pour elle.

Le moine était en effet entré sans bruit dans la chambre où avait été secrètement amenée la jeune fille. Guidé par je ne sais quel instinct suprême, il n'avait interrogé personne pour savoir quelle était cette chambre, et les détours du château lui semblaient familiers comme à un hôte ancien.

La porte était entr'ouverte, et il resta immobile sur le seuil à contempler la jeune comtesse. Une larme brilla alors dans ses yeux ardents, et il croisa avec force ses bras sur sa poitrine, comme pour comprimer les battements de son cœur. Marguerite était à moitié couchée dans un vaste fauteuil de velours à clous d'or massif, la figure aussi pâle que sa robe blanche de novice et à moitié cachée dans ses mains. Sans doute elle pleurait.

En face d'elle était le portrait de sa mère, que les huissiers n'avaient pas encore décroché de la muraille, tant c'était chose de peu de valeur. Dans un médaillon entouré d'un simple cercle d'or étaient renfermées les feuilles flétries de deux roses blanches tachées de quelques gouttes de sang. Tout le reste avait été enlevé. On découvrait les plaines vertes et humides qui entouraient le château d'une haute fenêtre à balcon alors ouverte, et dont les appuis de fer ciselé étaient presque cachés par les vrilles fleuries et les festons capricieux des liserons.

Tout à coup le soleil perça les nuages de ses rayons d'or et illumina si joyeusement le paysage que la jeune fille se leva avec effort, et, s'avançant sur le balcon, jeta un regard avide à cette contrée qui semblait au souffle du printemps sortir du sein des flots.

— Oh ! — murmura-t-elle alors en sanglotant, — tous ces souvenirs de l'enfance que je croyais éteints dans mon cœur ils se réveillent vivants à cet aspect. Je revois tous mes jours d'autrefois... Cette vie première on me l'avait fait oublier. Je croyais presque que c'était un songe bienheureux. Mais non, c'était une réalité. — Et revenant alors devant le portrait qu'elle avait déjà tant regardé, — Voilà pourtant ma mère, — dit-elle d'une voix émue, — celle que Dieu a maudite, et cependant elle me berçait toute petite sur ses genoux et veillait les nuits à mon chevet. Oh ! elle aura bien souvent pensé à moi, j'en suis sûre ; elle aura cruellement souffert, à l'heure de sa mort, de ne pouvoir me serrer dans ses bras, sur son cœur. Quel doux et beau visage ! Mais qui me parlera donc de ma mère !

— Ketha ! — fit une voix étouffée qui résonna moins qu'un souffle de la brise dans la grande chambre vide.

Marguerite, qui se croyait seule, se retourna vivement, la pâleur de la mort sur le visage ; elle tressaillit en voyant le fray José immobile comme une statue ; mais elle pensa avoir mal entendu le mot qu'il avait prononcé, car personne ne l'avait appelée de ce nom de Ketha depuis qu'elle avait été enlevée à la maison de ses pères. Ses souvenirs si doux moururent en voyant la robe du moine, et la sombre réalité revint à sa mémoire. Le dominicain, lui aussi, avait frissonné en apercevant le noble et beau visage de Marguerite, qui semblait appartenir au ciel plus qu'à la terre, car une divine expression de mélancolie rêveuse régnait dans ses yeux bleus, un triste sourire errait sur ses lèvres pâles, et la réclusion avait rendu mate sa peau blanche comme celle des femmes du Nord.

— Que voulez-vous, mon frère ? — demanda-t-elle doucement. — J'avais réclamé un dernier instant de solitude pour me préparer au service que l'on exige de moi.

— Je viens, — répondit le moine d'une voix creuse et altérée, — vous porter pour la dernière fois la prière de monseigneur le duc d'Albe. Consentez-vous à épouser son fils don Frédéric, le glorieux vainqueur des hérétiques ?

— Jamais ! jamais ! — dit froidement Marguerite. — J'ai déjà déclaré cette intention inébranlable au gouverneur.

Et elle regarda avec étonnement l'étrange messager du duc ; mais le dominicain tenait son capuchon soigneusement baissé sur ses yeux.

— Il est pourtant cruel, — reprit-il, — pour un père qui vous enveloppait dans une égale affection, vous et son fils, qui vous regardait tous les deux comme ses enfants, de rencontrer une pareille résistance à ses volontés chez une bonne catholique.

— Ma religion me fait un devoir de refuser l'honneur que veut me faire le duc d'Albe, — dit avec noblesse la jeune fille. — Je ne puis obéir à ses ordres même, étant engagée par serment de mon père...

— Votre père ! un rebelle, un hérétique !

— Ce rebelle, cet hérétique était mon père, digne fray : devant Dieu tous les serments sont sacrés. Le comte de Lemée avait solennellement juré que je serais unie au fils de son ami le maître de Brederode.

— Elle a l'âme noble et grande de sa mère, — pensa le moine, et, comme entraîné par cette idée, il s'écria : — Ainsi vous préféreriez un gueux de Frison à don Frédéric ? ainsi vous ne méprisez pas tout à fait vos malheureux compatriotes, ceux que les Castillans traitent de *bestia* et *bellacos luteranos* ! Vous ne reniez pas votre nom, votre sang, votre famille ?

Dans la chaleur du premier mouvement, il avait dit ces paroles en patois frison, qu'il semblait parler plus facilement que l'espagnol ; mais il s'aperçut de son imprudence à la surprise de Marguerite, qui répondit froidement et presque avec dédain :

— Ignorez-vous, fray José, que je ne sais plus cette langue ? Parlez en espagnol si vous voulez être compris.

La haute taille du moine qui s'était redressée un instant se courba de nouveau, la flamme de son regard s'éteignit ; sa voix, qui avait éclaté avec chaleur, redevint sévèrement ironique.

— Pardonnez-moi, ma sœur, — dit-il avec une humilité feinte. — Je disais donc, dans ce patois que vous connaissiez étant enfant et dont chaque mot vous semblait alors une caresse en passant par les lèvres de votre mère, je disais que le pape peut vous relever du vœu téméraire qui vous enchaîne...

— Non, non ! — s'écria-t-elle. — Mon choix est fait.

— Est-ce donc le souvenir d'un rebelle, de cet Henrik, qui vous empêche de récompenser le zèle de Frédéric d'Albe pour la bonne cause par le don de votre main ? — demanda fray José, dont la voix tremblait et mourait.

— Henrik ! ai-je prononcé ce nom ? — dit Marguerite, — Mais vous vous trompez, digne fray. Je refuserais d'épouser l'héritier des Brederode comme le fils du duc d'Albe. C'est pour cela que je veux consacrer ma vie à Dieu. D'ailleurs ne croyez pas m'abuser, mon père. Ce que désire le gouverneur c'est ma fortune, et elle reviendra tout entière à don Frédéric par ma renonciation solennelle en faveur des états ; et comme la décision n'a été connue que du duc d'Albe, jusqu'à l'avant-dernier moment il a su prendre toutes les mesures nécessaires pour acquérir à vil prix tous les biens de mes ancêtres.

— Ayez donc le courage d'accomplir ce sacrifice, fille des comtes de Lemée ! — s'écria le moine ; — ne craignez pas que vos pères soulèvent le couvercle de leur tombe de marbre pour vous reprocher cet abandon...! Abraham immola au Seigneur son fils Isaac, sa joie et son orgueil ; il le frappa lui-même. Ainsi donc, courage ! — Et, la figure empreinte d'une expression terrible, il saisit la main froide de Marguerite et la conduisit à la fenêtre qui s'ouvrait sur la cour, en disant avec un rire amer : — Regardez !

C'était un triste spectacle. La cour était remplie de tout ce que les siècles avaient longuement entassé dans la noble demeure ; les meubles de bois sculpté pesaient sur des tableaux de prix ; la vaisselle d'argent, d'airain et de fer, dont l'orgueil féodal tirait tant d'honneur, gisait éparse et enduite de poussière sur de magnifiques tapisseries de Bruges. Des glaces se brisaient contre de lourdes armures, bosselées et trouées. La foule émue et tremblante regardait. Des soldats espagnols formaient autour d'elle une muraille vivante. Le vroëtschap, Del Rio et le greffier siégeaient sur l'échafaud. Les huissiers de criée, vêtus de noir et la chaîne d'argent au cou, se tenaient des deux côtés. Un murmure sourd s'élevait de tous ces groupes, tandis qu'on terminait les préparatifs de la vente.

— De grâce, retirons-nous ! je ne puis voir plus longtemps ce spectacle lugubre, — dit Marguerite en couvrant son visage de ses mains.

— Restez et regardez ! — répliqua durement le dominicain. — Il faut avoir le courage de ses œuvres, il faut boire jusqu'au fond du calice la lie qu'on s'est versée. Toutes ces richesses, hier encore saintes et sacrées dans le château de Lemée, et qui ne sont déjà plus que des débris misérables, tout cela c'est la vie, le passé de vos ancêtres que vous jetez au vent sans pitié. Aujourd'hui un manant pourra boire dans le hanap d'argent que Adrien le Croisé, troisième comte de Lemée, reçut du soudan Saladin !

— O mon Dieu, secourez-moi ! — dit la jeune fille.

— Demain, — continua l'inflexible moine, — un juif

marchera sur ces tapisseries où l'artiste a représenté la naissance de votre mère. Tous ces portraits de famille orneront les tavernes des foires. Ces vieux chevaliers qu'on n'osait toiser du regard supporteront alors des pots de bière sur leurs barbes grises.

— Laissez-moi ! laissez-moi ! — s'écria Marguerite avec terreur. Et elle revint s'agenouiller éperdue devant le portrait de sa mère en disant : — Oh ! pardonnez-moi ! pardonnez-moi, ma mère !

Cependant le bourdonnement de la foule avait cessé. Les Frisons avaient jusqu'alors attendu, mais en vain, quelque événement étrange qui empêchât la vente sacrilége.

L'heure était venue.

Le greffier lut à haute voix le procès-verbal de la renonciation.

Un morne silence suivit cette lecture, et déjà maître Jonquille faisait sonner le hanap de Saladin sous ses doigts grêles lorsqu'une voix forte, sortie du milieu e la foule, jeta ce cri :

— Le privilége d'Utrecht !

Et un tonnerre de cent voix répéta aussitôt :

— Le privilége ! le privilége !

— Qui a parlé ainsi ? — demanda Del Rio en se levant rouge de colère.

Personne ne répondit.

Jonquille fit un signe au greffier, qui reprit rapidement parchemin. Mais aussitôt un bras robuste se posa sur sier et un vigoureux pêcheur, nommé Pierre de Verf, s'écria :

— La loi est-elle sacrée, ou la volonté du gouverneur suffit-elle pour passer outre ?

— La loi est sacrée, — répondit le vroëtschap.

— Eh bien ! — reprit hardiment Pierre de Verf, — j'invoque le privilége du comte comme bourgeois d'Utrecht, tel qu'il a été octroyé par Sa Glorieuse Majesté Charles-Quint. Les biens de tout bourgeois exécuté par la main du maître des hautes-œuvres, publiquement ou secrètement, et pour quelque crime que ce soit, ne peuvent être confisqués. Les héritiers ont le droit de les retirer à eux moyennant une amende de six livres de gros, faisant vingt écus monnaie de France. Ne sont-ce pas là les termes du privilége, noble vroëtschap ?

— Ce sont les termes textuels, — dit le magistrat.

— Eh ! ferez-vous droit à la requête de ce gueux ? — s'écria Del Rio. — Oublierez-vous que monseigneur le duc est souverain maître ?

— Le duc d'Albe n'est pas maître de la loi tant que Sa Majesté Catholique Philippe II ne l'aura pas révoquée, — répliqua d'un air impassible le vroëtschap. — Et je saurai remplir mon devoir, docteur Del Rio.

Cet incident avait animé l'espoir dans bien des cœurs, et une inquiète attente concentrait tous les regards et toutes les pensées vers l'échafaud.

— Certes, je ne m'oppose pas à l'exécution de la loi, — reprit le docteur avec un cauteleux sourire. — Mais il me semble que, l'héritière ayant renoncé à ses droits...

— Qui le prouvera ? — interrompit l'intrépide de Verf.

— Peut-être l'a-t-on enfermée pour contraindre sa volonté. La ruse ou la violence a pu lui arracher un faux consentement. Nous voulons que mademoiselle Marguerite paraisse ; sa bouche ne peut mentir devant nous, qui l'avons aimée toute petite, et nous croirons à ses paroles comme à celles d'une sainte. Mais il faut que nous l'entendions déclarer elle-même qu'elle abandonne volontairement le toit de ses pères et qu'elle laisse vendre leurs dépouilles frisonnes.

— Cette demande est juste, — dit le vroëtschap.

Le docteur Del Rio et le greffier parurent se consulter d'un air embarrassé. Pierre de Verf le remarqua et s'écria avec un accent de triomphe :

— Sans doute elle est bien loin ?

— C'est ce qui vous trompe, elle est ici, — répliqua sèchement le greffier, qui avait peur du hardi pêcheur,

le soupçonnant d'être un agent secret des gueux de mer.

Sur un signe du conseiller, Jonquille venait de disparaître. Il se rendit à la chambre où se trouvaient fray José et Marguerite de Lemée, et leur fit part de ce qui venait de se passer. Tous trois descendirent aussitôt dans le parc, afin d'entrer dans la cour, sans tumulte, par une petite porte dont l'échafaud masquait presque la vue. Ils passèrent dans un petit sentier couvert d'herbes et de ronces, et, en voyant de jeunes arbres dont les branches dépassaient le mur tout fleuri de plantes parasites, Marguerite ne put s'empêcher de dire en soupirant :

— Comme ils ont grandi ! ils voilent maintenant cette petite niche de la Vierge creusée dans la muraille et où je me cachais de mon fiancé, du petit Henrik, quand je voulais lui faire peur. Mais son cœur savait toujours y deviner ma présence. Hélas ! la niche n'est point changée, mais elle ne m'abriterait plus aujourd'hui.

Quand elle parut dans la cour, soutenue par le bras du jeune moine, ce fut de toutes parts une rumeur de surprise douloureuse. Les regards de la foule s'attachèrent sur elle avec une curiosité mêlée de pitié. Elle tremblait, et le moine suivait tous ses mouvements d'un regard sombre qui s'animait parfois d'une flamme étrange. Jonquille seul observa avec attention le dominicain, remarqua sa démarche souple et altière, qui n'avait rien de la gravité solennelle affectée par les inquisiteurs, et vit sortir de ses longues manches brunes des mains blanches et nerveuses qui, loin de se joindre machinalement pour la prière, semblèrent tressaillir et chercher la garde de l'épée, à la vue du conseiller Del Rio. Il crut aussi entrevoir un signe d'intelligence entre le fray José et Pierre de Verf.

Cependant Marguerite avait senti ses forces l'abandonner devant tout cet appareil judiciaire, et elle tomba plutôt qu'elle ne s'assit sur le siége qui lui était réservé. Le moine se pencha vers elle et lui dit d'une voix sévère :

— Êtes-vous bien sûre de votre courage, ma sœur ? Le Seigneur veut des âmes fortes devant l'épreuve. Ainsi, pas de faiblesse !

— Oh ! — dit-elle à voix basse en passant sa main sur son front brûlant, — pardonnez-moi, mais je ne suis qu'une pauvre fille bien faible, bien faible. C'est ici que j'ai vécu enfant, que j'ai été heureuse. Ce vieux château a été mon paradis. Dans ce triste couvent de Bruxelles, au contraire, mon cœur s'est glacé ; le soleil même m'y semblait plus terne et plus pâle que celui de la Frise, et le souvenir qui revenait dans tous mes rêves c'était celui de ce château, celui de cette chambre où est le portrait de ma mère ; et, quand je l'ai revue tout à l'heure, eh bien ! je me suis sentie trop heureuse, et j'ai craint encore que ce ne fût qu'un rêve. Pardonnez-moi donc, mon père !

Au moment où le fray allait répondre, la voix de l'impassible vroëtschap s'éleva pour demander à mademoiselle Marguerite de Lemée l'aveu formel de sa renonciation.

— Je ne suis plus que la sœur Marguerite, — répondit-elle humblement au milieu d'un profond silence, — et je renonce à tous les biens de ce monde. Je ne veux pas m'opposer au cours de la loi.

La foule n'était pas encore revenue de la stupeur où l'avaient plongée les paroles de la jeune fille, que le greffier avait déjà crié aux huissiers :

— Commencez la vente !

— Bien, ma sœur, — dit alors le moine à Marguerite d'une voix grave, où l'on eût pu deviner quelque ironie amère et cachée ; — l'Église vous saura gré de la pieuse fermeté avec laquelle vous avez su abandonner votre héritage. Rien n'a ébranlé votre cœur ; vous avez jeté un voile épais et glacé sur vos affections d'enfance ; elles sont ensevelies dans votre cœur comme dans un sépulcre. Courage ! la Frisonne Ketha est bien morte pour tous ces braves gens qui l'ont portée enfant dans leurs bras ! — Elle le regarda avec surprise. La voix du fray José tremblait en disant ces paroles ; mais déjà ses bras s'étaient croisés sur sa poitrine, sa tête s'était humblement inclinée. Et d'ailleurs l'attention de Marguerite fut alors détournée par le cri de l'huissier qui mettait à l'enchère le livre d'heures de la comtesse de Lemée, missel précieux par ses enluminures dorées et ses huit fermoirs d'argent qui brillaient sur une couverture de velours bleu. Déjà le juif Jonquille avait tendu sa main vers ce chef-d'œuvre de l'art ; mais il recula devant le regard impérieux du moine, qui montra le missel à Marguerite en lui disant :

— N'est-ce pas là le livre d'heures dans lequel votre mère vous apprit à lire et à prier ? — Marguerite frissonna. — Le laisserez-vous vendre à ce juif ? — reprit-il avec un sourd ricanement.— Un livre d'heures n'est pas une chose hérétique, je pense, et peut trouver place dans la cellule d'une religieuse.

— Je l'achète, — dit-elle d'une voix si faible que le moine seul l'entendit.

Il prit alors le livre des mains de l'huissier, l'ouvrit, et montra à Marguerite sur la première page, sur laquelle était peinte la comtesse de Lemée, et, sous cette miniature, elle lut ces mots tracés par sa mère d'une main tremblante: « A ma fille bien-aimée Ketha! »

Elle ne put résister à son émotion, et des larmes brûlantes couvrirent ses joues. Dans ce moment une vieille femme ridée et mal vêtue s'approcha de l'huissier, non sans peine, et lui dit avec un sourire idiot :

— Mon bon seigneur, je veux acheter le livre, le livre d'heures !

— Allez vous-en, pauvresse ! — grommela l'huissier en la repoussant.

Mais Marguerite avait reconnu cette voix ; elle se leva et se précipita vers la malheureuse en lui disant :

— Théa ! Théa! ma vieille nourrice, me reconnais-tu ? Je suis Ketha, la fille de ta bonne maîtresse. Oh ! parle-moi de ma mère. — Et tout bas elle ajouta : — Tu ne l'as pas abandonnée, toi, tu l'auras vue mourir !

Mais la pauvresse, après avoir fixé sur elle un regard morne et éteint, reprit avec son rire insensé :

— Ketha est morte, morte, la comtesse n'a plus de fille ! Pourquoi vivrait-elle ? Aussi l'herbe ronge la tombe. Personne n'y vient prier. La vieille Théa seule y pleure toutes les nuits. — Cette scène terrible attirait tous les yeux. Les soldats espagnols ne bougeaient pas. Les Frisons maudissaient en leur âme le duc d'Albe. Les femmes pleuraient et les enfants criaient en voyant pleurer leurs mères. — Le livre d'heures ! — répéta Théa d'une voix gutturale en secouant les bras de l'huissier.

— Payez-le ! — dit ce dernier avec impatience.

A ce mot, les mains de Théa retombèrent sans forces. Puis, comme si une idée subite lui fût venue, elle sourit, et détachant avec un geste naïf le chapelet à gros grains de corail bénit par le pape, dernière parure de ses haillons, elle le tendit à l'huissier, tandis qu'une grosse larme roulait dans ses yeux et tombait sur ses joues ridées.

— Ce chapelet ne vaut pas trois piastres, — observa Jonquille.

— Silence, juif ! — s'écria le moine. — Et vous, huissier de criée, donnez le livre à cette femme ; c'est une bonne catholique ; qu'elle garde son chapelet, je couvre l'enchère du missel.

— Et moi ? — dit douloureusement Marguerite au dominicain avec un regard de reproche.

— C'est un dernier sacrifice de cœur à offrir à Dieu, — répliqua-t-il. — La vue de ce livre d'heures eût pu vous rappeler trop de souvenirs et faire chanceler votre foi.

— Oh ! je ne puis rester ici plus longtemps sans mourir ! — s'écria Marguerite.

Et, se levant avec effort, elle salua le vroëtschap et le conseiller, et se retira accompagnée du fray José.

De retour dans la chambre du portrait, ils gardèrent pendant quelques minutes un morne silence. Tous deux semblaient avoir l'esprit oppressé de mille pensées qu'ils n'osaient se communiquer, et sans doute un combat terrible se livrait dans l'âme du jeune moine, car les veines de son front se gonflaient et ses mains se joignaient convulsivement.

Tout à coup ce silence fut interrompu par un coup de sifflet aigu et prononcé qui semblait venir de la chambre même.

Fray José pâlit et s'écria :

— Je suis perdu !

— Que voulez-vous dire ? grand Dieu ! — murmura Marguerite en le regardant presque avec terreur.

— Que je ne suis pas le fray José, que je ne suis pas un moine, — fit le jeune homme avec un rire farouche, en froissant dans ses mains les plis de sa robe brune.

— Qui donc êtes-vous ? — demanda Marguerite en reculant vers le balcon.

— Qui je suis! c'est vous qui me le demandez, Ketha?

— Oh ! j'ai peur de deviner maintenant, — dit-elle en mettant la main sur son cœur, qu'elle sentait battre avec violence.

— Oui, je suis Henrik de Brederode, — reprit alors le faux dominicain ; — Henrik, que vous n'avez pas reconnu au trouble de sa voix et de son regard qui trahissait assez le mensonge de son costume, Henrik qui vous aime !

— O mon Dieu, voici la véritable épreuve ! — s'écria Marguerite.

— Oh ! vous aviez bien raison de dire, — continua Henrik, — que le couvent avait glacé votre âme. Vous n'avez donc jamais pensé à moi ? Ces hommes d'église m'ont donc effacé de votre cœur, comme ils y avaient rayé le souvenir de votre mère, qu'ils ont fait mourir de douleur. Puisque vous avez tout renié pour eux, trahissez-moi aujourd'hui. Je serai heureux d'être livré par vous à mes ennemis !

— Tu es donc un réformé, Henrik? — dit-elle avec angoisse.

— Ah ! toi aussi, tu as peur de moi ! — fit-il avec un éclat de voix terrible. — Ce nom de réformé te fait peur. Oui, je suis un des fils maudits de Luther. Et cependant, pour te voir, j'ai pris cette robe de moine. Mais tu n'as rien deviné.

— Je ne te trahirai pas, Henrik. Dieu a ordonné la charité à sa servante. Je seconderai même ta fuite.

— La charité ! Merci pour cette aumône, Ketha ; mais je reste.

— Oh ! c'est impossible ! — dit-elle. Et comme il la regardait et l'écoutait avec son inflexible sourire : — Ne sais-tu pas que je t'aime? — s'écria la pauvre enfant en frémissant comme si Dieu allait la toucher de sa foudre pour la punir de cet aveu.

— Tu m'aimerais ! — dit Henrik avec transport. — Mais non, — reprit-il, — c'est là un sublime mensonge par lequel tu espères me sauver en me décidant à fuir pour te consacrer ma vie. Viens avec moi, je te croirai.

— Je t'aime, — répliqua-t-elle d'une voix rapide et entrecoupée. — Mais pourquoi fais-tu cause commune avec ces hommes de sang qui brisent les images de Dieu et des saints? Ce sont là des criminels infâmes, des reprouvés, qui me tueraient parce que j'aime la Vierge Marie et que je suis pieuse. Oh ! ne me dis pas que tu saurais me défendre. L'inquisiteur Izquierdo m'a bien appris comment ces réprouvés de Luther torturaient les bons catholiques.

— Mais on t'a trompée ! — s'écria Henrik, qui voyait avec rage le temps s'écouler.

— Non ! non ! je sais tout, — reprit-elle avec un sourire incrédule ; — il en est un de ces hommes qui est surtout impitoyable et terrible, une sorte de sorcier qui a échappé à toutes les recherches, qui paraît dans plusieurs lieux à la fois, et toujours sous un costume différent. Cet homme, on l'appelle...

Et sa voix baissa, son regard devint effaré, ses mains tremblèrent.

— On l'appelle ? — demanda Henrik avec une agitation traordinaire...

— Ralf le Briseur d'images, — murmura-t-elle d'un cent presque inintelligible.

— Oh ! les lâches, — fit Henrik en serrant convulsivement le cordon de sa robe brune, tandis qu'une pâleur vide couvrait son visage.

Un second coup de sifflet résonna.

Marguerite tendit sa main au rebelle, et lui dit noblement pendant qu'il la baisait avec respect :

— Partez, Henrik, le cloître est entre nous et nous ne devons plus rien espérer en ce monde. Mais je prierai pour ma mère et pour vous, Henrik, afin que Dieu dessille vos yeux à la lumière céleste et vous fasse revenir de l'erreur.

Henrik la regarda avec amour ; puis, faisant un geste désespéré, il sortit de la chambre et descendit hardiment dans la cour.

Au moment où avait retenti le second coup de sifflet, le docteur Del Rio venait de recevoir un message qu'il lut avec une surprise profonde et qu'il remit ensuite au vroëtschap.

— J'apprends, — dit-il en se penchant à l'oreille de Jonquille, — que le révérend fray José a été arrêté près d'Enchuse par la bande de cet infernal coquin Ralf le Briseur. Quel est donc cet homme qui a osé jouer ici le rôle du révérend et nous a pris pour dupes de sa ruse ?

— Un hérétique, — dit Jonquille. — Je m'en étais douté !

— Un bosquel ! — dit le greffier.

— Pourquoi pas un *briseur d'images ?* — ajouta la voix sauvage de Pierre de Verf.

— Quel qu'il soit qu'on s'empare de lui ! — s'écria Del Rio en montrant le moine qui venait de se glisser dans la foule.

Mais l'entreprise était difficile. Le cercle des soldats se rompit ; les Castillans se trouvèrent aussitôt engagés dans cette masse immobile de Frisons, dont la résistance passive servit merveilleusement Henrik dès qu'ils eurent compris que le prétendu moine était suspect aux Espagnols. Jonquille, que les poings de Pierre de Verf ne ménageaient pas, s'était réfugié derrière le vroëtschap. La foule, qui se fermait sans cesse comme une muraille devant et derrière les soldats, ouvrait un passage facile au dominicain.

Quand le jeune homme fut arrivé près de l'entrée du château, il déchira sa longue robe brune, arracha son capuchon, et on le vit revêtu du justaucorps vert, de la ceinture de laine rouge et du long poignard des gueux de mer. Il poussa alors un hourra qui rallia à lui une douzaine de ses partisans, dont les épées étincelèrent au milieu de la foule. Pierre de Verf avait disparu. Quelques soldats tombèrent comme frappés par des mains invisibles. Ce fut alors un épouvantable tumulte de cris, de prières, de menaces.

Luis Del Rio, pâle comme la mort, tremblait sur son siége, tandis que le vroëtschap agitait impassiblement son bâton de justice pour calmer cette tempête soudaine.

— Conseiller, — cria alors Henrik, — regarde derrière toi.

Une lueur rougeâtre commençait à s'élever au-dessus du château.

Le tumulte cessa un instant, et tous les regards se dirigèrent de ce côté.

— Le feu ! — s'écria Del Rio avec terreur.

— Sauve qui peut ! — répondirent les rebelles.

— Que le feu purifie cette vente sacrilége ! — dit Henrik d'une voix solennelle, — et que la main des Espagnols ne souille pas les dépouilles des comtes de Lemée !

Et, sautant sur un cheval qu'on lui tenait préparé à la porte du château, il disparut comme l'éclair. Un quart d'heure après, la cour était vide, et Jonquille regardai

avec douleur le château et ses trésors brûler sans obstacles. Pierre de Verf, avant d'y mettre le feu, avait eu soin de faire descendre mademoiselle Marguerite dans le parc. Le docteur Del Rio et le vroëtschap la reconduisirent au couvent d'Enchuse, où elle devait faire profession.

Comme il fallait au conseil des troubles une victime qu'on pût rendre responsable d'un événement si grave, le juif dénonça le greffier. Il jura que ce malheureux était lié avec les briseurs, et qu'il avait surpris des signes d'intelligence entre lui et le prétendu moine. C'est en vain que le pauvre homme voulut se défendre.

Le greffier fut jugé, condamné et pendu dans la même heure.

Jonquille garda les vingt mille piastres que l'avare lui avait prêtées.

III

RALF.

Trois jours après, mademoiselle Marguerite de Lemée veillait seule dans l'église du couvent d'Enchuse ; vers une heure du matin, les cierges verts qui brûlaient sur l'autel et les lampes appendues à la voûte ne jetaient qu'une clarté vacillante sur les ornements des chapelles et sur les tentures des tapisseries qui voilaient l'architecture du saint lieu. Un gigantesque crucifix s'élevait au milieu de l'autel, et le regard de la jeune fille ne pouvait s'en détourner que pour voir, comme des sentinelles vigilantes répandues autour d'elle, la statue de la Vierge couverte de riches vêtements brodés de pierres précieuses, les saints martyrs vivants sur la toile des tableaux de la nef, et jusqu'aux chérubins sculptés dans le chêne des stalles du chœur qui semblaient épier ses pensées et ses gestes. L'âme d'une enfant pouvait s'effrayer devant ce peuple fantastique de statues et d'images, auxquels les oscillations de lumière donnaient une apparence de vie. Seule au milieu d'une foule morte, elle se sentait vivante aux battements précipités de son cœur. Et plus d'une fois pourtant elle se retourna, ayant cru entendre des bruits indistincts courir le long des piliers.

Elle était agenouillée sur les marches de l'autel, magnifiquement vêtue de cette parure dérisoire, emblème des pompes de Satan, qui devait le lendemain tomber pour être éternellement remplacée par un cilice et une robe de bure. Des roses fleurissaient dans ses cheveux. Le fard rougissait ses joues. Son corsage de satin noir, découpé sur du brocart d'or, était boutonné de gros rubis. Les manches étaient très-étroites avec de grands ailerons autour des épaules et d'autres manches pendantes que des roses de diamants rattachaient au côté. Marguerite était divinement belle dans ce riche costume. Mais devant elle s'allongeait la bière tendue de drap noir à larmes d'argent dans laquelle on la coucherait le lendemain pâle et frémissante, car la cérémonie de ce jour serait à la fois un enterrement et un mariage. En épousant Dieu on meurt au monde.

Et néanmoins, peu auparavant, elle eût regardé avec calme ce linceul qui devait la préserver des orages de cette vie et qui lui promettait alors des jours constamment sereins. Mais depuis qu'elle avait revu Henrik, son cœur était changé. Elle comprenait que bien des heures de trouble et d'orage attendaient son âme dans la solitude du cloître, et elle priait Dieu d'éloigner cette image qui la poursuivait jusque dans ses rêves. Mais l'image ne la quittait pas, et quand, dans un moment de désespoir, elle tourna les yeux vers le grand christ de l'autel, elle se leva presque aussitôt avec terreur, car dans les traits douloureux du Christ elle crut retrouver les traits de son fiancé Henrik.

— Oh ! je suis condamnée ! — s'écria-t-elle alors ; — c'est le démon qui me tente. Désormais le cloître ne sera plus pour moi qu'une prison, et Dieu rejettera mes prières comme des blasphèmes. — En ce moment deux yeux brillèrent derrière le vitrage d'une des fenêtres de l'église et regardèrent attentivement dans l'intérieur. Quand le curieux eut vu que la jeune fille seule y était, un sourire singulier dilata sa tête fauve, et il disparut. — Eh bien ! soit, — continua Marguerite, — je vivrai pour un souvenir. Je le garderai dans ma pensée comme un trésor que personne ne pourra m'enlever. Ce seul rayon illuminera la nuit de mon cœur. Quand je marcherai, silencieuse et pieds nus, sur les dalles du cloître, aux offices de nuit, mes compagnes ne sauront pas ce qui fera battre mon regard à côté de leurs cœurs glacés et de leurs regards ternis. C'est que l'image me sera toujours présente, qu'elle marchera et priera avec moi. Oh ! aveugle, je le verrais encore par le cœur. Faites maintenant de moi tout ce que vous voudrez, mon Dieu ! — Elle retomba au pied de l'autel, épuisée par cette lutte de l'amour et de la religion. Puis la pensée lui vint que cet amour égoïste et solitaire serait un crime pour une épouse du Seigneur, et que si elle ne pouvait l'arracher de son âme il valait mieux renoncer au cloître. Mais elle sentit bien en elle-même qu'elle n'aurait jamais le courage de répondre *non* aux demandes solennelles de l'abbesse, que sa voix lui manquerait devant tous ces étrangers qu'une profession attire comme un spectacle dans les églises de couvent. Seulement alors elle comprit combien elle était seule et abandonnée : elle se dit que, à cette heure où elle veillait pour souffrir, tout dormait dans le monde autour d'elle, depuis l'enfant dans son berceau jusqu'aux saints dans leurs niches de pierre. Mais alors même ses mains se joignirent par un effort suprême, et ce fut d'une voix haute et fervente qu'elle dit : — Eh bien ! je serai l'épouse du Christ. Mes pleurs tomberont souvent, il est vrai, sur mon scapulaire, et personne ne me plaindra. Henrik ! je ne le verrai plus, plus jamais ! mais j'aurai le droit de prier pour lui et de demander son bonheur à Dieu en expiation de mes souffrances. — Puis elle se leva. Mais elle resta soudainement immobile, et ses yeux se fixèrent avec une sorte d'égarement et de peur vers le fond de l'église. La porte en était restée ouverte, suivant l'usage général des pays catholiques, afin que, à toute heure de jour et de nuit, le mendiant pût trouver refuge, le criminel asile, et l'infortuné consolation dans le temple de Dieu, dont les bras ne cessent jamais d'être étendus sur le monde. Dans l'ombre, Marguerite crut voir s'agiter des formes étranges qui disparaissaient une à une et sans bruit derrière les piliers. Elle fut sur le point de sonner la cloche d'alarmes scellée au maître-autel par un anneau d'argent. Mais, à son premier geste d'effroi, cette foule devint aussi immobile qu'elle était silencieuse. Plus un souffle, plus une ondulation dans les tentures, plus rien. La jeune fille rougit de son effroi et se demanda si ce n'était pas une vision de son cerveau troublé par la lassitude et les et les angoisses d'une si longue veille. — Ma peur anime tous ces fantômes de pierre qui m'entourent, — murmura-t-elle du bout des lèvres.

Mais au même instant elle vit apparaître, comme sortant de terre, devant la grille du chœur, trois hommes qui s'étaient glissés en rampant le long des murs sans qu'elle entendît le son de leurs pas. Elle se retourna vivement. Trois autres hommes étaient derrière elle ; maintenant les ombres avaient pris corps. Ces misérables étaient couverts de haillons, qui inspirèrent moins de pitié que d'effroi à Marguerite, quand elle eut remarqué le terrible arsenal de piques, de faux, de haches et de vieilles épées rouillées dont ils étaient hérissés ; ils s'arrêtèrent devant elle et la regardèrent avec une admiration brutale.

— Une novice, Ezéchiel ! — dit l'un.

— Une victime de plus, — répliqua l'autre.

— Eh bien ! nous allons la convertir, — reprit le premier en ricanant.

La terreur avait comme pétrifié la jeune fille. Sa respiration s'arrêta. Sans bruit, sans tumulte, sans clameurs, elle voyait moutonner de toutes parts une foule hideuse et déguenillée, qui s'accoudait aux statues, s'enlaçait aux piliers, se suspendait aux grilles et aux corniches. C'était comme un rêve effroyable. Dans quel dessein venaient ces hommes ? Etaient-ce des voleurs sacrilèges prêts à dépouiller l'église ? Un instant Marguerite put le croire ; mais elle ne tarda pas à être détrompée. Le nombre de ces sinistres visiteurs s'était rapidement augmenté, et ils entouraient la pauvre enfant d'un cercle formidable. On eût dit un ange tombé au milieu d'une troupe de démons. Leurs regards attachés sur elle brillaient comme des flammes ; mais aucun d'eux ne semblait assez hardi pour porter la main sur la chaste fille. Chacun attendait de son voisin le premier geste, la première parole, cette étincelle enfin qui allume comme une traînée de poudre le fluide électrique toujours prêt à enivrer les masses ainsi que les fumées d'un vin capiteux.

Enfin l'un d'eux, plus téméraire, de sa main calleuse et velue effleura avec une sorte de grossière galanterie les roses mêlées aux cheveux de Marguerite, en disant :

— La belle enfant ! ce serait dommage d'ensevelir sous le voile noir une aussi jolie figure ! — Le rouge de la pudeur violée empourpra les joues de mademoiselle de Lemée, et l'insolent n'avait pas achevé sa phrase que, par un geste d'indicible dédain, Marguerite avait arraché les roses touchées par lui, les avait broyées dans sa main tremblante de colère et jetées sur la dalle, tandis que son regard foudroyait cet homme. — La béguine nous brave ! — s'écria-t-il d'une voix étouffée en serrant les poings.

Aveuglé par la fureur, il oubliait que son adversaire était une femme.

— Frère Tobie, le Seigneur a dit : « Faites le bien pour le mal, » — répliqua derrière lui une voix grave et ferme.

Les bras de Tobie retombèrent.

Cette voix ne sembla pas inconnue à Marguerite. Le cercle se rompit et livra passage à un homme qu'elle reconnut aussitôt. Il se distinguait de ses compagnons par une longue soutanelle grise qu'avait trouée plus d'une balle catholique, et qui était rapiécée en bien des endroits. Sous cette défroque ordinaire des pauvres ministres réformés, son air de robuste jovialité avait disparu et fait place à une expression d'enthousiasme mystique.

— Pierre de Verf ici ! sous ce costume, au milieu de ces hommes ! — murmura Marguerite. — Ceux qui vous accusent d'intelligence avec les rebelles avaient donc raison ?

— Mes accusateurs, — répondit-il sourdement, — ce sont ceux qui ont fait de moi un ministre de la réforme, mademoiselle. Autrefois je n'étais qu'un joyeux pêcheur ; mes filets me suffisaient pour nourrir ma femme et mes enfants ; mais quand ce Jonquille, cette sangsue, eut fait vendre ma barque et mes filets parce que je ne pouvais, du produit de ma pêche, acquitter l'impôt du dixième denier, je vis bientôt la faim s'asseoir entre nous au coin de notre âtre glacé. Mais ce ne fut pas tout. L'usurier nous chassa de notre cabane ; je vis mourir femme et enfants sous le vent et le froid. Alors je jurai de poursuivre sans relâche mes persécuteurs par la parole et l'épée, et je me joignis secrètement à la troupe de Ralf.

— Ralf, ce monstre ! — s'écria, en pâlissant sous son rouge la pauvre Marguerite, qui comprit seulement alors qu'elle se trouvait au milieu des *briseurs d'images*.

Un sourd murmure courut dans les rangs de ces derniers. Mais Pierre étendit la main sur la tête de Marguerite et dit à voix haute :

— Respectez cette femme, car elle est la fille du martyr, du noble comte de Lemée.

— Marguerite la renégate ! — dit Tobie d'un ton farouche. — Qu'elle soit maudite ! maudite !

Et ses compagnons répétèrent avec lui la même expression de mépris sauvage :

— Maudite ! maudite !

— Que cette malédiction retombe sur vous, voleurs d'églises ! — répliqua-t-elle à cet outrage avec un fier sourire.

— Nous ne sommes pas des voleurs, — dit doucement Pierre de Verf. — Traqués dans les bois, sur les flots, dans les marais, nous sommes heureux d'avoir une colline de sable pour autel, quand nous voulons écouter la parole de Dieu. Les forêts nous servent de temple. —

L'effroi fermait les lèvres de Marguerite. Les *briseurs* avaient écouté les paroles de leur ministre dans un silence solennel. Puis, sur un signe de Pierre de Verf, elle les vit se disperser dans l'église, et la scène de profanation commença avec le même silence plus terrible que le plus épouvantable tumulte. Les tableaux furent détachés des murailles avec une promptitude et une adresse qui tenaient de l'enchantement. Les cadres furent rompus, les toiles lacérées à coups de pique et foulées aux pieds. Pendant que les *briseurs*, enflammés d'une rage aveugle, s'éparpillaient dans l'église, Pierre de Verf descendit rapidement de la chaire ; il s'approcha de Marguerite et lui dit à voix basse : — Je suis venu pour vous sauver !

La jeune fille recula avec terreur, et, portant ses mains à son front comme pour recueillir ses idées, elle s'écria :

— Jamais ! jamais je ne renierai le Dieu de mes pères ! le salut que vous m'apportez c'est la damnation. Tous vos supplices ne m'effrayeront pas, et Marguerite de Lemée saura résister à l'esprit des ténèbres.

— Vous ne me comprenez pas, — reprit doucement Pierre de Verf, touché de l'égarement que trahissaient ces paroles ; — je suis venu pour vous sauver du cloître.

— Je ne vous crois pas, — répondit-elle d'une voix exaltée. — Et d'ailleurs je ne voudrais pas être délivrée, fût-ce de la torture, par des hommes qui blasphèment les saints et outragent la Vierge Marie. Ceux qui s'attaquent au ciel craindraient-ils donc de tromper une pauvre fille ?

— Calmez-vous, par pitié ! — s'écria le ministre. — Si nos compagnons entendaient ces imprudentes paroles...

— Vous ne seriez pas maître de retenir leur fureur, n'est-ce pas ? — continua-t-elle avec un sourire de dédain. — Les violateurs du sanctuaire n'écoutent la voix de leur chef que lorsqu'elle leur conseille la violence et flatte leurs passions haineuses. Mais rassurez-vous, saint ministre, les *briseurs* sont trop acharnés à leur œuvre pour entendre ma voix mourante. Tenez ! regardez plutôt !

Et, tendant la main vers l'intérieur de l'église, elle montra à Pierre de Verf les progrès de la dévastation. C'était un horrible tableau. Les chérubins de marbre tombaient la face contre terre. Les saints ne levaient plus au ciel que des bras mutilés. Les pieds et les ailes des anges se brisaient sur les dalles. Il y avait quelque chose de lâche et de hideux dans ce carnage brutal exercé sur des ennemis de pierre, sans regard, sans voix, sans défense.

Pierre de Verf regardait cette scène avec calme, et la joie du triomphe gonflait ses narines.

Tout à coup il s'avança vers la magnifique statue de la Vierge, que tous ses compagnons avaient respectée jusqu'alors, et, l'insultant du geste et de la voix, il s'écria :

— Marion charpentière, c'est aujourd'hui ton dernier jour d'honneurs !

Puis sa main froissa et déchira la robe brodée de pierres précieuses que portait la Vierge.

Les *briseurs*, muets et immobiles autour de lui, frémirent eux-mêmes en ce moment suprême, et leurs yeux se tournèrent instinctivement vers la voûte comme s'ils se fussent attendus à la voir s'écrouler sur le front du sacrilège. Mais le ciel ne se vengea pas et le silence ne fut troublé que par un cri d'horreur échappé aux lèvres de Marguerite, tombée à genoux, les mains jointes.

— Au fait, — dit Tobie le premier, — il n'est pas juste qu'on enchâsse des diamants dans les orbites de cette figure de bois tandis que nous manquons, nous autres, de guenilles pour nous couvrir...

— Et que les doigts de cette image, — ajouta Ezéchiel, — se courbent sous les bagues et les anneaux d'or massif quand un seul de ces bijoux nourrirait toute la troupe pendant un mois...

Ces paroles furent accueillies avec enthousiasme, et les *briseurs*, se ruant aussitôt sur la statue, la dépouillèrent et la mutilèrent comme les autres. L'œuvre de destruction touchait à sa fin.

Le gigantesque christ restait seul debout dans l'église, et ce fut alors à lui que s'attaqua la frénésie de ces insensés. Mais, grâce aux énormes crampons de fer qui le scellaient au maître-autel, les efforts des *briseurs* furent à peu près stériles, et les haches ne faisaient que de pauvres entailles au bois de la croix.

Alors, dans un transport de rage, Tobie, qui était doué d'une force herculéenne, dit à ses compagnons de redoubler d'efforts, et, exhaussé sur les épaules d'Ezéchiel, se cramponna au crucifix des pieds et des mains, et s'éleva lentement jusqu'à ce que son visage touchât celui du christ. Alors ses bras nerveux se tordirent autour de l'idole, comme il disait dans son langage impie : les traits de sa face se contractèrent hideusement, et il imprima d'effroyables secousses à la lourde croix, dont la base commençait à être ébranlée par les coups de hache.

Bientôt la rage de Tobie s'accrut par l'exaltation physique et devint un délire qui l'enivra. Plus le crucifix tremblait, plus le balancement devenait rapide et plus il criait aux *briseurs* de frapper avec violence. Le vertige faisait tournoyer l'église autour de lui, et il se croyait comme dans un songe le centre d'une ronde infernale. Accroupi maintenant sur les épaules du christ, il semblait un monstrueux centaure aux prises avec une divinité invisible. Il haletait, il criait, il injurait ce christ muet, dont le visage morne et douloureux restait impassible devant tant de fureur. Vint un moment enfin où, indigné de la résistance de cette croix gigantesque, étourdi par la fièvre de ses efforts, Tobie crut lutter avec un ennemi humain et cracha au visage du christ.

En ce moment la croix gémit lugubrement. Elle ne résistait plus.

— Descends ! descends ! — s'écrièrent Pierre de Verf, Ezéchiel et tous les *briseurs*.

— Misérable ! — s'écria Marguerite, — le Christ n'est-il donc pas, lui au moins, le Dieu de la réforme ? — La croix penchait et criait ; deux coups de hache, et elle se couchait à terre. — Eh bien donc ! puisses-tu tomber avec cette statue ! — s'écria Marguerite éperdue.

A peine avait-elle dit qu'un craquement horrible glaça d'une froide stupeur l'âme de tous les *briseurs d'images*. Tobie l'entendit, et alors seulement il eut peur. Dégrisé de son fol orgueil, les yeux hagards devant cette croix à laquelle il était suspendu dans l'espace et qui fuyait sous lui, les cheveux dressés sur la tête, il appela d'une voix rauque à son secours.

Il était trop tard ! le christ outragé emportait le sacrilège dans sa chute, et nul ne pouvait lui ravir cette proie. Tobie eut le temps de comprendre qu'il n'y avait plus de salut possible. L'image de la mort passa sur son visage ; l'abîme éblouit ses yeux ; son sang se figea dans ses veines. Lâcheté ou repentir, on l'entendit crier d'une voix brisée :

— Seigneur, pardon ! Seigneur, Seigneur !

Puis ses yeux se voilèrent. Il étendit les bras et tomba.

Les *briseurs*, terrifiés, s'écartèrent avec épouvante et crurent à une vengeance du ciel. Déjà quelques-uns se préparaient à fuir quand Ezéchiel s'écria d'une voix farouche :

— C'est la renégate qui a porté malheur à notre frère Tobie ; c'est elle qui lui a dit : « Puisses-tu tomber avec le christ ! »

— Oui, oui, c'est la novice ! — s'écrièrent tous les *briseurs* ; — il faut venger Tobie.

Et mademoiselle de Lemée se vit aussitôt entourée et menacée par la troupe furieuse. En vain Pierre de Verf voulut la défendre, on ne l'écouta plus. Quant à la jeune fille, elle se résignait au martyre, le cœur affermi par la scène qui venait de ce passer, et comptant, pour subir cette épreuve, sur la protection du Dieu qui avait châtié le sacrilége de Tobie.

En ce moment on entendit les pas de plusieurs chevaux s'arrêter à la porte de l'église. Tous les yeux se dirigèrent de ce côté, et on vit bientôt entrer trois hommes enveloppés de manteaux, l'épée nue à la main.

— Arrêtez ! — s'écria celui qui était à leur tête. — Les albanais du duc d'Albe sont sur nos pas, ils nous suivent de près. Il n'y a pas un moment à perdre. Il faut fuir... fuir à l'instant.

Le nom de Ralf courut dans les rangs des *briseurs*. Marguerite frissonna ; mais elle fut bientôt rassurée en entrevoyant, comme dans une divine apparition, le jeune homme qui s'avançait vers elle :

— Henrik ! — s'écria la pauvre enfant.

— Ketha ! — dit le noble rebelle.

Et elle se jeta dans ses bras, heureuse, sauvée par la présence et l'appui de celui qui était tout pour elle, le dieu mystérieux de son cœur.

— Sauve-moi ! — murmura-t-elle avec un de ces regards où éclate l'amour.

— Qui donc oserait la menacer ? — reprit Henrik en promenant autour de lui un regard sévère. — Depuis quand vous attaquez-vous aux femmes ? Si vous tenez à votre salut, partez ! — Aucun des *briseurs* n'osa répliquer à ces paroles qui ressemblaient à des ordres. Pierre de Verf les réunit en troupe, et une minute après Henrik et Ketha restaient seuls dans l'église dévastée. Si cette influence de Henrik sur ces hommes grossiers parut étrange à la jeune fille, elle n'eut pas du moins le temps de l'interroger à ce sujet, car le jeune patriote lui dit aussitôt : — Ecoute, Marguerite ; les albanais vont arriver, suis-moi : je t'arracherai à la triste destinée qu'on te réserve.

— C'est impossible, — répondit-elle avec un triste sourire ; — il est trop tard maintenant. Tu as bien fait, Henrik, d'assister à ma dernière heure de liberté et de vie ; mais je suis fiancée à Dieu, nous ne pourrons tous deux être unis que dans le ciel. Ah ! tu aurais droit de me maudire si j'avais cédé à la volonté du duc d'Albe, si j'avais épousé son fils...

— Le sanglant Frédéric ! — s'écria le jeune Brederode avec un tressaillement de haine.

— Oh ! rassure-toi, — dit-elle, poursuivant sa pensée fixe ; — je ne l'aime pas ; mais, vois-tu, je suis d'une famille déshonorée : mon père a été condamné comme rebelle et impie. Je dois expier son crime par l'abandon de mes biens et de toutes les joies de ce monde.

— Les infâmes ! — pensa Henrik, — comme ils ont abusé de la foi crédule de cette enfant.... Mais ils t'ont trompée, Marguerite, — reprit-il à voix haute. — Pense que tu vas renoncer à la vie. Demain tes cheveux tomberont sous les froids ciseaux de l'abbesse, demain tu seras rasée, détachée de la vie comme une feuille arrachée de l'arbre, et enfermée dans ce sépulcre où le cœur saigne incessamment. Tu parles de Dieu ! mais Dieu t'a donné la jeunesse, la beauté et la vie. Mais il leur faut plus encore que des victimes de chair à ces hommes : ils savent que les douleurs du corps ne sont

rien à côté des angoisses de l'âme. Eh bien ! c'est cette âme immortelle qu'ils veulent refroidir et enterrer sous un cilice.

— Oh ! tu blasphèmes, Henrik ?

— Je blasphème ! — reprit-il dédaigneusement. — Mais sais-tu bien, Marguerite, que je t'aime assez pour te disputer à leur Dieu, pour renier celui qui commanderait de tels sacrifices. Oh ! viens, viens avec moi, car ces hommes vont arriver.

— Les *briseurs* ! — s'écria-t-elle avec angoisse. — Mais non ! je ne crains rien. Les albanais du duc me défendront contre ce monstre, Ralf le Briseur !

Henrik pâlit, et un frisson secoua tous ses membres. Deux cris sinistres résonnèrent coup sur coup pour l'avertir que le temps volait et que le danger approchait ; mais les paroles de Marguerite lui firent tout oublier.

— Tu n'as jamais vu cet homme ? — lui dit-il ; — qui donc t'en a parlé pour qu'il t'inspire une si profonde terreur ? pourquoi le condamner sur la foi des paroles de ses ennemis ? Ralf ne défend-il pas sa patrie ? S'il a été quelquefois cruel, c'est par représailles. Et d'ailleurs qui sait les motifs secrets de sa conduite ? Peut-être a-t-il quelque terrible vengeance à exercer contre les Espagnols ?

— Tu défends un pareil monstre ! — dit Marguerite en reculant. — Quoi ! l'homme qui est le chef de ces *briseurs* qui outragent la divinité après avoir torturé les créatures ; celui qui n'a pitié ni de la veuve ni de l'orphelin.

Henrik sourit amèrement.

— On le juge avec rigueur à Bruxelles, je le vois, — reprit-il. — Il paraît que le sang souille d'une teinte plus rouge les haillons de ces *briseurs* que le manteau brodé des Castillans et la robe noire des inquisiteurs...

— Non, rien n'excuse ce Ralf, — interrompit Marguerite. — Et d'ailleurs que nous importe un tel homme !

— On prétend néanmoins, — continua Henrik, — que ce chef est généreux, ayant pitié du faible, semant sur les pauvres familles l'aumône...

— De sa part de vol et de butin, — dit Marguerite.

— On prétend aussi qu'il est brave ! — s'écria Henrik.

— Ne le crois pas ; c'est un lâche ! il a fui devant Frédéric d'Albe !

— Oh ! l'infâme ! l'infâme ! — dit le jeune Brederode en froissant la garde de son épée. — Où le trouverai-je, mon Dieu ?

— Ici ! — répondit une voix sèche et railleuse. Les deux amants se retournèrent avec surprise. Ils aperçurent don Frédéric d'Albe à la tête de sa compagnie albanaise qui était entrée sans bruit dans l'église pendant leur conversation.

— Ah ! — s'écria Henrik, dans les yeux duquel brilla un éclair de joie, — à nous deux enfin, monseigneur !

— Misérable ! — répondit nonchalamment don Frédéric, — penses-tu que je te ferai l'honneur de croiser mon épée contre la tienne ? Qu'on le garrotte et qu'on l'entraîne !

— Vous vous trompez, monseigneur, — dit Marguerite en se jetant entre eux. — C'est lui qui m'a protégée contre les *briseurs*, lui Henrik !

— Henrik ! — répéta l'Espagnol avec un sourire de cruel mépris. — Vous défendez ce bandit, noble Marguerite ?

— Ce bandit, c'est un gentilhomme ! — s'écria la jeune fille, tandis que Henrik mettait un doigt sur ses lèvres pour lui imposer silence.

— Lui un gentilhomme ! — reprit don Frédéric en riant aux éclats. — Alors son écusson serait furieusement souillé. C'est un manant inconnu dont la corde nous fera justice, un de ces fanatiques qui soulèvent les Flandres et dont le nom de guerre vaut seul une armée. Mais enfin nous avons mis la main sur lui, et nous ne le lâcherons pas.

— Comment donc l'appelez-vous ? — demanda Marguerite avec angoisse.

— Ralf le Briseur d'images! — répondit don Frédéric...

— Ralf le Briseur! — répéta Marguerite en fixant sur le comte des yeux égarés, — Oh! vous mentez. Ils ont menti, n'est-ce pas, Henrik? C'est une calomnie, va, je ne les crois pas. Mais dis-leur donc que tu es Henrik!

— Henrik est donc son vrai nom? — dit le fils du duc d'Albe. — C'est bien; vous pourrez éclairer les juges qui seront chargés de cette affaire...

— Silence ! — interrompit fièrement Ralf en faisant un signe impérieux à Marguerite. — Je n'achèterai pas même ma vie au prix d'un mensonge. Je suis Ralf le Briseur et je n'ai point d'autre nom. Je ne suis pas un rebelle, mais un patriote flamand que ni le bûcher ni la hache ne sauraient effrayer.

— Ralf! lui! — répéta Marguerite; et elle tomba sur les dalles, évanouie, mourante, en entendant cet aveu sortir de la bouche de Henrik.

Don Frédéric la fit transporter dans une litière. Ralf fut garrotté sur un cheval, et ils partirent tous immédiatement pour Bruxelles.

En attendant qu'on instruisît le procès du redoutable briseur d'images, on l'entraîna dans le plus sombre cachot du palais.

IV

LE DUC D'ALBE

Un soir, la porte de Henrik grinça sur ses gonds oxydés par la rouille de l'humidité. Il crut que le geôlier venait le chercher pour paraître devant ses juges, et déjà il remerciait Dieu d'échapper à l'atmosphère fétide et terreuse qui l'oppressait, mais son espoir fut trompé. Ses yeux se fermèrent comme éblouis par la vive lueur d'un flambleau, à laquelle ils n'étaient plus accoutumés. Une main blanche s'appuya alors sur la barre de fer qui verrouillait la porte, et un cri d'effroi échappa à une voix que Henrik reconnut bien vite; c'était celle de Marguerite.

— Que vient faire ici la fille adoptive du duc d'Albe? — demanda-t-il d'une voix amère.

Mais Marguerite n'eut pas la force de répondre. La flamme de la torche avait éclairé l'horreur des murs noirs et humides du cachot. Les deux bras du prisonnier étaient comme enchâssés dans deux énormes anneaux de fer scellés dans la muraille. Ses jambes, pour ne pas être douloureusement suspendues, se repliaient sur un amas de paille trempant dans une eau croupie et glacée qui s'infiltrait dans la terre et suintait des murailles. Les gouttes d'eau qui tombaient d'aplomb de la voûte sur la chevelure de Henrik devaient lui causer d'atroces douleurs.

— Ceci vous effraye, n'est ce pas? — reprit le jeune homme. — Les dalles du cloître sont moins glacées que cette terre nue, digne fiancée du Seigneur? Telle est pourtant la mansuétude des serviteurs du roi!

— Quittez ce ton d'ironie qui m'épouvante, Henrik, et reprenez confiance, — dit en tremblant Marguerite. — Vous avez été criminel, mais un repentir sincère peut encore tout réparer...

— A vos yeux, pauvre enfant, — interrompit avec plus de douceur le prisonnier. — Mais ces Espagnols ont des cœurs d'acier; ils pardonneront quand ils auront vu mon corps suspendu au chanvre du gibet.

— Vous êtes cruel, Henrik. Je puis cependant répondre de votre vie, moi; car je viens de la part de celui dont la volonté commande même au conseil des troubles.

— Mais, — reprit Henrik en relevant la tête et attachant un regard fixe sur le doux visage de Marguerite, — sans doute les conseillers ne se contenteront pas d'un repentir moral et muet; sans doute il faudra leur en donner quelques preuves matérielles...

Trompée par l'accent calme et à demi persuadé du jeune homme, Marguerite murmura en baissant les yeux :

— Ils demandent une abjuration publique et solennelle, Henrik.

— C'est bien peu de chose, — continua-t-il; — mais seraient-ce là toutes leurs conditions ?

— Non, — répondit-elle avec une sorte d'hésitation; — il faudrait encore déclarer quels ont été vos complices, leurs retraites, leurs signes de ralliement, afin de rendre la paix aux malheureuses provinces troublées et ensanglantées par tous ces désordres.

— Oui. Une dénonciation, je comprends, — dit froidement Henrik, — et pour cela seulement on me garantirait la vie... C'est une belle chose que de vivre en effet, Ketha! — ajouta-t-il, tandis que sa poitrine se gonflait d'une douloureuse émotion.

— Henrik, quel regard! avec quel accent me dites-vous cela? — s'écria Marguerite.

— Mais à quoi bon vivre, — continua le prisonnier, — quand on a perdu tous ses espoirs de bonheur? A quoi bon acheter sa vie par un renom infâme, car ce que vous venez de me proposer, Marguerite, c'est tout simplement la plus grande lâcheté que puisse commettre un homme. Vendre mon pays! livrer tous ceux qui se sont confiés à moi! et encore cette proposition est-elle un piége, car il n'y a qu'une seule pénitence qui puisse m'absoudre aux yeux des inquisiteurs, et cette pénitence, Ketha, c'est là mort.

— La mort! — répéta-t-elle avec épouvante. — Le croirais-tu réellement, Henrik?

— Plus bas! plus bas! — dit le prisonnier. — J'oubliais de t'avertir qu'il y a dans le cachot voisin une autre victime qui s'est peut-être endormie dans sa douleur. Il y a peu de places vides dans les cachots aujourd'hui. Mais ces terribles agonies sont préférables à l'opprobre. Les conseillers ont recours à toi, pensant que mon cœur serait plus faible que mon courage. Tu ne vois donc pas qu'ils voudraient faire parade de ma honte, qu'ils seraient fiers de me voir pâle, tremblant, déserteur de ma cause? Mais silence, mon compagnon de misère se réveille. — Ils écoutèrent, et bientôt ils entendirent une voix faible et brisée chanter les psaumes de David. — Si tu savais! — reprit Henrik, — la décrépitude est venue à cet homme dans la force de l'âge. Il est chauve; son corps, brisé par d'horribles tortures, n'est plus qu'une plaie. Pourtant il ne se plaint pas. Il prie, voilà ce qui lui donne du courage. Il est si débile qu'on a enlevé ses chaînes. Depuis un an, il travaillait à percer une fente dans le mur qui sépare ces deux cachots. Hier enfin l'œuvre a été accomplie. Il m'a parlé, et, quand il a entendu ma réponse, il s'est écrié avec une joie inexprimable : « Oh! je ne suis plus seul ! »

— Que sa voix est douce! — dit Marguerite qui sentait des larmes trembler au bord de ses cils; — elle remue le cœur.

Les chants cessèrent en ce moment; mais presque aussitôt le pieux captif s'approcha du mur de séparation, et adressa presque solennellement à Henrik cette question :

— Compagnon, êtes-vous Flamand ?

— Je suis de Frise, — répondit le jeune Brederode.

— De Frise? — répéta avec émotion la voix du captif, — et pour quel crime avez-vous été arrêté? Pour un soupçon d'hérésie, sans doute, ainsi que moi?

— Mon crime est plus grand, — répliqua Henrik. — Ignorez-vous donc les événements qui se sont passés dans les Flandres depuis quelques années?

— Hélas! pour moi les années écoulées n'ont eu qu'un seul instant, et cet instant a duré plus d'un siècle. Autrefois, j'avais essayé de compter les jours et les nuits de ma captivité; mais ici la nuit est éternelle. On m'a oublié, et j'ai vécu immobile, muet, enseveli comme un reptile malfaisant dans ces entrailles de pierre, le cœur rongé par le souvenir incessant de ma famille et pleurant sur ma patrie esclave...

— Mais les Flandres se sont révoltées, — dit Henrik avec feu, — et elles seront bientôt libres. Le comte de Barlaimont nous a traités de gueux et nous nous sommes glorifiés de ce nom. Et, l'écuelle de bois à la ceinture, la besace sur l'épaule, la barbe rasée, habillés de bure grise, mendiants de la liberté flamande, nous sommes allés par les villes et les campagnes recruter des ennemis à l'Espagnol.

— Que dites-vous? grand Dieu! — murmura la voix éteinte du captif.

— Je dis, — s'écria Henrik, — que les Pays-Bas vont échapper à la serre de l'Espagne.

— O mon Dieu! les rêves de ma jeunesse seraient donc réalisés. Mais on se bat pour la Flandre et je ne suis pas libre, et je n'ai pas une épée! — dit le pauvre prisonnier. — Sois béni, ô jeune homme! car toutes mes souffrances sont rachetées par une telle nouvelle. Mais qui donc es-tu, toi qui défends si noblement ta patrie?

— On me nomme Henrik de Brederode, — répondit-il doucement.

— Henrik! Henrik! — s'écria le captif avec un éclat de surprise et de joie indicible; — le fils de mon ami, du maître de Brederode? Tu es là, prisonnier comme moi, descendu dans ma tombe? Oh! tu peux me parler d'elles, de celles que je n'ai pas oubliées, car elles ont toujours veillé à côté de moi comme des fantômes silencieux et chéris!

Henrik et Marguerite s'étaient regardés, pâles, frémissants à ces paroles prononcées avec la joie sauvage du délire. Ils craignaient de comprendre. Henrik n'eut pas la force de répondre sur-le-champ. Ils entendirent le battement de leurs cœurs dans le silence du cachot, coupé seulement par le sinistre grésillement de l'eau qui tombait de la voûte.

— Qui donc êtes-vous? — demanda enfin Henrik avec effort.

— Le comte de Lemée, — cria le captif, — l'ami de ton père!

Un cri terrible échappa aux deux jeunes gens; mais Henrik dit avec force:

— Impossible! vous voulez nous tromper. Il est mort depuis longtemps.

— Mort pour le monde, il est vrai, — répondit d'une voix lugubre le captif, — mais non pas pour ses bourreaux, qui sont venus pendant longtemps épuiser sur lui la science de leurs tortures.

— Horreur! horreur! — s'écria Henrik.

— Mon père! mon père! — dit Marguerite saisie d'un tressaillement convulsif, et appuyant contre le mur de séparation son front glacé.

— Quelle voix ai-je entendue qui a troublé mon cœur? — murmura le comte. — Oh! ma tête se perd, c'est une illusion, sans doute. Tu es seul, Henrik? Ne me trompe pas; parle-moi d'elles. Si tu savais quel est ce supplice de Tantale, de savoir qu'autour de vous s'agite la vie humaine, et que votre regard ne peut percer ces noires murailles, votre bouche aspirer un air pur sous la voûte du ciel, et vos bras presser sur votre cœur les êtres qui vous ont aimés! Oh! — ajouta-t-il avec un mouvement de désespoir, — dire que je mourrai sûrement dans ce sépulcre, et que jamais je n'entendrai les voix chéries de ma femme et de ma fille! Mais tu ne me réponds pas, Henrik?

— Je ne suis pas seul, comte de Lemée, — dit le jeune homme.

— Je ne me trompais donc pas? — continua le captif. — Il m'a semblé entendre une douce voix comme celle de Ketha. Oh! si elle pensait à moi! Mais peut-être elle rit, elle chante, elle est heureuse. Elle m'a oublié...

Marguerite se sentait mourir.

— Elle est heureuse, — interrompit durement Henrik; — elle a oublié son père qu'elle croit mort avec justice sous le fer des Espagnols.

— Grâce! — murmura-t-elle.

— C'est la fille adoptive du duc d'Albe! — s'écria-t-il d'une voix tonnante.

— Oh! tu mens, n'est-ce pas? — dit le comte avec stupeur.

— Non! non! ne le croyez point, mon père! — fit alors Marguerite en secouant sa stupeur mortelle. Et elle pressait de ses mains blanches et frêles la fente du mur, comme si elle eût voulu élargir cette ouverture. Le sang jaillissait de ses ongles roses sans qu'elle y fît attention. — Ne le croyez pas... Votre fille vous aime, elle vous entend, elle vous sauvera!

— Ma fille! ô mon Dieu! serait-il possible? Parle donc, Henrik, ne te joue pas d'un pauvre captif.

Et ses yeux rayonnaient comme animés du feu divin de la jeunesse; ses mains ridées se crispaient à la muraille. Son cœur était suspendu aux lèvres de Henrik.

— C'est bien votre fille Ketha qui vous parle, comte de Lemée, — dit gravement le jeune Broderode.

— Ma fille! — dit le captif. — Quoi! elle est là près de moi? Et je ne puis la voir, et je ne puis l'étreindre sur ma poitrine! O bourreaux! pour la première fois je vous maudis!... Mais que j'entende au moins ta voix, Ketha, mon enfant! Dis-moi que Henrik a menti, et que tu es une bonne patriote, que tu partages les crimes de ton père?

— Non! — murmura péniblement Marguerite; — je ne souillerai pas mes lèvres d'un mensonge. On m'a appris à regarder le patriotisme flamand comme une rébellion, et, jusqu'à ce jour, j'ai dû avoir foi en ce qu'on m'avait enseigné. Je vois aujourd'hui que j'ai été trompée. La cause à laquelle se sont dévoués deux si nobles cœurs doit être sainte. Au prix de ma vie vous serez sauvés tous deux.

En ce moment le geôlier entra, et dit brusquement:

— Mademoiselle, l'heure est passée. Il faut partir!

Le comte n'avait rien répondu; mais la jeune fille avait entendu des sanglots étouffés bruire dans son cachot. Elle souleva dans ses mains les lourdes chaînes de Henrik, et y posa ses lèvres, le cœur plein d'un saint enthousiasme. Puis elle suivit le geôlier, et la porte se referma sur cette généreuse enfant, qui semblait emporter l'espérance avec elle. Cette fois elle ne s'effraya pas des escaliers sinueux qu'il lui fallut parcourir, ni de ces longs corridors noirs pavés de tombes dont les hôtes étaient vivants. Les prisons formaient en effet les caves du palais, et sans cesse le gouverneur et ses ministres avaient le pied sur leurs victimes. Arrivée dans la cour intérieure, Marguerite monta un escalier secret qui menait à une porte de fer, gardée par un de ces hallebardiers albanais entièrement dévoués au duc. Elle dit un mot au garde, et sa pique s'abaissa. Elle toucha alors un des boutons de cuivre incrustés dans la porte en broderies symétriques, et la porte s'ouvrit. Elle se trouva dans un cabinet obscur.

Et alors cette jeune fille trembla, elle qui avait si courageusement respiré l'air fétide des prisons et entendu les gémissements et les blasphèmes des captifs. Un simple rideau de lampas la séparait de la salle voisine, et pourtant ses mains n'osaient le soulever. C'est que cette salle était la chambre des délibérations du conseil des troubles. De là partaient les arrêts qui l'avaient fait surnommer le tribunal de sang. Marguerite entendit cependant des voix calmes et douces résonner dans cette fatale enceinte, et alors la curiosité la prit au cœur, au moment où la vie de son père et celle son fiancé étaient en jeu, et ce qu'elle entendit fut si horrible qu'elle écouta sans pitié pour elle-même.

En attendant l'arrivée du gouverneur, les conseillers Juan de Vargas, licencié, et le docteur don Luis del Rio se promenaient dans la salle et causaient familièrement.

— Ainsi, don Luis, — disait Vargas, — vous assurez que nous avons encore quinze mille causes pendantes...

— La hache s'émoussera à tous ces parchemins, senor Juan.

— Heureusement, — répliqua Vargas, — comme dit notre collègue Hessels sans se réveiller : *Ad patibulum!* à la potence. Voilà notre ressource. Je vous recommande ce *gueux* Pierre de Verf, qui a fait placarder un sermon contre moi.

— Et les confiscations? — poursuivit del Rio. — Nous y gagnerons de quoi acheter la grandesse, car il n'est pas décent que les conseillers du duc d'Albe soient de simples *ricoshombres*. A propos, je vous recommande, senor Juan, cet avare Albrecht de Harlem, qui avait enterré tous ses joyaux pour nous les dérober, le traître !

— Vous êtes un juge habile, del Rio !

— Il faut bien vivre, senor licencié. Et vous, n'êtes vous pas le plus terrible dénicheur d'hérétiques ? .

— Je m'en fais gloire, — dit Vargas. — Et je suis même assez pénétré des devoirs de ma charge pour vous faire remarquer que le bien de l'État ne semble pas vous toucher assez, docteur. Oui, la cupidité vous domine trop, del Rio, et j'ai entendu dire que vous acquitteriez un franc hérétique s'il vous offrait pour le sauver le double de la somme que vous gagneriez à sa condamnation.

— Voilà de dures paroles, — bégaya del Rio troublé de cette attaque inattendue. — Mais qui a osé dire cela, senor don Juan? Serait-ce, — ajouta-t-il avec un méchant sourire, — l'insolent qui vous a surnommé le *bourreau de Frise?*

— C'est un homme, — répliqua avec fureur Juan de Vargas, — c'est un homme qui s'est vanté d'avoir échappé à la justice du conseil des troubles en gorgeant d'or la *sangsue du Brabant.*

Del Rio pâlit, et la querelle allait s'engager avec plus de violence entre les deux collègues, qui échangeaient des regards haineux, quand la porte s'ouvrit tout à coup et le duc d'Albe parut en grand costume et portant la Toison d'or. Ses yeux se fixèrent avec une expession dure et méprisante sur les conseillers terrifiés; ses lèvres se serrèrent comme s'il eût voulu comprimer la colère qui gonflait les veines de son front altier, et, s'approchant d'eux, il leur dit d'une voix froidement ironique :

— Cette salle est-elle une antichambre pour que les valets s'y disputent en l'absence du maître? Croyez-vous, messieurs, vous jouer de moi et me rendre l'instrument de vos misérables passions? Sans doute je suis votre cassette, à vous qui aimez l'or, del Rio. Pour vous qui aimez la vengeance et le sang, Vargas, je suis votre glaive. Pensez-vous donc, messieurs, que je condamne et que je batte monnaie à votre profit? La politique du duc d'Albe trône plus haut, je vous jure. Vous n'êtes que ses outils, ne l'oubliez pas.

— Et lui-même qu'est-il donc si ce n'est le bras de don Philippe ? — murmura une voix à l'oreille de Marguerite, qui faillit pousser un cri de surprise. Elle se retourna et aperçut un homme qu'elle n'avait pas encore remarqué, caché dans un angle obscur du cabinet, et qui avait, comme elle, tout entendu en silence. Alors cet homme s'avança, releva son *sombrero* dont le large bord retombait sur son front, et elle reconnut don Frédéric d'Albe, qui prit sa main dans la sienne. — Je connais votre projet, Marguerite, — lui dit-il d'une voix douce et fière; — vous ne réussirez pas. Pourtant, il vous reste un moyen de l'accomplir heureusement. Je vous aime; vos

refus n'ont pas découragé mon amour. Consentez à accepter mon nom : à ce prix les deux prisonniers pourront fuir loin, bien loin d'ici...

— Accepteriez-vous donc, — dit avec noblesse, Marguerite, — la main d'une femme dont la pensée s'associerait à la vie d'un autre homme, dont le cœur suivrait un malheureux dans l'exil?

Don Frédéric parut hésiter, puis il répondit très-bas:

— Je vous aime d'un amour assez absolu, Marguerite, pour commettre cette faiblesse, cette lâcheté, si vous voulez. J'aurais l'espoir de vous faire oublier cet homme.

— Ah! le cœur des femmes ne sera jamais connu, — dit Marguerite avec un mélancolique sourire. — Croyez bien, don Frédéric, qu'une âme noble n'oublie jamais celui qui souffre pour celui qui est puissant et heureux. Le malheur, c'est là un avantage que votre amour ne saurait enlever à Henrik !

— Le temps... — murmura le jeune seigneur.

— Le temps ne met pas de rides au front des absents aimés, — interrompit Marguerite, — et ne saurait pas détruire l'auréole que mon cœur lui prêtera toujours.

— Ainsi, même pour les sauver, vous refusez...

— Jamais Marguerite de Lemée ne changera de nom, — dit-elle; — mais votre père écoutera mes prières.

— C'est ce que nous verrons ! — dit Frédéric d'un air sombre en lui jetant un regard de défi railleur.

Alors, se sentant forte de sa résolution, Marguerite souleva avec calme le rideau de lampas, et, se précipitant dans la salle, vint tomber aux genoux de Ferdinand de Tolède. Le duc l'accueillit avec un sourire de bonté, car elle était la seule créature pour laquelle il eût une affection vraie, quoique égoïste, soit en souvenir de sa mère, soit parce que la chaste enfant, qui avait toujours ignoré ses crimes politiques, l'avait naïvement aimé comme un second père, et que cette tendresse avait été le seul rayon de joie de son esprit inquiet et violent.

— Que veux-tu, enfant? — lui dit-il. Mais sa défiance habituelle reprenant aussitôt le dessus, il lui demanda avec une sorte de brusquerie : — Etais-tu dans ce cabinet depuis longtemps ?

— Depuis un quart d'heure, monseigneur.

— Ainsi, tu as entendu...

— Tout, messieurs, — dit-elle fièrement en fixant ses yeux sur les deux conseillers, qui lui lancèrent un regard de vipère écrasée sur le sable.

— Tu es coupable d'avoir surpris les secrets de l'État, — reprit le duc d'Albe en souriant, car la contenance humiliée de ses deux ministres le mettait de bonne humeur.

— Achetez donc mon silence, — dit avec un sang-froid factice la pauvre fille, dont le cœur battait tandis qu'elle suivait avec angoisse le jeu de cette scène.

— A quel prix? — demanda le duc d'Albe.

— En m'octroyant une grâce, monseigneur.

Les deux conseillers, à qui l'habitude des affaires criminelles avait donné un *flair* tout spécial pour découvrir une crainte effroyable dans un son de voix un peu voilée ou dans le tremblement d'un cil, relevèrent la tête.

— Je suis chevalier, — répondit gracieusement le duc qui riait encore, ne voyant en tout cela qu'un enfantillage. — Que veux-tu? parle Marguerite.

Les yeux des conseillers lisaient d'avance sa prière sur ses lèvres tremblantes.

— Ce que je veux, monseigneur? — s'écria Marguerite avec sanglots, — non vous implorer, mais vous demander justice! — Le duc ne riait plus. — Vous m'avez trompée, monseigneur, mon père est encore vivant...

Vargas et del Rio sourirent. Ils étaient vengés. Le duc avait froncé les sourcils, ses yeux lançaient des flammes.

— Qui t'a conté cette folie? — demanda-t-il durement.

— Ce n'est pas une folie, monseigneur, — reprit la pauvre enfant en se traînant à ses pieds. — J'ai entendu sa voix. La prison l'a bien vieilli. Ecoutez-moi. Il a été votre ami. S'il a commis une faute, il l'a bien expiée. Vous n'avez pas de vengeance à tirer de lui. Que vous a-t-il fait, à vous ? Et d'ailleurs c'est un pauvre homme qui ne demande qu'à ne pas mourir dans cette tombe...

— Laisse-moi, laisse-moi ! — répétait le duc.

— Et d'ailleurs, — dit alors Marguerite, — vous devez tenir votre promesse de chevalier ; vous m'avez donné votre parole tout à l'heure, ici même : ces messieurs sont témoins.

— Ma parole n'engage pas les affaires d'Etat, — dit froidement le duc.

— Mais elle a engagé votre honneur ! — s'écria la noble fille avec l'énergie du désespoir. — Est-ce donc à dire que vous mettez votre honneur de côté quand il s'agit d'affaires d'Etat ? Pourra-t-on dire désormais que le dernier des soldats tient sa parole, mais que le duc d'Albe regarde la sienne comme un jeu ?

— Qui l'oserait ? — dit le fier Castillan.

— Votre conscience, — répliqua l'intrépide jeune fille, — et ceux qui vous ont entendu.

Le duc se sentit presque ému par cet appel à ses propres sentiments.

— Tu disais donc, — reprit-il, — que le comte de Leméé est bien vieilli, souffrant, incapable de porter ombrage ?

— J'ai dit que je demandais sa grâce : voilà tout.

— Il va faiblir ! — murmura Vargas. — Ce pardon sera d'un fâcheux effet.

— De cette grâce à rendre les biens confisqués il n'y a qu'un pas, — fit del Rio. Alors, prenant un des papiers qui couvraient la table, il dit à voix haute : — Monseigneur, je dois vous apprendre qu'une armée de protestants s'avance dans le Hainaut.

— No es nada ! je le savais, — dit brusquement le duc, qui regardait avec amour la belle figure de Marguerite, si douce habituellement, et alors hautaine et étincelante d'exaltation.

— Le Taciturne est à leur tête, monseigneur, — dit à son tour Juan de Vargas.

— Le Taciturne ! — répéta le duc en pâlissant. Puis il redit avec calme — No es nada ! mon fils Frédéric suffira pour battre ces bandes de mercenaires. — Les conseillers se turent, n'ayant pu détourner l'attention du noble gouverneur. — Tu seras satisfaite, — dit-il enfin à Marguerite. — Mais, à propos, as-tu dompté le courage de cet orgueilleux, de ce Ralf ?

— Non, — dit-elle, — car je vous demande aussi son salut.

— Le salut de Ralf le Briseur ! — s'écria Ferdinand de Tolède en éclatant de rire. — Mais une pareille requête est une trahison. Quel est donc ce Ralf ?

— Cet homme, monseigneur, c'est celui que j'aime, c'est mon fiancé...

— Son nom ? son nom ? — demanda impérieusement le duc.

Vargas et del Rio se rapprochèrent curieusement.

— Son nom est celui d'une noble famille. Il s'appelle Henrik de Brederode.

— Henrik de Brederode ! Ah ! nous devions en effet nous retrouver. Je lui ai promis qu'il me reconnaîtrait un jour. Ne me parle jamais de cet homme odieux, Marguerite, ou je le regarderais comme ma plus mortelle ennemie...

— Eh bien ! alors, emprisonnez-moi aussi, livrez-moi aussi aux bourreaux ! car, autrement j'adjure Dieu qu'à l'autel, à l'instant de prononcer mes vœux, je proclamerai devant tous que Ferdinand Alvar de Tolède, duc d'Albe, a forfait à sa parole...

— Le feriez-vous ? — demanda le gouverneur de cette voix terrible qui courbait tout le monde devant lui jusqu'à terre.

— Je le ferais, — répondit Marguerite avec la douce fermeté d'une martyre.

Une lutte violente remua le cœur du duc d'Albe. Enfin, sans regarder la jeune fille, il dit lentement :

— Ecoutez, ce que Dieu même n'eût pu faire, vous l'avez accompli. Votre courage a touché l'âme de Ferdinand de Tolède. A condition que ces deux hommes s'engageront à ne pas porter les armes contre l'Espagne, il leur sera fait grâce de la vie et de la prison.

Marguerite mouilla de ses larmes la main du duc d'Albe, et, saisissant d'un air inquiet et triomphant un parchemin sur la table, elle se dit, en jetant un regard furtif vers le cabinet noir :

— Ils sont sauvés !

Ce fut une minute d'attente mortelle ; mais le cabinet resta silencieux. Don Frédéric avait sans doute disparu. Il pardonnait, il abandonnait la victoire à la pauvre Marguerite.

Le duc d'Albe griffonna rapidement sur le parchemin l'arrêt de grâce, comme s'il eût voulu se débarrasser d'un remords, remords de sa clémence peut-être ! Enfin la signature manquait encore quand le bec de la plume se sécha. Le duc tendit la plume à Marguerite pour qu'elle la glissât dans l'encrier.

En ce moment le rideau de lampas se souleva, et don Frédéric, élégamment vêtu et le sourire sur les lèvres, s'avança dans la salle. Marguerite sentit son cœur se glacer.

— Monseigneur ! — dit don Frédéric d'une voix douce.

— Une seconde, monsieur, et je suis à vous, — dit le duc, qui avait repris la plume.

— Pas une seconde, — dit fermement le jeune homme ; — Geronimo est arrivé de Madrid en cinquante-huit heures !

— Le messager de don Philippe ! — s'écria le duc d'Albe en laissant tomber la plume lourde d'encre sur le parchemin, qu'elle éclaboussa d'une pluie de gouttelettes noires.

— Mais, monseigneur, il suffit d'un instant... — dit timidement Marguerite.

— Patience donc ! — dit le duc, — vos affaires après les miennes. — Et déjà l'expression de son visage avait changé, sa voix avait repris l'accent dur et inflexible de l'égoïsme et de la peur. — Qu'il entre ! qu'il entre ! — s'écria-t-il. Et d'un geste de main il fit signe aux deux conseillers de sortir. Ils remarquèrent que la main nerveuse de l'implacable général de l'inquisition tremblait d'une impatience fiévreuse. Marguerite resta derrière le fauteuil du gouverneur sans qu'il s'en aperçût. Geronimo fut introduit. C'était un petit homme vêtu en courrier, tout de noir, la figure plombée et niaise d'expression, mais animée par deux yeux intelligents, dont le regard annonçait une sorte de dévouement instinctif, de fidélité servile mais incorruptible. Don Philippe II, roi d'Espagne, se confiait aveuglément en lui, n'est-ce pas tout dire ? Marguerite eut peur en entrevoyant ce personnage d'insignifiante apparence. Il lui apparut comme une fatalité vivante. — Don Geronimo, — dit le duc en essayant de sourire, — tu dois être fatigué... — Geronimo fit un signe de tête négatif. — Ainsi, — reprit le duc avec effort, — tu as vu don Philippe ?

— Je l'ai vu.

— Et il t'a parlé de moi. Peut-être était-il courroucé de mon refus de céder le gouvernement, de désigner un successeur...? Mais il y a tant à faire ici pour le service de Sa Majesté ! Ne me cache rien, au moins, bon Geronimo. Nous sommes de vieux amis, et tous deux nous avons vieilli, tu le sais, dans la fidèle exécution des ordres de don Philippe... A-t-il parlé de moi avec colère, Geronimo ?

— Non, il a souri, — murmura le messager. — Il a rappelé sa bienveillance pour vous ; il a dit qu'il saurait reconnaître le zèle d'un serviteur qui ne se sentait jamais fatigué du poids des affaires tant qu'il s'agissait du bien de l'Etat.

Une sueur froide couvrit le front du duc d'Albe, et son visage se tâcha de teintes livides.

— Il a souri, Geronimo? — répétait-il avec épouvante. Il a parlé de bienveillance et de récompenses.... est-ce bien vrai?...

— Pourquoi donc cet effroi, monseigneur? — dit Marguerite, prise de pitié devant cet accablement extraordinaire dans un homme si dur et si impérieux.

— Pourquoi, pauvre folle? — répondit-il; — mais c'est que le sourire de don Philippe, pour moi c'est la mort. Sa devise n'est-elle pas: *Nec spe, nec metu?* Son cœur inflexible n'est-il pas un abîme que personne n'a sondé, une énigme vivante? — Puis, se retournant vers Geronimo: — N'a-t-il pas ajouté qu'il m'écrirait et qu'il m'enverrait ses ordres?...

— Plus tard, — répondit laconiquement le messager.

— Je respire, — dit le duc en se tournant vers Marguerite. — C'est que, vois-tu, don Philippe est habile à verser dans une lettre de ces poisons subtils qui vous tuent pendant que vous souriez aux compliments écrits par la main de votre meurtrier. Mais dis-moi, Geronimo, les paroles de Sa Majesté?

— Sans doute, — a ajouté don Phillippe au moment où je quittais son cabinet, — sans doute ce fidèle Ferdinand ne veut pas laisser à d'autres la gloire de vaincre ce Guillaume le Taciturne, qui lui a si longtemps échappé, et d'envoyer à notre saint-office ce vil partisan maudit par Dieu, ce Ralf le Briseur d'images!

— Oh! je suis sauvé, — s'écria le duc en se levant avec un transport de joie. — J'ai encore en mon pouvoir mes lettres de grâce. Ralf partira demain pour Madrid avec toi, bon Geronimo.

— Mais vous m'aviez promis sa grâce, monseigneur? — dit Marguerite en saisissant le bras du gouverneur. — Il est sauvé par votre parole.

— Folle! vous ai-je promis ma mort? — répondit le duc. — C'est ma mort que vous demandiez par cette requête félonne. D'ailleurs je n'ai pas signé, — ajouta-t-il avec un rire convulsif. — N'avez vous pas entendu que don Philippe me trouve trop doux et trop lent? Et maintenant dites que j'ai menti à ma foi. Ceux qui oseront vous écouter, noble fille... eh bien! le conseil des troubles saura leur prouver que c'est un crime de lèse-majesté. Geronimo, suis-moi!

Et, fermant la porte avec violence, il se retira dans ses appartements.

Marguerite, éperdue, pâle, immobile comme une statue de marbre, le cœur brisé, resta seule avec don Frédéric, qui pendant toute cette scène n'avait pas bougé.

— Le bourreau n'est pas si sûr que vous de son coup de hache, — lui dit-elle enfin. — Vous avez fait la leçon à ce Geronimo; je comprends tout.

— Rien n'est encore désespéré, — répondit l'élégant jeune homme. — Si Marguerite de Lemée veut s'unir à moi, je les sauve. Le geôlier m'est dévoué; ils pourront s'évader.

Elle l'écoutait avec avidité; ses yeux rayonnèrent d'un céleste espoir.

— Sur l'Evangile, le promettez-vous, don Frédéric?

— Sur l'Evangile, je le promets.

— Ma main est à vous, monseigneur.

— Nous les accompagnerons tous deux hors du palais, Marguerite.

— A ce soir, don Frédéric!

V.

LA BAGUE.

Le soir même Marguerite entra, suivie du geôlier et d'un homme couvert d'un manteau brun, dans la prison de Henrik et celle du comte de Lemée. Quand elle étreignit dans ses bras ce squelette vivant qui était son père, ce fut une de ces scènes que la plume ne saurait retracer.

— Bénissez-moi, mon père, — dit-elle enfin. — Le bonheur n'est pas fait pour ce monde, nous ne nous revoyons que pour nous séparer encore...

— Pas pour toujours, n'est-ce pas? — dit le père. — Nous nous reverrons bientôt.

— Peut-être, — dit-elle avec un sourire mélancolique; et elle baisa avec respect les mains desséchées et la figure du comte, — et, quand vous prierez pour ma mère, priez aussi pour votre petite Ketha.

— Si grande! si belle! — disait le père qui ne pouvait se lasser de la contempler avec admiration. — Toi que j'ai quittée si petite et que je berçais sur mes genoux avec tant d'amour!

— Il faut partir, ou nous serions surpris, — dit le geôlier.

— A quel prix avez-vous donc acheté cette grâce étrange, Marguerite? — demanda Henrik.

— Vous le saurez plus tard, Henrik. Mais ne soyez pas injuste envers moi, — murmura-t-elle d'une voix faible, — et dites-vous que vous avez été bien aimé?

— Je ne le serai donc plus? — dit le Briseur qui avait vu tressaillir l'homme au manteau brun. — Quel est cet homme? — ne put-il s'empêcher de demander à la jeune fille, comme si un pressentiment lui eût fait deviner que l'objet éternel de sa haine était en sa présence. — Quel est cet homme?

— Celui qui vous sauve, — répondit Marguerite en faisant tomber d'un seul mot une barrière infranchissable entre ces deux haines par une de ces délicatesses de cœur que les femmes seules peuvent trouver. — Partez maintenant, — reprit-elle; — Henrik, je vous confie ce pauvre captif; n'oubliez jamais le père de celle que vous avez aimée. — Ils parcoururent silencieusement le dédale des corridors. Les mots d'ordre furent heureusement échangés. Quand la dernière porte fut ouverte, don Frédéric se retira à quelques pas; Marguerite tendit la main aux deux Frisons. — Oubliez celle qui a renié son pays, mais qui lui a rendu deux fidèles serviteurs en s'alliant à la race des tyrans, — dit-elle avec une voix mouillée de larmes.

Et la porte se referma.

— Que voulez-vous dire, Ketha? Rouvrez la porte, rouvrez! — s'écria Henrik.

— Silence! vous perdez mon père.

Telle fut la dernière parole de Marguerite, tandis que le geôlier disait brusquement:

— L'alarme a été donnée! pas de vaines paroles.

Les fugitifs disparurent, et Marguerite rentra dans ses appartements, où elle passa le reste de la nuit en prières.

Le lendemain, on apprit l'évasion du comte et de Ralf le Briseur, mais on ne put découvrir leurs traces. Le geôlier seul fut accusé publiquement; mais Vargas et del Rio dénoncèrent sous main le duc d'Albe à la cour de Madrid comme le vrai coupable. La perte de son gouvernement fut la conséquence de cette dénonciation, et il partit au moment où le comte de Lemée et le jeune de Brederode venaient de remporter deux succès décisifs pour la liberté de la Frise.

Quant à Marguerite, elle tint parole. Le surlendemain de l'évasion, elle se rendit, magnifiquement vêtue, à la chapelle du palais, pour recevoir la bénédiction nuptiale; elle avait à la main le livre d'heures de sa mère, à un de ses doigts la bague de fer bruni de la malheureuse comtesse. A peine avait-elle répondu oui à la demande du prêtre, que don Frédéric remarqua qu'elle portait la bague à ses lèvres; mais il n'y fit pas autrement attention. La pauvre enfant contint pendant quelques temps les douleurs aiguës qui la torturaient et les cacha sous un sourire. Mais bientôt la pâleur effrayante de son visage la trahit. D'horribles convulsions secouèrent ce corps si frêle sous sa parure de fête, et ce ne fut pas sans une profonde terreur que don Frédéric entendit les médecins prononcer cet arrêt :

— Madame la duchesse est empoisonnée !

— N'accusez personne de ma mort, — dit-elle alors à don Frédéric. — C'est moi-même qui ait fait infiltrer ce poison dans mes veines, après avoir rempli ma promesse, monseigneur. Mais je ne pouvais être ni une digne épouse ni une sainte religieuse avec un autre amour au cœur que celui de mon époux ou de Dieu. Je ne pouvais non plus m'unir à celui qui avait été le chef des briseurs d'images. Dieu me pardonnera, je l'espère, un crime qui seul me permettait de rendre deux héros à la Flandre.

Si j'ai été coupable, au moins il ne punira que moi. Puis, tournant son regard éteint vers le gouverneur, Vous aussi, pardonnez-moi ma trahison, — reprit-elle — pardonnez-la au seul être qui vous ait aimé dans monde, au seul peut-être qui, dans l'autre, intercéde pour vous près du juge éternel.

— Qui vous a donné ce poison, madame ? — de manda sévèrement le duc d'Albe, honteux de l'atte drissement qu'il ressentait pour la première fois de vie.

Mais Marguerite ne répondit pas. Son corps ét renversé sur les dalles du chœur, livide et glacé... E était morte !

— C'est cet homme ! monseigneur, — s'écria del R en montrant Jonquille, qui tout effaré s'écria :

— Non ! non ! le conseiller se trompe.

— Il avait volé la bague de la comtesse de Lem avant l'ouverture de la vente, — reprit implacableme del Rio.

— Non ! non ! — hurla le juif avec la fureur du dése poir.

— Le drôle a trois millions de ducats, — ajouta d Rio en ricanant.

— Qu'on prépare la corde ! — dit froidement Juan Vargas.

FIN DES TROIS FIANCÉES ET DE LA TRENTE-SIXIÈME SÉRIE.

Paris. — Imprimerie J. Voisvenel, rue Chauchat, 14.

www.ingramcontent.com/pod-product-compliance
Ingram Content Group UK Ltd.
Pitfield, Milton Keynes, MK11 3LW, UK
UKHW020020080726
13614UKWH00003B/1487